KB059069

# 처형소녀의
## 살아가는 길 2
### 버진 로드
### ─ 화이트 아웃 ─

사토 마토
Story by Sato Mato

일러스트 니리츠
Art by nilitsu

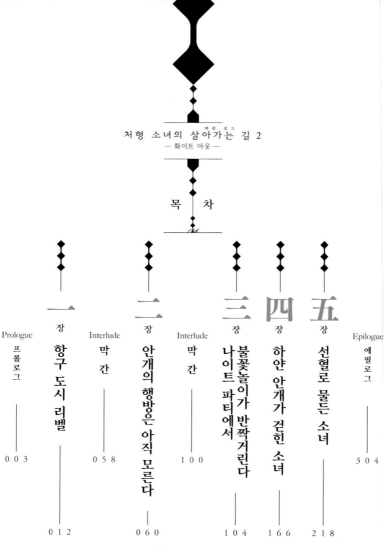

처형 소녀의 살아가는 길 2
— 화이트 아웃 —

목 차

# Contents

Story by Sato Mato　Art by nilitsu

하얗고, 그저 하얀색으로만 가득 찬 세계가 펼쳐져 있다.

주위에 편재하는 흰색은 아침 안개보다 깨끗하고, 고산에 감도는 운해보다 조용하게 흔들리고 있었다.

안개.

건드릴 수도 없는, 부드럽고 하얗게 시야를 가득 채우는 그런 안개 속에, 한 어린 여자아이가 있었다.

그 아이를 중심으로 퍼지고 상하좌우의 시야를 온통 뒤덮어 버리는 하얀 안개 속에서, 어린 여자아이는 천천히 손을 앞으로 내밀었다.

안개가, 감겨온다. 그녀의 움직임을 방해하려는 것처럼, 하얀 안개가 납보다 무겁게 어린 여자아이의 몸에 휘감겼다.

도저히 안개라고 볼 수 없는 질량이다. 팔을 들어 올리는 섬세한 동작에 대응해서, 어린 여자아이의 몸에 무겁게 달라붙어 있다. 그래도 억지로 움직이려고 했더니, 여자아이의 가느다란 팔이 달라붙은 안개의 무게를 견디지 못해서 똑, 소리를 내며 부러져버렸다.

"마아……."

팔이 뼈째로 꺾여버린 여자아이는 아쉽다는 것 같은 소리만 냈을 뿐이고, 아파하는 기색도 없다. 고개를 들고, 주위에서 들려오는 소리에서 즐거움을 찾아냈다.

부러진 팔의 손끝도 보이지 않을 만큼 깊고 짙은 안개 속이다.

눈에 의지할 수 없는 공간 속에서는, 불쾌한 소리가 들려오고 있었다.

항상 뭔가가 서로 잡아먹는 것 같은 기분 나쁜 충돌하는 소리, 수많은 새와 짐승들의 목을 졸라 죽이는 것 같은 울음소리를 합쳐놓은 소리 같은 절규, 살과 살이 부딪치는 것 같은 전투의 소리와 최후의 순간에 지르는 비명. 한 치 앞도 보이지 않을 정도로 새하얗게 물들어 있기에, 귀에 들려오는 소리가 사람을 더욱 불안하게 만들었다.

귀뿐만이 아니다. 살갗에도 불온한 감촉이 느껴지고 있다. 물방울이 끊임없이 떨어져서 살갗을 적시는 탓에.

피부에 닿는 감촉이 비라고 생각하는 건, 너무 성급한 판단이다.

떨어지는 것들은 모조리 선혈이다.

아무것도 보이지 않는 안개 속에서 서로 잡아먹고, 서로 죽이고, 서로 뭉개버리고, 살을 먹고, 정신을 찢어발기고, 영혼을 삼켜버리는 것 같은 투쟁이 벌어지고 있다.

필사적으로 하얀 공간을 새빨갛게 바꿔버리려고 하는 피의 비도, 이 공간 속에서는 오랫동안 남아있지를 않는다. 철벅, 철벅, 때때로 살덩어리가 떨어지는 소리도 난다. 떨어진 살도 피도, 금세 뭔가가 우적우적 씹어서 꿀꺽 삼켜버린다.

"마, 마~, 마아~."

여자아이는 귀로, 살갗으로, 코로, 혀로, 새하얗게 물들어버린 시각 이외의 나머지 네 개의 감각을 이용해서 평소와 똑같이 느끼며, 노래를 흥얼거리기 시작했다.

"마, 마마마아, 마, 마, 마아~."

이상한 장소에 어울리지 않을 정도로 천진난만한 소녀가 어떤 노래를 흥얼거렸다. 언어화된 가사는 없이, 콧노래처럼 멜로디만 따라서 흥얼거린다.

흔들흔들, 허공에 발을 흔드는 어린아이가 앉아 있는 자리의 발밑이, 노래에 반응해서 흔들리고 있었다. 가만히 안정되지 않고 전후좌우, 그리고 상하로 꿈틀거리고 있다. 지면 자체가 움직이고 있는 것이다.

"마마마~ 마아~ 마."

어린아이 옆에 뭔가가, 철벅, 하는 징그러운 소리를 내면서 떨어졌다.

한 아름이나 되는 살덩어리다. 아, 하고 정신을 차려보니, 상공에서 뭔가가 뭔가를 찢어발긴 것일까. 유난히 많은 피와 살이 뚝뚝 떨어졌다.

순식간에, 소형 마물들이 고기를 먹으려고 모여들었다. 항상 먹고 먹히는 싸움이 벌어지는 이 하얀 안개 속에서, 죽은 마물의 고기는 아주 좋은 먹이다. 죽은 마물의 고기를 먹으려고 다가온 한 마리가, 무방비하게 노래를 흥얼거리는 어린 여자아이에게 눈독을 들였다.

사람보다 커다란, 새 모양 마물이었다. 자기보다 작은 그림자를 보고 무력하다는 증거로 판단한 마물은, 길게 뻗은 부리로 여자아이를 찔러 죽이겠다는 것처럼 급강하했다.

여자아이는 신경도 쓰지 않았다. 애당초 뭔가를 할 필요가 없다.

"마마마마마마~."

여자아이의 발밑이 위아래로 움직였다.

여자아이가 발판으로 삼고 있는 것은 거대한 괴물이었다. 몸길이는 고사하고, 몸의 폭조차도 쉽사리 헤아릴 수가 없다. 마치 섬 하나가 일어선 것 같은 괴물이, 입을 벌렸다.

가시 같은 이빨이 빼곡하게 줄지어 있는 입 속. 가장 작은 이빨 한 개만 해도 사람보다 크다. 여자아이를 덮치려던 새 모양 마물은 고래에게 삼켜지는 작은 물고기처럼 입 안으로 빨려 들어갔고, 이빨 하나에 충돌해서 꼬치처럼 꿰어지고 말았다.

유난히 거대한 마물이 움직이면서, 서로 잡아먹는 싸움이 가속됐다. 피가 분수처럼 튀었다. 부서진 뼈와 살점이 쌓인다. 뭉개진 피와 살이 바다가 아닌가 싶을 정도로 엄청난 양이 되어 있었다.

하지만 그런 것들도, 여자아이의 관심을 끌 요소는 아니다.

"마, 마마마마마~"

비처럼 쏟아지는 피, 살덩어리. 안개처럼 흩어지는 영혼과 찢겨 나가는 정신. 절망과 혼돈이 세상을 빨갛게 물들이려고 하는, 원색조차도 하얗게 칠해서 덮어버리는 안개 속에서, 여자아이는 온갖 이상한 것들을 전혀 신경 쓰지 않고 천진난만하게 노래를 흥얼거리고 있었다.

그런, 평소와 똑같은 일상 속에서.

"……마?"

여자아이가, 갑자기 노래를 멈췄다. 눈을 깜박거렸다.

삐걱, 하는 소리가 났다.

물론 뭔가 부서지는 소리는 얼마든지 울리고 있다. 여기서는 항상, 이 안에 있는 것들이 서로 잡아먹고 있으니까.

하지만, 지금 그 소리는 이상했다.

산 것의 살이 뭉개지는 소리도, 뼈가 부서지는 소리도, 영혼이 터져나가는 소리도 아니었다. 마치 세상 그 자체가 일그러지는 것 같은 기묘한 소리다.

대체 뭘까. 고개를 갸웃거리면서 귀를 기울여봤지만, 더 이상의 변화는 없었다. 들려오는 소리는 생물이 뭉개지는 최후의 순간의 소리뿐. 일어나는 일들은 서로 죽이고 서로 잡아먹는 투쟁뿐이다.

기분 탓일까, 라고 생각하며 잊어버리려고 하던 그때였다.

또 삐걱, 안개가 삐걱거리는 소리가 났다. 두 번 일어나는 일은 세 번도 일어난다. 여자아이가 신경을 기울이면서 기다리고 있었더니, 안개가 삐걱거리는 소리는 나름대로 시간 간격을 두고서 몇 번이나 울렸다.

이 안개는 안에서 밖으로 나갈 수 없다는 점에서 보면, 거의 완벽한 결계로 성립되어 있다.

하지만, 밖에서 가하는 부하에는 약했다.

어린 여자아이를 가두고 있는 하얀 안개는 그 본래의 목적을 달성하는데 있어서는 한없이 완벽에 가까운 것이지만, 모든 일에 대해 완전한 것은 아니었다.

또, 안개가 일그러지는 소리가 났다. 바깥세상에서 무슨 일이 일어나고 있다. 외압 때문에 안개의 구성이 일그러지기 시작한 것이다.

천 년을, 여기에 있었던 하얀 안개가 변해간다.

"마아…… 마, 마!"

뭔가를 말하려고 했지만, 여자아이의 입에서 나온 소리는 말로 표현되지는 않았다.

그것도 어쩔 수 없는 일이다.

그녀는 최근 천 년 동안 계속 같은 곳에 있었다. 다른 이와 말할 필요가 없는 천년은, 그녀에게서 언어를 앗아가고도 남을 시간이었다. 어디선가 들어본 것 같은 목소리에, 기억 밑바닥에 있는 단어를 쥐어짜 보려고 했지만, 울음소리 같은 목소리만 나올 뿐이다.

"마…….."

여자아이는 계속 여기에 있었다. 시간 감각이 없어질 정도의 시간을 보내왔다.

따분하고 또 따분해서, 나라를 뭉개버리고 섬을 먹어 치우고 바다를 다 마셔버리고, 자신의 기억조차도 이미 오래전에 다 써버려서 하얀 안개에 불과하게 돼버린 이 공간에서, 계속 서로 잡아먹는 것 말고는 할 일이 없었다.

그것이, 달라지려 하고 있었다.

"마아! 마!"

안개가 삐걱거리는 소리가 난다. 마침내, 일그러지던 것이 임계점을 넘었다. 하얀 안개에, 작은 구멍이 뚫린 것이다. 새끼손가락만 간신히 들어갈 정도로 작은 구멍이지만, 틀림없이 바깥과 통하는 구멍이었다.

이 구멍으로 나간다.

나간다. 여기. 즉 『안개』에서.

하지만, 바깥이란.

안개 바깥이란, 어떤 곳이었던가.

뭔가가, 있었던 것 같은데.

자신에게는, 뭔가, 해야만 하는 일이.

있었던 것, 같은데.

"마아……."

생각이 나지 않았다. 생각해낼 리가, 없었다.

그래서 여자아이의 등을 떠미는 본능은, 기억과 전혀 다른 것이었다.

여자아이의 본능에는 두 가지 불문율이 새겨져 있다.

이 세상에, 혼돈을.

이 별에, 살육을.

"마!"

여자아이는 새끼손가락을 내밀었다.

"마~ 마마마~ 마마마~ 마마마~."

아무것도 생각해내지 못한 채, 여자아이는 그저, 어째선지 알고 있는 노래를 불렀다.

손가락 걸고 약속하자. 이 세계에는 알고 있는 사람이 없어도, 일본의 아이들이라면 누구나 알고 있는 약속의 맹세.

동시에, 여자아이의 눈동자가 빨간 도력광을 띠면서 빛났다.

『도력 : 산 제물 공양─』

이곳은 예전에 남방 제도 연합이라 불리던 곳이다. 영화의 극에 달했던 고대 문명을 멸망시킨 네 개의 장절한 인재의 흔적으로서, 천 년도 넘게 안개 속에 갇힌 지역이다.

『혼돈 유착 · 순수 개념【마(魔)】─』

수억 수천만의 마물들과 함께 존재해온 순수 개념. 세계를 잡아먹는 천마(天魔)라는 칭호를 실컷 누려온 이세계 사람. 순수 개념【마】에 도달한 인재는, 있어서는 안 될 존재로서 안개 속에 갇히고 봉인되었다.

짙은 안개 속에 갇혀서 볼 수도 없는 인재의 흔적을, 사람들은 『무마전(霧魔殿)』이라 부르며 두려워하고 있다.

마물들이 우글대고, 인류가 들어갈 수 없게 돼버린 【마】의 영역에서.

『발동【손가락 걸고 약속 거짓말쟁이 여자애】』

하나의 마도가, 발동했다.

처형소녀의 살아가는 길
— 화이트 아웃 —

푸른 하늘에 군림하는 태양의 햇살이, 서서히 지상을 달구고 있다.

뜨거운 햇살이 쨍쨍 내리쬐는 대지는 황폐했다. 숲은 말라버리고, 물도 부족한 건조한 공기다. 바람이 불면 모래가 날린다. 한눈에 봐도 생물이 생존하기 힘들다는 걸 알 수 있는 갈색으로 그을린 풍경만이 이어지고 있다.

끝이 없어 보일 정도로 이어지는 황량한 대지는, 미개척 영역이라고 불리는 지역이다.

주위 풍경은 너무나 단조롭다. 건조한 대지에 바람이 불면 흙먼지가 날린다. 사람들이 발을 들이는 것조차도 주저하는 가혹한 영역. 개척되고 안전이 확보된 나라와 나라 사이에 끼어 있는 너무나 거친 대지다.

그런 황야에, 한 줄기의 길이 뻗어 있다.

약간 높은 언덕으로 올라가는 길이다. 잘 정비됐다고 하기는 힘들고, 간신히 사람 발에 밟혀서 다져진 길 비슷한 것이라고 표현하는 정도가 어울릴 것 같은, 그런 좁은 길이다.

길게 뻗어 있는 길을, 두 소녀가 걸어가고 있다.

한 사람은 어른스러운 미모를 지닌 소녀다. 검은 스카프 리본으로 머리카락을 멋지게 묶었고, 남색 신관복을 입었다. 스커트 오른쪽에 있는 깊게 파인 슬릿 사이로 엿보이는 것은, 끈으로 묶는 부츠를 신은 눈부실 정도로 예쁜 다리.

그녀의 걸음걸이는 안정적이고 힘이 실려 있다. 여행에 익숙한 것 같은 그녀에게게서는 피곤한 기색을 거의 찾아볼 수 없었다.

또 한 사람은 동안의 소녀였다.

어깨에 달라붙을 것 같은 검은 머리카락. 옷을 입고 있어도 확실하게 알 수 있을 정도로 크게 부풀어 있는 가슴이, 그녀의 첫 번째 특징적인 인상으로서 기억될 것이다. 이쪽의 걸음걸이는 약간 비틀거리고 못 미더워 보인다. 피곤한 탓에 가끔씩 비틀거리는 그녀를 보고, 어른스러운 소녀가 걷는 속도를 늦춰서 상대에게 속도를 맞춰줬다.

두 소녀는 먼지를 피하는 역할도 겸하는, 똑같이 생긴 망토를 걸치고 있다. 묵묵히 걸어가는 중에, 한 소녀가 작은 소리로 중얼거렸다.

"마음이 쓸려 나가버린 것 같아⋯⋯."

"마음이 쓸려 나가버린 사람은 그런 소리 안 해."

동안 소녀가 탄식하자 어른스러운 소녀가 쌀쌀맞게 받아쳤다.

지금 같은 우는 소리가 한두 번이 아니었다. 지금까지 오는 동안 수도 없이 되풀이된 일이다. 더 이상 진지하게 상대해주는 게 어리석다고 말하는 것만 같은 차가운 대답이었다.

하지만 동안 소녀는 굴하지도 않고 물러나지도 않고 풀이 죽지도 않았다.

"후후후, 메노우 말이 맞나봐. 정말로 여유가 없으면 우는 소리도 못 할 테니까. 이런 힘든 여행 속에서, 어떻게 내 마음에 물기가 남아있는 건지, 듣고 싶어?"

"네 가슴에 군살이 너무 많아서, 수분에도 여유가 있는 걸까……."

"아니거든!"

메노우라고 불린 소녀의 대답에는, 생각하기도 귀찮다는 느낌이 담겨 있었다. 대충인데다 상당히 실례되는 발언에, 동안 소녀는 삐쳤다는 것처럼 손을 치켜들었다.

"메노우, 그거 성희롱이야! 그런 말은, 나랑 메노우 사이의 관계가 좀 더 진전된 다음에 해주세요!"

"미안해 아카리. 다시는 안 할게."

메노우가 진지한 표정으로 고개를 깊이 숙였다.

"정말로 잘못했다고 생각하고 있어. 무례한 말에도 정도가 있는 건데 말이야. 그러니까, 너도 앞으로 두 번 다시 그런 잠꼬대 같은 소리 하면 안 된다?"

"으에…… 왜 그런 쓸쓸한 말을 하는 거야?"

진지하게 사죄했더니 어째선지 불만으로 대답했다.

아카리라고 불린 소녀는 진심으로 아쉬워하는 목소리로 계속 메노우한테 매달렸다.

"메노우는 우리 관계를 더 진전시키고 싶지 않은 거야? 너무해에. 메노우 너무해에."

"넌 왜 조용히 걸어가는 간단한 짓도 못 하는 거야……."

같이 여행하는 아카리가 너무나 말을 안 들어 먹어서, 결국 메노우는 하늘을 우러러보고 말았다.

국경 사이를 오가는 순례길 여행은 상당히 힘들다.

이 대륙은 나라와 나라의 경계에 반드시라고 해야 할 정도로 미개척 영역이 끼어 있다. 험하고, 제대로 정비되지도 않은 길을 도보로 지나가야만 한다. 문명이 미치지 못한 토지에서 지내는 것만 해도 힘든 일인데, 어느 나라에도 속하지 않은 영역이다 보니 무법자들이 많다. 게다가 야생 동물, 다종다양한 마물, 동부 미개척 영역에서 흘러 들어온 마도병 등의 위협이 이빨을 드러내고 공격해온다.

수많은 위협이 존재하는 가운데, 불편한 길을 도보로 나아간다.

오전 중에 길을 걷고, 점심 무렵에는 숙박지에 도착. 짐 정리와 의복 세탁, 장보기 등을 하면서 내일에 대비하고, 해가 지면 일찌감치 잔다. 그리고 아침 일찍 일어나서 준비를 마치고 다음 숙박지를 향해 걸어간다.

순례길에서는, 모든 생활이 걷기 위해서 존재한다.

어지간히 험한 길이 아니면 비가 오더라도 개의치 않고 계속 걸어갈 뿐이다. 그저 앞으로 걸어가기 위해서 모든 생활과 행동을 바치는 심플한 생활은, 육체와 정신에서 쓸데없는 것을 제거해버리게 만든다. 그래서 미개척 영역을 답파하는 것을 『순례』라 부르고, 신앙의 일환으로도 여겨지는 것이다.

훈련을 받은 신관이라도 가혹하다고 싫어하는 도보 여행을 2주 동안이나 해왔는데도 쓸데없이 힘이 넘치고 잡생각이 가득한 녀석이 곁에 있다는 건, 메노우로서도 놀라운 일이었다.

"저기~ 메노우. 들어봐아. 무시하면 너무 슬퍼요오! 침묵은 금, 웅변은 은이라는 말도 있잖아. 조용히 있는 것도 중요하지만, 말하는데도 가치가 있거든? 한마디로 수다는 즐거운 거거든?"

"알았어, 들어주면 되는 거지? 말 다 하면 입 다물어야 한다?"

고대 문명의 격언까지 꺼내면서 떼를 쓰는 아카리의 말에, 결국 메노우도 포기하고 말았다. 어쩔 수 없이 이유를 물어봤다.

"그래서? 넌 왜 그렇게 물기가 넘치는 건데?"

그 질문을 들은 아카리는 잘 물어봤다는 것처럼, 거만한 얼굴로 가슴을 활짝 폈다.

"그건 말이야, 메노우라는 마음의 오아시스가 곁에 있어 주기 때문이야!"

"너 말이야……."

생각보다 시시한 이유 때문에 힘이 쭉 빠져서 한숨을 쉬었다.

믿을 수 없을 정도로 친해 보이지만, 사실 메노우와 아카리는 만난 지 3주 정도밖에 안 된 사이이다. 처음 만났을 때부터 아카리의 호감도가 묘하게 높기도 했지만, 그 뒤로 2주 정도 지나니까 이제는 귀찮아질 지경이다. 메노우도 슬슬 아카리한테 손님 대접해 주는 걸 포기하기 시작했다.

"귀찮으니까, 자급자족으로 알아서 어떻게든 해주면 안 될까. 너랑 얘기하다 보면, 그러니까 뭐랄까…… 자꾸 빨려 나가는 것 같은 기분이 들거든, 내 기력이."

"자급자족은 무리거든. 메노우 성분은 메노우한테서 나오는 성분이니까, 메노우가 있어야만 섭취할 수 있어요! 안 그러면 바짝 말라서 죽어버릴 거야!"

"없어도 바짝 말라버리지는 않거든……. 너, 나랑 만나기 전에도 아무렇지도 않게 16년이나 살아왔잖아?"

"그런 16년은 이미 기억에 남아있지도 않아요."

"뭐라는 거야."

출발지였던 고도 가름의 국경에서, 미개척 영역에 딸린 순례길을 걸은 지도 벌써 약 2주. 처음부터 계속 이런 상황이다 보니, 제대로 상대해주는 자체가 바보 같은 짓이다.

미개척 영역을 통과하는 방법에는 크게 두 가지가 있다.

하나는 순례길을 걸어서 이동하는 방법. 미개척 영역이라고는 해도 따라갈 길이 확보돼 있고, 중간에 휴게소가 드문드문 존재하기 때문에, 어느 정도의 안전은 확보된다. 또 한 가지 방법은 위험도가 월등하게 큰, 『모험』이라고 불리는 부류의 여정이다.

"지금이 중요한 거야, 메노우. 젊은 우리는 지금을 살아가야 하는 거라고! 과거는 돌아보지 않아! 앞만 보고 걸어가자!"

"그래도 과거를 조금이나마 돌아보면서 미래를 떠올려 보라고."

광활한 황야를 밝은 분위기로 걸어가는 두 사람의 여로는, 다소의 사건이 있기는 했지만 대체로 순조로운 편이었다. 최근 2주 동안에 메노우도 아카리를 다루는 방법을 어느 정도 깨달았다.

지금은 곁에 없는 후배, 모모와 똑같다. 그리고 믿음직하고 우수한 후배와 달리, 아카리는 그냥 거치적거릴 뿐이다. 한마디로 흥분한 상태의 모모를 처리하는 것보다 더 쌀쌀맞게 대하면 된다.

하지만 이렇게 계속 걷기만 하는 생활도 이제 거의 끝나간다.

"우와!"

두 사람은 언덕 정상에 도달했다. 단번에 시야가 확 트이고, 발밑에 펼쳐진 풍경을 본 아카리가 환호성을 질렀다.

언덕 위에서, 파란 수평선이 보였기 때문이다.

"메노우, 메노우! 바다야! 배야! 도시야!"

"응, 그러네."

매달리는 아카리에게 미소를 지으며 대답했다.

메노우도 달성감을 느끼고 있었다. 지칠 대로 지친 몸, 피폐해진 정신. 계속 거듭해온 고생도 목적이 달성되면 터져버릴 것만 같은 충족감으로 바뀐다.

언덕 아래쪽에는 바닷가를 따라서 도시가 펼쳐져 있다. 적갈색 도시의 윤곽은 우둘우둘했다. 바다에서 불어오는 바람에 숲이 떠밀리면서, 바위가 기묘한 모양으로 깎여나갔기 때문이다.

"저기가 다음 도시, 리벨이야."

항구도시 리벨.

그리잘리카 왕국의 고도 가름에 있는 국경에서 출발해, 미개척 영역의 순례길을 2주 정도 걸어가면 도착할 수 있는 도시다. 바닷가의 항구 도시인 리벨은, 관광도시인 가름만큼 성황한 곳은 아니다. 항구하고 해도 주된 역할은 어항(漁港)이기 때문에, 도시의 규모는 그럭저럭한 수준이다.

메노우는 도시와 반대쪽, 지금까지 온 길을 돌아봤다.

이 길을 지나온 것은 두 번째다. 메노우는 어린 시절에, 스승이라고도 할 수 있는 도사 『양염(陽炎)마스터플레어』와 함께 이 순례길을 걸은 적이 있었다.

—봐라, 바다다.

—예.

그리운 풍경과 바다 냄새가 기억을 자극하기라도 했는지, 같은 장소에서 주고받은 대화가 머릿속에 되살아났다.

—……바다라고.

—예.

—처음 보지?

—예.

—뭔가 감상은 없냐?

—크네요.

—그게 다야?

—파란색이네요.

솔직하게 대답하는 어린 메노우를, 검붉은 신관이 쳐다봤다.

—……재미없구나, 너.

어째선지 삐친 것처럼 들리기도 했던 도사의 마음을, 지금이라면 이해할 수 있다.

"나도 귀여운 구석이 없기는 했지만…… 의외로 그런 구석이 있었네, 그 사람."

"왜 그래?"

"아냐. 그냥 잠깐 옛날 생각이 나서."

그보다도. 메노우는 눈을 가늘게 떴다.

드넓은 바다의, 수평선. 어렴풋이 보이는 저 멀리에 하얀 영역이 펼쳐져 있다. 메노우의 시선을 따라간 아카리도 그 존재를 눈치 채고서 말했다.

　"아, 그런데 바다 저쪽에 구름이 보이네. 날씨가 안 좋아질 것 같으면, 빨리 시내로 들어가야겠다."

　"……저건 구름이 아니야."

　최대한 불온한 느낌이 깃들지 않도록 조심하면서, 아카리의 착각을 정정해줬다.

　"이 바다 근처에는, 안개가 있어."

　"안개?"

　"그래, 안개."

　이곳이 약간 해발고도가 높은 장소이기도 해서 수평선 저편에 있는, 구름처럼 보이기도 하는 안개가 고여 있는 모습이 보였다.

　저 안개가 상주하고 있는 요인은 기후나 해류 같은 문제가 아니다. 저기에는 이 세상에서 가장 무시무시한 존재가 봉인돼 있다.

　인재.

　오래전에 존재했고 세상에 재앙의 상처 자국을 새긴 인재 중에 하나가 봉인돼 있다.

　항구 도시 리벨은 4대 인재의 흔적 『무마전』과 가장 가까운, 대륙 남단에 위치한 곳이다.


　이 도시의 교회는 시내를 한눈에 볼 수 있는 높은 곳에 세워져 있다.

바닐라 왕국에 있는 항구도시 리벨은, 그리잘리카 왕국의 고도 가름에서 미개척 영역을 남쪽으로 가로지르면 도달할 수 있다.

이 도시에 들어가기 위한 입국 심사를 마친 메노우는 제일 먼저 교회를 찾아갔다. 임무 경비 조달 신청서를 냈더니, 바로 사제가 메노우를 불렀다.

처형인으로서의 메노우를 지명한 것이다. 아카리도 데려갈 수는 없기 때문에, 예배당 의자에 앉혀놓고서 진지한 얼굴로 말했다.

"먼저 리벨의 교회를 관리하는 사제 분께 인사를 해야 하니까, 넌 예배당에서 얌전히 기다리고 있어줘. 알았지? 누가 말을 걸더라도 절대로 따라가면 안 되고?"

"응. 그건 알겠는데…… 저기, 메노우."

"왜 그래?"

"이거, 뭐야?"

완전히 다섯 살 아이를 달래는 것처럼 말하는 메노우에게, 손을 번쩍 들면서 질문한 아카리의 손목에는 어떤 물건이 감겨 있었다. 조금 전에 메노우가 묶어준 것이다.

메노우는 아무렇지도 않게 대답했다.

"밧줄인데?"

밧줄. 아카리가 얼빠진 표정으로 따라서 말했다. 참고로 그 밧줄 반대쪽 끝부분은 메노우가 쥐고 있다.

아카리는 그냥 내버려 두면 관심이 가는 대로 이리저리 제멋대로 돌아다니거나 유괴당할 정도로 빈틈이 많다. 여기까지 오는 순례길에서도, 몇 번이나 메노우를 괴롭게 만들었다.

그래서 언제인가 선언한 대로, 확실히 줄을 매어뒀다.

당연히 물리적으로. 손목이기는 하지만, 메노우는 이만하면 됐다고 만족스레 고개를 끄덕였다.

"너, 혼자 두면 정~말로 누가 잡아갈 수도 있으니까. 나도 학습이라는 걸 했어. 눈을 뗄 때는, 이렇게 고삐를 매어둬야 한다고 말이야."

"이, 이러지 마, 메노우!"

정신이 번쩍 든 아카리는 줄에 묶인 상태에서 반발했다. 줄이 묶인 손을 가슴 위에 얹고, 들으라는 것 같은 말투에 큰 목소리로 말했다.

"이런 건 보는 사람 없는 데서, 단둘이 있을 때만 하자! 나랑 메노우가 분명히 사이가 좋기는 하지만, 밖에서 이러는 건 레벨이 너무 높아서 창피하단 말이야!"

"닥쳐주실래요?"

다른 사람한테도 들릴 만큼 큰 목소리로 정신 나간 소리를 떠들어대기 시작했다. 메노우는 온화한, 그러면서도 엄청난 서슬이 담긴 웃는 얼굴로 위압했다.

"넌 자기 자신에 대한 자각이 없어도 너무 없어. 자꾸 이상한 소리 하면, 다음에는 거적으로 말아서 굴리고 다닌다?"

"난폭한 짓은 하지 마아. 좀 더 상냥하게 대해줘! 난 메노우의 사랑이 필요하단 말이에요!"

"사랑을 원하면 얌전히 굴어주세요."

"얌전히 굴면 사랑을 줄 거야?!"

"줄 리가 없잖아?"

다른 사람이 보기에도 사이가 좋아 보이는 대화였다.

하지만 여기는 교회다. 신관으로서 시끄럽게 굴면 그냥 둘 수 없다고, 아카리의 어깨에 두 손을 얹고서 확실하게 말했다.

"알았어? 일단 여기서 얌전히 있어야 한다? 앉아서 기다리기만 하면 돼. 괜찮겠지. 열 살짜리도 할 수 있는 일이니까, 열여섯 살인 아카리한테는 간단한 일이겠지?"

"메노우는 말이야, 걱정이 너무 많아. 좀 더 속박을 풀어줘도 된다고 생각하는데 말이야, 나는."

"정말로 걱정돼서 그래. 너무 위기의식이 없는 널 보고 있으면, 정말로 정신연령이 열 살도 안 되는 건 아닌가 하고 진지하게 생각하는 때도 있거든. 이번에 잘 기다려주면, 다음부터는 줄을 풀어줄 테니까 그만 포기 해."

"날 너무 안 믿어……."

인정사정없는 평가를 듣고서 풀이 죽은 아카리를 놔두고, 메노우는 교회 안쪽으로 갔다.

도시의 구조는 지역의 풍토에 따라서 다르지만, 교회의 구조는 어느 도시를 가도 전부 비슷하다. 헤매지도 않고 사제의 집무실에 도달해서 문을 두드렸다.

"들어오세요."

"실례합니다."

들어오라는 말을 듣고, 메노우는 안으로 들어갔다. 집무용 책상 앞에 앉아 있는 사람은 신경질적으로 보이는, 날씬하고 눈 밑에 다크 서클까지 있는 음침해 보이는 여성이었다.

항구 도시 리벨 제1신분의 수장 자리를 맡고 있는 사제다. 사람 됨됨이까지는 모르지만, 이 사람의 이름이 시실리아라는 정도는 사전 정보로서 알아뒀다.

"단도직입적으로 말하겠는데요, 메노우 양. 당신이 제출한 신청서에 대해, 이쪽의 견해를 전하겠어요."

"예."

메노우는 도시에 도착한 뒤에 이 도시 교회에 임무 비용 신청서를 제출했다.

도보 여행을 하면서 윤택한 자금을 들고 다니는 것은 부주의한 짓인데다 그 돈이 짐이 되기까지 한다. 그렇다고 은행 계좌 등을 이용하면, 그것 때문에 제2신분 권력자에게 꼬리를 잡힌다.

그렇기 때문에 메노우 같은 처형인은 가는 곳마다 있는 교회에서 자금을 융통 받는 형태를 취하게 된다. 따라서 각 지방에 있는 교회도 가능한 협력해야 한다고 정해져 있다.

그렇다.

가능한, 이다.

"대충 훑어봤는데, 불필요해 보이는 항목이 많아. 어째서 국내 이동에 비용이 많이 드는 장거리 열차를 갈아타면서 가는 거지. 좀 더 싼 이동 수단도 있는데. 아예 국내 경로도 걸어서 이동하면 절약할 수 있다고 보는데, 내 생각이 잘못됐나?”

이 도시에서 출발하기 위한 경비가 필요하다는 메노우의 신청에 대해, 이 도시 교구를 맡은 사제께서 친히 계획의 문제점을 지적하셨다.

“우리는 당연히 『가능한』 협력을 아끼지 않겠지만, 당신도 『가능한』 경비를 절감하기 위한 노력을 해야 마땅하다고 생각하지 않아?”

“예. 물론 지당하신 말씀이십니다.”

메노우는 차분하게 대답했다. 처형인이라는 입장 자체가 미움받는 존재라는 것은 잘 알고 있다.

메노우 같은 성지 직할 처형인은 더러운 일을 전문으로 처리하는 입장인데다, 교구를 맡고 있는 성직자에게는 외부인이다. 갑자기 찾아왔을 때 환영해줄 리가 없다. 고도 가름에서 만났던 대사교 오웰처럼 환영해주는 것이 이례적인 대응이었을 뿐이다.

다른 곳에서는 찾아볼 수 없는 환대를 해줬던 오웰은 노화에 저항하기 위해서 금기를 저지른 이단자였다. 시실리아의 태도가 빈정대는 말투이기는 해도 부자연스러운 것은 아니다. 오히려 흔히 볼 수 있는 대응을 해주니 마음이 놓일 지경이다.

그렇다고 짜증이 안 나느냐고 묻는다면, 그것도 아니다. 사소한 것까지 조목조목 따져대는 상대 때문에 마음속에서 짜증이 치밀어 올랐지만, 꾹 참으면서 반론했다

“하지만, 이세계 사람이 위험하다는 것은 잘 알고 계실 겁니다. 시간이 걸리면 걸릴수록 위험성이 커지게 되니, 신속한 이

동이 필요합니다. 이동에 많은 비용이 필요해지는 사유로서 고려해 주시면 안 될까요?"

"어머나. 곁에 있으면서도 억제할 수가 없다는 건가? 그건 태만 아니야? 당신이 할 일은 뭐지? 이세계 사람에 대한 처우는 당신의 일이지 우리 일이 아니야. 무엇보다, 신속하게 이동해서 뭘 어쩌자는 거지?"

한 마디를 말하면 두세 마디의 반론이 돌아온다.

말문이 막힌 메노우에게, 시실리아가 가장 결정적인 문제점을 파고들었다.

"당신의 계획표, 『동반하고 있는 이세계 사람을 어떻게 처리할 것인가』라는 최종 목표가 없어. 설마 정말로 성지까지 데리고 갈 생각은 아니겠지?"

아픈 구석을 찔리자, 메노우는 입을 꾹 다물고 말았다.

메노우는 제1신분의 암부(暗部)에 소속된 처형인이다.

이세계에서 소환된 아카리를 죽여야만 한다. 여기 오기 전에 그리잘리카 왕국에서 소환한 아카리와 접촉한 것은, 원래 그녀를 죽이기 위해서였다.

하지만 메노우는 아카리의 암살에 실패했다.

아카리는 물리적으로 죽일 수가 없기 때문이다.

"당신이 데리고 있는 이세계 사람, 토키토 아카리를 통상적인 수단으로 죽일 수 없다는 건 알았어. 【시간】의 순수 개념에 의한 회귀. 이건 어지간한 방법으로는 어떻게 할 수가 없겠지."

시실리아의 말이 맞다.

이세계 사람이 소환될 때에 부여되는 능력인【순수 개념】. 초상(超常)적이라고도 할 수 있는 능력 중에서도【시간】의 힘을 얻은 아카리는, 사망하면 그 순간에 자동으로【회귀】술법을 발동시켜서 자신의 죽음을 없었던 일로 만들어버린다.

메노우와 아카리가 같이 여행하고 있는 것도 위험한 능력을 가진 아카리를 감시하기 위해서이며, 가능하다면 틈을 봐서 처형하기 위해서다.

그리고 메노우는 아직까지 아카리를 처형할 수단을 찾아내지 못했다.

"목적지도 정하지 않고, 데리고 다니는 이세계 사람을 억제할 자신도 없으면서 『여행을 계속하기 위한 돈을 주세요』? 농담은 적당히 해줬으면 싶어. 당신이야말로, 자기 일에 대해 진지하게 생각해봐야 해."

"그래서, 무슨 말씀을 하고 싶으신 건가요."

"그러니까."

메노우 앞에 있는 시실리의 손가락이 신청서를 집어 들었다.

"이런 엉터리 여정 계획서를 제출해봤자, 돈은 줄 수 없어."

메노우의 눈앞에서 찌익, 찌익, 종이 찢어지는 소리가 났다.

자신이 제출한 신청사가 잘게 찢어지는 모습을, 메노우는 무표정한 얼굴로 지켜봤다. 팔락팔락, 쓰레기가 돼버린 종잇조각을 책상 위에 뿌린 시실리아가 손가락으로 안경을 치켜 올렸다.

"어쩌면, 당신은 모를 수도 있겠지만, 우리 예산도 무한은 아니야. 당신 같은 교구 밖에서 온 사람에게 내줄 수 있는 비용은 더더욱 한정돼 있고."

"물론 잘 알고 있습니다."

"좋아. 금전 문제는 건전하게 처리해야 하는 법이야. 비용에 대한 대가라는 성실한 형태가 있다면, 아주 알기 쉬울 것 같다고 생각하는데 말이야."

"그 말씀은?"

"협력해줬으면 하는 일이 있어."

처형인은 미움 받는다. 메노우 같은 인간의 임무 비용 신청은, 지방 교회 운영자에게는 자신들의 교구 소속도 아닌 인간이 돈을 뜯어내러 온 것처럼 보일 뿐이기 때문이다.

하지만 동시에, 성지에서 힘든 훈련을 거치고 선발된 처형인이 얼마나 유능한지를 의심하는 제1신분은 존재하지 않는다.

"구체적인 공헌을 해준다면 나도 그냥 넘어갈 수가 없지. 성공 보수라는 형태로, 신청한 금액을 내주도록 하겠어."

그래서 이렇게 교환 조건을 내세우는 것도 흔히 있는 일이었다.


"하아……."

예배당에서 기다리고 있던 아카리와 합류한 메노우는, 밖으로 나오자마자 완전히 지쳤다는 것처럼 한숨을 쉬었다.

그 뒤에 의뢰 내용을 들었는데, 상당히 귀찮은 일이라고 확신할 수 있는 부류였다. 경비를 신청할 때 어느 정도의 교섭은 각오하고 있었지만, 역시나 귀찮은 일이다.

하지만 돈이 없으면 여행을 계속할 수도 없다. 무엇보다 숙소도 잡을 수가 없으니까. 어떻게든 해야겠다고 생각하며 교회 밖으로 나온 메노우는, 손가락으로 미간을 주물렀다.

떨떠름한 표정인 메노우의 얼굴을, 아카리가 빼꼼, 들여다봤다.

"메노우, 피곤해?"

"그래. 돈 문제는 인류의 공통된 고민거리잖아."

"그런가? 그런데 생각해보니까, 메노우랑 처음 만났을 때도 왠지 가난하다는 느낌이었는데."

"미안하네요, 가난해서."

아카리와 처음 만났을 때도 금전적 여유가 없었던 건 사실이다. 애당초 메노우는 성직자다. 임무 수행을 위한 경비와 살아가기 위한 최소한의 식량을 제외하면, 급여라는 것이 아예 존재하지 않는다. 제1신분은 원래 그런 존재다.

아카리를 보는 눈이 저절로 원망하는 눈으로 변해갔다.

원래 메노우는 처음 만난 날에 아카리를 암살해야 했다. 실제로 처음 만났을 때는 아카리가 알아차리지도 못할 정도의 수완으로 아카리의 뒷목에 나이프를 꽂아 넣었다.

그때, 아카리는 순수 개념【시간】에 의한 회귀 술법을 이용해서 부활했다. 메노우는 단독으로는 아카리를 살해하는 게 불가능하다는 결론에 도달했고, 지금처럼 같이 여행하는 신세가 되고 말았다.

순수 개념【시간】의 능력으로 불사의 힘을 얻은 아카리를 확실하게 죽일 방법을 찾기 위해서.

게다가 그 뒤에 대사교가 금기를 저지르는 특대형 사건에 직면한 탓에, 일찌감치 가름을 떠나야만 했다.

숙박할 호텔을 한 등급 낮추자. 메노우는 조용히 결심했다. 샤워할 때 더운 물이 안 나오는 정도는 참으면 된다. 이불에서 곰팡이 냄새가 날지도 모르지만, 그것도 참자.

"아…… 그런데 말이야."

여행에 지친 몸으로 겨우 들어간 호텔이 그런 곳이 될 거라는 생각에 기분이 한없이 가라앉고 있는 메노우의 팔을 쭉쭉 잡아당기는 손이 있었다.

"잘은 모르겠지만, 피곤하면 관광이라도 하면서 기분 풀자!"

"뭐……."

아카리의 눈이 반짝반짝 빛나고 있었다. 피곤하네 어쩌구는 그냥 핑계고, 단순히 처음 와본 도시를 탐색하고 싶다는 생각이 겠지.

하지만 메노우는 그럴 기분이 아니었다. 무엇보다 주머니 사정이 좋질 않으니까. 이 도시에서의 임무 경비는 그렇다 치더라도, 이다음 여정의 여비는 성공 보수라는 말을 들었다. 기분 나쁜 말이다. 이 세상엔 역시 철저한 선불 제도를 도입해야 한다고, 부려지는 입장인 메노우는 절실하게 생각했다.

"안 돼. 돈이……."

없으니까, 라고 말하려다가, 메노우는 입을 다물었다.

지금 걷고 있는 길의 으슥한 곳에서 익숙한 기척이 느껴졌기 때문이다. 동시에 교전에서 어렴풋한 빛이 깜박거렸다.

동조 처리를 걸어둔 교전들 사이에서만 행할 수 있는 도력 통신이다.

메노우는 교전을 펼치지도 않은 채, 아카리에게 들키지 않고 거기에 적혀 있는 통신 문자를 읽었다.

"왜 그래 메노우. 뭐, 메노우가 가난한 건 어쩔 수 없는 일이니까. 나도 참을게!"

"……예정 변경이야, 아카리."

쓸데없는 소리라는 생각을 하면서도, 오늘 예정을 고쳤다. 부탁받은 일에 협력하면 조사비용은 주겠다고 했다. 그렇다면 관광비용도 조사비용에 얹어서 청구하면 된다. 메노우도 나름대로 그 안경 쓴 사제에 대한 짜증이 쌓여 있었다.

"좋았어, 가자! 신나게 놀자, 아카리!"

"내 사랑이 통했어!"

메노우의 승낙을 엉뚱한 방향으로 곡해한 말이 귀에 들려왔다. 과도하게 기뻐하는 아카리에게, 메노우가 애매한 표정을 지어 보였다.

"쓸데없는 소리 하면 그냥 관둘 거야."

"죄송합니다! 사과할 테니까 같이 관광해 주세요!"

진지한 얼굴의 메노우에게, 아카리가 바로 애원했다. 꽤나 훌륭한 태세 전환이다.

"메노우랑 같이 여러 곳을 보고 싶어! 응? 응! 그러니까 철회하지 말아줘!"

"그래, 알았어, 알았다고. 알았으니까 좀 떨어져."

울면서 매달리는 아카리의 머리를 꾸우욱, 하고 눌렀다. 아카리의 얼굴이 활짝, 하고 밝아졌다. 순식간에 변하는 표정을 보고, 메노우는 씁쓸하게 웃을 수밖에 없었다.

"그럼, 먼저 어디부터 갈 거야?"

"글쎄."

관광이라고 해도 여러 가지다. 건축물 관광도 있고, 특산품을 먹으러 다닐 수도 있고, 바다가 있는 도시니까 항구 주변을 보며 다니는 것도 좋다.

하지만 긴 여행을 마친 직후다. 메노우는 자기 포니테일을 손으로 만지고, 이어서 아카리를 빤히 쳐다봤다.

2주에 걸친 도보 여행을 하느라 많이 더러워져 있었다. 게다가 조금 전에 들어온 교전 통신의 내용을 감안해서, 목적에 부합하는 답을 말했다.

"목욕하러 갈까."


참방. 욕조 수면에 파도가 일었다.

"하으응……."

요염할 정도로 황홀하게 들리는 숨소리를 낸 사람은 아카리다. 김이 가득 차 있는 목욕탕 안에서, 어깨까지 물에 담그고 있는 아카리는 한눈에 봐도 기분이 좋아 보인다.

"물 좋다아. 몸이 팍팍 풀리네…… 진짜 기분 좋다."

말 그대로, 몸은 모르겠지만 얼굴까지 완전히 풀어져 있다. 기분 좋아 보이는 소리를 낸 뒤에, 입까지 물에 담그고 부글부글 거품을 내는 버릇없는 짓까지 했다.

메노우는 아카리와 함께 시내의 공중목욕탕에 왔다.

메노우도 밝은 갈색의 긴 머리카락을 수건으로 감싸고, 다리를 뻗을 수 있는 공중목욕탕을 만끽하고 있었다.

후우, 하고 숨을 내쉬어서 몸을 이완시켰다. 열기가 천천히 스며드는 감각이 기분 좋고, 피로가 물속으로 녹아서 빠져나가는 것만 같았다. 아무래도 순례 중에는 더운 물을 쓸 기회가 거의 없다. 기껏해야 찬물 샤워나, 젖은 수건으로 몸을 닦거나 둘 중 하나다.

아카리는 두 팔을 앞으로 쭈욱 뻗었다.

"실컷 논다고 해놓고 목욕이라니, 가난한 메노우가 웬일인가 싶었는데, 정말 좋다~. 사람이 없어서, 전세나 마찬가지고!"

"낮이니까. 그리고 가난하다는 소리는 하지 말고. 신관은 맑고 올바르고 강해. 한마디로 이건 청빈의 표현이야."

"알겠습니다~. 메노우는 맑고 올바르고 강한 신관님입니다~."

드넓은 목욕탕 안에 있는 사람은 아카리와 메노우 둘 뿐인 사치스러운 상황이다. 다른 손님은 없어서 다른 사람들 시선을 신경 쓸 필요도 없이 마음 편하게 몸을 담글 수 있다.

"저기~ 메노우."

"응~?"

"이 여행 말이야, 성지라는 데가 목적지라고 했었지."

"맞아~."

더운 물에 몸을 담근 두 사람은, 늘어지는 목소리로 대화를 나눴다.

"잘 기억하고 있었네. 설명한 보람이 있어."

"당연히 기억하지이. 이 세계는 나처럼 소환되거나, 또는 자연 현상으로 온 사람이 있다고 했잖아? 그런 사람들을 성지라는 데서 보고하는 게, 메노우 일이라고 했었고."

이 세계에서는 아카리처럼 이세계에서 온 사람을 『길 잃은 사람』이라고 부르며 보호하고 있다고. 메노우도 소속된 제1신분이 그렇게 공표하고 있다. 아카리를 그곳으로 데려가기 위한 여행이라고, 메노우는 아카리와 처음 만났을 때 그렇게 설명했었다.

"그리고, 옛날에는 엄청나게 발전한 문명이 있었다는 것도 가르쳐줬었어! 이세계인데 일본어가 통하는 것도 그것 때문이구나."

"맞아. 소위 말하는 고대 문명이야. 너 같은 이세계 사람의 지식 같은 것들을 받아들여서 발전한 문명이었지. 그 과정에서, 이쪽 세계의 언어가 일본어로 통일됐어."

지금까지 오면서 상식을 가르쳐준 성과가 있다고, 메노우도 만족스레 고개를 끄덕였다.

하지만 실제 사정의 일부는 아카리에게 말해준 것과 다르다.

고의로 소환된, 또는 자연 현상의 일환으로 이쪽 세계에 온 일본인에게는 순수 개념이라고 하는 강력한 【힘】이 부여되는데, 그것은 불안정한 능력이다. 행사할 때마다 기억이 깎여나가고, 인격이 달라지고, 결국에는 『인재』라고 불릴 정도의 위협이 돼서 무작위로 피해를 퍼트린다. 예전에는 하늘에 있는 별들까지도 오갔다는 전승이 남아있을 만큼 고도로 발전했던 문명을 붕괴시키는 원인이 됐을 정도로.

『소금 검』, 『성해』, 『무마전』, 『기계장치 세상』.

특히 이 네 가지 인재는 피해가 엄청나서, 천 년이 지난 지금까지도 이상한 재앙의 흔적을 대륙에 남겨두고 있다.

그런 역사적 경위 때문에, 그들이 이쪽 세계에 상처를 주기 전에 메노우 같은 처형인이 이세계 사람을 비밀리에 살해해서 처리하는 제도가 만들어졌다. 메노우가 아카리를 데리고 여행하는 것도, 죽여도 부활하는 【힘】을 지닌 아카리를 살해하기 위해서다.

"그런데 말이야아, 여기까지 오는 동안 힘들기도 했지만 즐거웠다고, 조금 그렇게 생각해."

아카리는 그런 메노우의 사정도 속내도, 무엇 하나 모르고 있다.

메노우에게 무방비한 신뢰를 보이는 아카리는, 목욕탕 속에서 넋 나간 사람 같은 미소를 지었다.

"메노우랑 같이, 이쪽 세계를 계속 여행하는 것도 좋을 것 같아."

행복해 보이는 목소리에, 허를 찔렸다. 자기도 모르게 깜짝 놀라서 눈이 휘둥그레지고, 뭐라고 대답해야 좋을지 우물우물 망설인 뒤에 어깨에서 힘을 뺐다.

"……바보."

목욕을 더 만끽하고 싶어 하는 것 같은 아카리를 두고, 메노우는 수면을 출렁이면서 일어났다.

몸은 이미 충분히 따뜻해졌다. 더 담그고 있어봤자 소용없다.

"여행은 말이야, 목적지가 있으니까 하는 거야. 과정을 목적이라고 생각하다니, 주객전도도 정도가 있지."

"그런가아. 난 중간에 여기저기 들르면서 돌아다니는 것도 좋아하는데 말이야~. 중간에 알게 되는 것도, 정말 많고."

"아, 그래. 난 먼저 나갈게."

"예~. 나중에 따라갈게요오……."

아카리는 목욕을 오래 하는 타입이다. 욕조 속에서 손을 흔들며 배웅하려던 아카리는, 문득 손을 멈추고 메노우를 빤히 쳐다봤다.

"……이렇게 보니까 말이야, 메노우는 정말 몸매가 좋다."

아카리가 감탄한 것 같은 목소리로 말했다.

늘씬하고 길게 뻗은 팔다리와 균형 잡힌 몸매. 날씬해 보이기도 하지만, 잘 단련된 몸은 아주 탄탄하다. 결코 신장이 큰 것도 아닌데 이렇게 강한 존재감을 발휘하는 것은 예쁘고 작은 얼굴은 물론이고, 보고 있으면 기분이 좋아질 만큼 몸 전체가 아름다울 정도로 균형이 잡혀 있기 때문이다.

아카리가 말한 것처럼, 동성이 봐도 반하고 동경하게 되는 이상적인 황금 비율이다.

무례한 시선을 느낀 메노우의 눈빛이 날카로워졌다.

"남의 알몸을 빤히 보지 마."

"아으."

목욕탕에서 남의 알몸을 평판하는 게 아니라고 말하며, 에잇, 예쁜 다리로 물을 날려서 아카리의 시선을 가렸다. 머리카락을 감싸고 있던 수건을 벗어서 몸 앞쪽을 가리고, 손가락으로 물 위에 떠 있는 아카리의 커다란 봉오리 두 개를 가리켰다.

"너도 목욕탕에서 『가슴이 참 훌륭하네요』 같은 소리를 들으면 기분 나쁘잖아."

"으으. 그래도 메노우는 말해도 되거든!"

완전히 기세만 가지고 말해버린 아카리가 첨벙, 하는 물소리를 내며 일어나서는 알몸을 훤히 드러냈다.

끊임없는 훈련을 통해서 탄탄한 육체를 유지하는 메노우에 비하면, 아카리의 알몸은 옆구리와 위팔을 손가락으로 잡으면 살이 그럭저럭 잡힐 정도로 한심해 보였다. 여성적이고 부드러운 몸매와 어리게 보이는 얼굴 사이의 갭이, 서로의 매력을 두드러지게 해주고 있다. 무엇보다 동성이 봐도 부러워할 정도로 훌륭한 두 개의 봉오리는, 그것만으로도 다른 이의 시선을 사로잡을 수 있다.

"자! 내 알몸을 보고 무슨 생각을 했는지 200자 이내로 서술해 주세요!"

"바보야?"

"바보입니다!"

아무래도 바보라는 건 자각하고 있는 것 같다. 기세를 타고 영문을 알 수 없는 요구를 하는 아카리를 보고, 메노우가 냉정하게 말했다.

"조용히 하고, 물에 담그기나 하세요."

"으갸악뿌그르르."

아카리의 다리를 후려서 물속에 가라앉게 만든 메노우는, 재빨리 욕조 밖으로 나왔다.

탈의실에서 재빨리 신관복으로 갈아입고서는, 목욕을 마친 뒤에 휴식하는 공간으로 이동했다. 시간이 시간이라서 그런지 다른 사람은 거의 없다. 메노우가 소파에 앉았을 때.

"선배니이임~!"

지금 막 목욕을 마치고 나와서 몸에서 김이 피어오르는 메노우에게 돌격해온 인물이 있었다.

메노우의 남색과 다른 하얀색 신관복을 입은 소녀다. 분홍색 머리카락은, 메노우가 가름에서 구입하고 선물해준 슈슈라고 하는 머리 장식을 이용해서 두 갈래로 묶었다.

"진짜 선배님이예요오! 틀림없이 선배님 감촉이예요오! 모모의 선배님이예요, 모모만의 선배님이예요오, 선배님은 모모만의 것이예요오!"

열렬한 포옹 어택이다. 놀라울 정도로 높은 텐션이다.

메노우의 후배이자 보좌관인 모모다. 메노우도 놀라지 않았다. 공중목욕탕에 오기 전에 교전을 이용해서 통신을 보내온 건 바로 모모였다.

"선배님, 목욕 하셨네요오~. 목욕하고 나온 선배님은 따뜻하고 매끈매끈해서 정말 좋아요오. 모모도 선배님이랑 같이 좋은 목욕물을 만끽하면서 몸을 쉬고 싶었어요오. 선배님이랑 같이 목욕한 가슴만 큰 여자한테는 목욕탕에서 발이 미끄러져서 물에 빠져 죽는 저주를 걸어버릴 거예요오!"

"그래, 알았어. 다음에 같이 목욕 하자."

"예~!"

살벌한 소리를 하는 후배를 달래주자, 모모는 천진난만하게 웃어 보였다.

모모는 메노우의 보좌를 맡고 있다는 사정 때문에, 아카리에 게 존재를 들키지 않는 것을 전제로 삼아서 행동하고 있다. 그 래서 따로 행동하고 있던 모모는, 메노우 일행보다 한발 먼저 이 도시에 도착했다.

간신히 정비된 순례길에서 벗어난 가혹한 미개척 영역을 지나 왔으면서도, 순례 루트보다 빨리 도착했다. 그것만 해도 놀라운 일인데, 모모는 아카리와 마주치지 않도록 행동하면서도 오늘 막 시내에 들어온 메노우에게 통신 마도로 연락을 걸어왔다. 오 히려 어떻게 알아냈는지 묻고 싶을 정도로 메노우의 동향을 전 부 파악한 행동이다.

"거의 2주나 선배님이랑 떨어져 있다니이! 모노는 너무너무 쓸쓸해서 매일 아침, 매일 낮, 매일 밤, 매일매일 선배님 생각만 했어요오! 꿈속에서까지 선배님이랑 다시 만났던 모모는 정말 감개무량하고, 오늘은 기념일이예요오~!"

"그래, 알았어. 나도 자랑스러운 후배를 못 만나서 정말 쓸쓸 했어~."

"에헤헤~. 자랑스럽다니~ 그 정도는 아닌데요오~!"

분홍색 머리카락을 쓰다듬어줬더니, 헤벌쭉~ 하고 얼굴이 풀어졌다. 아주 다루기 쉬운 후배다. 하지만 이 다루기 쉽다는 점은 메노우한테만 한정돼서 발휘되는 것이고, 귀여운 척하는 때가 아닌 모모는 냉혹하고 무자비하다고 해도 지장이 없을 정도로 용서라는 걸 모르는 성격이다.

경애하는 선배 앞에서는 그런 모습을 전혀 보이지 않는 모모는, 메노우를 끌어안은 채로 머리를 메노우의 몸에 비벼댔다.

"역시 세상님은 이 세상에서 제일이예요오. 만나기만 해도 모모를 가득 채워주는 건 이 세상에 선배님 뿐이예요~! 선배님이야말로 모모의 오아시스예요오!"

"그래, 그래. 모모는 참 착하네. 세상에서 제일가는 후배야."

"예~ 모모는 정말 착해요오. 그러니까 더 쓰다듬어 주세요~. 더, 더 칭찬해 주세요~. 모모는 선배님한테 쓰담쓰담 받기 위해서 살고 있어요오~."

"자, 그런데 모모. 일 얘기 좀 해야겠거든."

"으에……."

부비부비, 메노우한테 완전히 달라붙어서 볼을 비벼대면서 있는 힘껏 응석을 부리던 모모가, 한심한 표정을 지었다.

"일이라니, 또요오? 선배님이 이제 막 여기 도착한, 이 타이밍에에?"

"그래. 임무 비용 조달 신청을 했더니, 일을 떠넘겼어."

"항상 그랬잖아요오~……."

"그래, 항상 하던 그거야."

떨떠름해 하며 메노우한테서 떨어진 모모는, 너무나 불만인 것처럼 보였다. 모모도 처형인 보좌관이다. 임무 비용을 벌기 위해서 다른 일을 떠넘기는, 그런 매번 있는 패턴에 대해서는 잘 알고 있다.

메노우는 조금 전에 시실리아에게 들은 이 도시의 현재 상황에 대해 말했다.

"이 도시에는 『제4』라는 놈들이 자리 잡고 있다는 것 같아. 거기에 대응하는 걸 도와달라는 얘기 같아."

"으아……『제4』라는 놈들, 이 동네에도 있나요오."

"어디에나 있어, 그런 놈들은. 한 마리가 보이면 수십 마리가 있는 거라는 얘기도 있잖아."

『제4』라고 불리는 것은, 한때 대륙을 풍미했던 사상을 주장하는 시민단체다. 제1신분, 제2신분, 제3신분이라는 세 개의 신분 제도로 구분된 이 세계에서, 자신들이 제4의 신분이라고 주장하는 집단이다.

간단히 말하자면 인간은 어떠한 신분에도 얽매여서는 안 된다는 것이 그들의 사상이다.

자유와 자립을 주장하는 『제4사상』은, 예전에 짧은 기간 동안 폭발적으로 유행했었다. 여기 오기 전에 이웃 나라인 그리잘리카 왕국에서 조우했던 테러리스트도 그 일파다.

"지금은 그냥 잔해만 남았지만, 도사님이 『맹주』인가 하는 놈을 붙잡지 않았다면 상당한 위협이 됐을 수도 있는 단체야. 너무 방심하지 말고."

"한때는 상당했다는 것 같더라고요~. 기왕이면 도사님도 조직을 송두리째 해치웠으면 좋았을 텐데 말이죠~. 어중간하게 남겨두니까, 그런 놈들이 기어오르는 거예요오."

"분명히 도사님이 『제4』의 맹주를 붙잡기는 했지만, 아무리 그 사람이라고 해도 섬멸시키는 건 무리가 아닐까……?"

모모는 불만이 철철 흘러넘치는 말투로 도사님에 대해 불평을 늘어놨지만, 『제4』는 하나의 단체라기보다는 일종의 사상 그 자체에 가깝다.

예전에 리더가 『맹주』를 자처했던 사실을 봐도 알 수 있듯이, 공통된 사상을 지닌 조직의 모임 같은 형태를 계속 유지했었다. 각지로 흩어진 잔당들도 나라마다, 도시마다 규모와 세력이 제각각이고, 서로 연계하지 않기 때문에 근절하기가 더 힘든 귀찮은 성질을 지닌 것들이다.

"일단 그놈들이 시민단체의 가죽을 뒤집어쓰고 있어서, 존재 자체는 위법이 아니라고 했었죠? 그냥 기사 계급들한테 떠넘기면 안 되나요~?"

"당연히 리벨에 있는 『제4』도 기사 계급이 감시하고 있어. 그쪽에서 들어온 보고서도 있고."

"헤에. 이 동네, 의외로 제1신분과 기사 계급이 사이가 좋네요."

제2신분이나 제3신분이 시민단체를 결성해서 운영하는 자체는 대륙의 어느 나라에서나 인정하는 일이다. 위법행위만 저지르지 않으면 사상까지는 탄압하지 않는 것이 기본적인 자세다. 일반적으로는 준 테러리스트로 취급하는 『제4』의 단체명을 주장하는 것도 그들의 자유다. 건전한 제3신분 시민들에게는 백안시

당하고, 제2신분 기사 계급에는 찍히고, 제1신분에게는 요주의 인물로 취급받을 뿐이다.

"이야기를 듣고 자료를 보니까, 시실리아 사제도 일 처리 자체는 트집 잡을 구석이 없네. ……성격은 짜증나지만."

"성격하고 일 처리는 비례하는 게 아니니까요~. 도사님이 그 전형적인 사례잖아요~."

"그 사람은 오히려 성격이 못돼서 일의 결과가 잘 나오는 것 같거든."

메노우와 모모가 자란 특수한 수도원을 총괄하는 이에 대한 험담을 열심히 늘어놓으며, 메노우는 탈의실에 놔뒀던 가방에서 자료를 꺼냈다. 교회에서 시실리아가 준 그 자료다.

욕탕에 있는 아카리는 아직 나오는 기척이 느껴지지 않는다. 아직 괜찮을 것 같다고 생각하며, 모모에게 계속 설명해줬다.

"시실리아 사제가 처형인인 우리의 손을 빌리고 싶다고 제안한 이유는 두 가지가 있어. 하나는 바로 얼마 전에 『제4』의 말단이, 기사 한 사람한테 중상을 입혔다는 것 같아."

"기사한테, 말인가요."

모모의 얼굴에 날카롭게 경계하는 기색이 드리웠다.

이 세계에서 제2신분은 행정을 집행하는 신분이라고 표현할 수 있는 입장이다. 그중에서도 기사는 도시의 치안을 유지하는 역할을 맡기 위해서 가혹한 훈련을 받은 전투 집단이다. 그들이 마도를 어설프게 건드려본 상대에게 당할 거라고는 생각할 수 없다.

"아주 드물게, 제3신분 모험자 중에도 쓸 만한 것들이 있기는 하지마안……."

"그런 건 아니야. 여길 읽어봐."

모모한테 준 자료의 한 부분을 가리켰다. 거기에 관한 정보가 적혀 있었다.

"아무래도 2, 3주 전부터 『제4』 구성원들 사이에 이상한 약이 돌고 있다는 것 같아. 위쪽에서 『마약(魔藥)』이라는 걸 지급했다는 것 같고."

"……그거 한마디로, 이상한 약인가요오. 그런 걸 먹는 놈들은 대체 무슨 생각인지 모르겠다니까요오~. 머리가 어떻게 된 것 아닌가요~? 그냥 두면 틀림없이 자멸할 것 같은데요오."

"그렇게 되면 다행인데, 아마 네가 상상하는 것보다 훨씬 안 좋은 물건이야."

전능해진 것처럼 느껴지게 만드는 흥분 작용과 뇌에서 쾌락 물질을 분비하게 만드는 부류의 상습성이 있는 약일 거라고 말하며 얼굴을 찌푸린 모모에게, 메노우가 샘플을 꺼내서 보여줬다. 『제4』의 내정을 살피고 있는 기사가 사제인 시실리아에게 제공한 물건이다.

기분이 나빠질 정도로 새빨간 알약이다. 피를 응고시킨 것 같은 인상을 주는 약에서는, 마도 기술을 익힌 인간이라면 알 수 있는 도력 반응이 느껴졌다.

흘러나오는 끔찍한 도력 반응에, 모모는 혐오하는 기색을 숨기지 않았다.

"겨우 약을 만드는 정도로 원죄 개념의 금기에 손을 물들이다니이…… 아주 근성이 좋은데요, 이 동네 『제4』놈들은~."

"동감이야. 제1신분을 대체 뭐로 보는 건지."

원죄 마도.

산 제물을 바쳐서 이계의 【힘】을 끌어내는 마도 계통이다. 원죄 마도를 발생시키기 위해서는 대부분의 경우 인간의 육체, 정신, 영혼을 바쳐야 한다. 지금 메노우가 들고 있는 빨간 알약은, 인체의 희생을 전제로 생성된 것이라고 봐도 틀림없을 것이다.

"자금을 벌기 위해서 항구 도시에 유통하려고 한 건지, 말단 구성원들에게 복용시켜서 전력을 증강하려고 한 건지, 목적까지는 모르겠지만, 그놈들은 금기에 손을 댔어. 이 약의 조제법을 알고 있는 인간은, 우리 처형인이 처리해 마땅한 인간이야."

"선배니임, 이 안건, 그냥 방치하면 안 될까요오~? 여기까지 【제4】를 놔둔 건, 이 동네 책임이잖아요오."

대략적인 설명을 들은 모모가 싱긋 웃으면서 그렇게 말했다.

"저희는 저희대로, 그 가슴만 큰 여자를 콱 죽여 버리는 큰 목적이 있잖아요오! 이런 동네 사정에는 엮이지 말고 갈 길이나 가면 되는 거예요오."

여기서 누가 뭘 하건 알 바가 아니라고 단언하는 모모에게, 메노우가 곤란하다는 표정으로 말했다.

"돈이, 없거든."

"괜찮아요오. 돈 문제는 모모한테 맡겨만 주세요오~!"

"맡기라니, 어떻게?"

돈이 없는 건 모모도 마찬가지일 텐데. 아무래도 기본적으로 보좌관인 모모의 활동비용은 메노우가 지불하고 있으니까.

"에헤헤~ 미개척 영역에서, 이것저것 주워왔거든요오. 그걸 시장에 내다 팔았더니, 그럭저럭 벌었어요오! 왠지 이 동네, 꽤 쓸모없어 보이는 것들까지 다 팔리더라니까요오~."

약 2주 동안 순례길을 걸어온 메노우와 달리, 모모는 길도 없는 완전한 미개척 영역을 답파했다.

순례길에서 벗어난 미개척 영역은 자세한 지도도 작성할 수 없을 정도로 위험한 환경이다. 그런 이유 때문이라고 할까, 고대 문명의 유적 같은 것들이 그대로 남아 있다.

그곳을 탐색하는 것들이 모험자라고 불리는 직업의 사람들인데, 모모는 오는 중에 그들과 똑같은 일을 했다는 것 같다.

"하는 김에, 어째선지 딱 마주친 그 개똥같은 꽁쭈님을 고대 유적의 위험 지대에 처넣어버린 다음에 그냥 두고 왔으니까, 운이 좋다면 그 녀석도 죽었을 거예요오!"

반짝반짝 빛나는 눈으로 살벌한 보고를 했다. 모모의 입에서 그냥 넘어갈 수 없는 인물의 이야기가 나왔다.

메노우는 면식이 없지만, 그리잘리카 왕국의 공주는 모모와 약간 인연이 있다. 얼마 전까지 이웃 나라 그리잘리카 왕국에 있었는데, 대사교가 일으킨 금기 사건 때, 아슈나와 모모는 대립하면서도 같이 싸웠었다.

"잠깐, 왜 그리잘리카 왕국 공주님이 이쪽에 와 있는 건데. 지금 그 공주님네 나라는 꽤 복잡한 상황인데 말이야?"

"그 개똥같은 꽁쭈님한테 합리성 따위는 없어요오~. 배틀 마니아의 욕구를 채우고 싶었던 게 아닐까요오?"

아무래도 모모는 아슈나를 싫어하는 것 같다. 미개척 영역을 횡단하는 중에 아슈나와 마주친 것 같은데, 국경을 넘으면서 굳이 순례길을 지나지 않고 미개척 영역을 돌파하는 쪽을 선택한 걸 보면, 아무리 봐도 감성이 이상한 공주님이다.

유적에 그냥 두고 왔다고 했는데, 아마도 살아 있겠지. 들은 이야기이기는 하지만, 아슈나는 틀림없이 도력 적성이 뛰어난 천재다. 어지간히 위험한 지역에서 죽어줄 공주님은 아닐 것이다.

"뭐, 아슈나 전하 일은 그렇다 치고…… 여기 교회에서 부탁한 건, 어쨌거나 일이니까. 받아들일 거야."

"으으~."

모모는 볼이 퉁퉁 부었다. 자기 같았으면 틀림없이 무시했다는 얼굴이다.

"선배님은 말이죠, 사람이 너무 좋아요오. 자기 관할 지역도 제대로 챙기지 못하는 놈들 따위는, 그냥 내버려 두는 게 좋아요오."

"그런 소리 하지 말고. 일단 네가 번 돈은 네가 알아서 써."

"선배님을 먹여 살리는 것 말고는 쓸 방법이 생각나질 않아요오."

"그건 하지 말고."

뭔가 서러워서 후배 돈으로 먹고 살아야 하는 건지. 딱 잘라서 거절했다.

그리고 분하기는 하지만 경비를 신청할 때 시실리아가 했던 말이 핵심을 찔렀다. 목적도 없이 그저 멍하니 앞으로 나아가기만 해봤자 의미가 없다.

아카리를 살해하기 위한 지침을 정해야만 한다.

"『마약』의 소재 말인데, 외부에서 유입되는 건 아니라는 것 같아. 금기에 해당하는 소재는 시내에서 엄중히 단속하고 있어."

"그렇다면, 소재는 그건가요."

"이 도시 사람, 이겠지. 하지만 행방불명된 사람이 거의 없다는 점이 이상하단 말이야."

"뭐, 수사 의뢰도 들어오지 않은 상태니까요~. 조사할 때까지 기다려야 할 것 같아요오."

시실리아 사제가 준 자료를 보며 정보를 교환했다. 후반은 『제4』의 연구 테마에 관한 것이다. 기사가 내정을 살피기 위해 내부에 잠입한 만큼, 상당히 자세한 정보가 기재돼 있었다.

그 마지막 부분을 보고, 모모의 얼굴이 뜨끔하고 굳어졌다.

"『무마전』의 해석…… 선배님, 이거언──."

"그건 무시해도 돼."

처음으로 진지한 표정을 지은 모모에게, 메노우가 딱 잘라서 말했다.

모모가 경계하는 것도 이해한다. 처음 봤을 때는 메노우도 얼굴에서 표정이 사라질 정도로 위협적인 내용이니까.

『무마전』.

지금 있는 도시, 리벨의 남쪽 해상에 있는 지역을 가리키는 말이다. 리벨에 도달하기 전에, 아카리와 이야기하는 중에서도 잠깐 화제가 됐었다.

4대 인자의 흔적, 『무마전』.

하지만 『무마전』은 봉인되었기 때문에 『무마전』인 것이다.

"이 도시는 『무마전』과 가까운 곳이기도 해. 이런 알약을 만들 정도니까. 힘을 추구하는 인간이 저기에 관심을 갖는 것도 당연한 일이지만, 해석은 절대로 무리야. 저 안개는 제1신분조차도 해석 불능. 고대 문명 시기라면 모를까, 지금의 인류가 감당할 수 있는 게 아니야."

4대 인재 중에 하나.

메노우가 어린 시절에 봤던 서쪽 끝의 섬에 꽂혀 있는 『소금 검』과 동등한 존재가 안개 속에 숨어 있다.

여러 개의 섬이 이어져 있고 대국으로서 번영을 누리던 남방 제도 연합은, 천 년도 전에 지도상에서 소실됐다. 섬이라는 지반이 송두리째 사라져서, 『무마전』이 존재하는 지역이 어떻게 되어 있는지 관측할 방법이 없다.

영토라는 개념을 잡아먹어 버린 것이다.

예전에 존재했던 서방 대륙을 소금으로 만들어서 바다에 녹여 버린 것이 『소금 검』이라면, 예전에 남방에서 융성했던 해양 국가, 남방 제도 연합을 잡아먹은 뒤에 남은 것이 『무마전』이다.

그런 전설적이고 포학한 사태 중의 하나가, 항구 도시 리벨 남쪽에 있는 바다 위에 펼쳐져 있다.

"저 안개를 해석할 정도의 마도 기술이 있다면, 리벨의『제4』들은 이런 동네에서 조용히 이상한 약이나 유통하고 있지도 않을 거야. 그러니까 이 건은 무시해."

"예에! 역시 선배님은 대단하세요오! 납득이 가는 추측이예요오. 모모는 논리적이고 쿨하고 멋진 선배님이 정말 좋아요오~!"

"그래, 알았어."

평소처럼 어필하는 모모의 머리를 쓰다듬어줘서 진정시켰다.

"그리고 말이야. 이번에 문제가 된『마약』에 관해서는,『제4』의 연구 성과라기보다는――."

자료에 없는 내용을 설명하려고 했을 때, 탈의실과 이어진 복도에서 발소리가 들려왔다. 모모가 메노우에게 눈짓을 했다. 메노우가 고개를 끄덕인 것과 동시에, 모모가 소리도 하나 내지 않고 물러났다.

모모가 사라진 것과 거의 같은 타이밍에, 아카리가 휴게실에 나타났다.

방금 목욕하고 나온 아카리의 머리에서는 따끈따끈한 김이 피어오르고 있다. 분홍색으로 상기된 뒷목에 물방울을 흘리며, 휴게실을 이리저리 둘러봤다.

"어라? 메노우, 지금 누구랑 얘기하지 않았어? 뭔가 엄청나게 짜증을 내는 기척이 느껴진 것 같은데."

"너, 언제부터 기척을 느끼는 고상한 일을 할 수 있게 된 거야. 기분 탓이니까 빨리 물기나 닦아. 자, 수건."

"어푸."

모모를 본 적도 없는 주제에 무슨 소리를 하는 건지. 애당초 위기관리 능력이 전혀 없는 데다 만사태평하고 둔한 아카리가 기척 같은 걸 느낄 수 있을 리가 없다. 물기가 남아있는 머리에 수건을 덮어씌워서 더 이상 추궁하지 못하게 만든 뒤에 문득, 마음에 걸리는 뭔가가 생각났다.

아카리는 평범한 불사신이 아니다.

아카리는 미래에서 과거로 【회귀】하고 있을 가능성이 있다.

확실한 증거가 없기 때문에 어디까지나 추측일 뿐이지만, 【시간】의 순수 개념을 지닌 아카리는 세계적인 회귀 현상을 일으켜서 미래에서 과거로 돌아왔고, 그렇게 해서 이 여행을 다시 체험하고 있을 가능성이 있다. 아카리 자신에게는 그 기억이 없고 자각도 없는 것 같지만, 메노우는 그 사실을 반쯤 확신하고 있다.

아무래도 아카리는 처음 만났을 때부터 메노우에게 너무나 마음을 열어줬다. 친한 척하는 정도가 아니라, 메노우를 완전히 신뢰하는 무방비한 모습을 처음 만난 순간부터 보여준 것이다.

그래서 의외로, 지금 그건 기억의 잔재에 영향을 받은 발언인지도 모른다.

메노우가 별일 아니라는 말투로 물었다.

"저기, 아카리. 여기 와서 왠지 그립다든지 그런 느낌을 받았어? 너, 나랑 처음 만났을 때 『운명이다』라고 했는데, 그거랑 비슷한 느낌말이야."

"으응~? 딱히?"

"그렇구나."

솔직히 어느 정도 정보가 나오지 않을까 기대했었는데, 원하던 대답이 아니었다.

"교회에서 일을 좀 부탁받아서, 일주일 정도 여기 리벨에 머물 거야. 오늘은 숙소를 찾고 끝이야. 천천히 관광하는 건 내일이나 돼야 해."

"예~."

대약적인 예정을 말했더니, 아카리가 수건으로 머리의 물기를 닦으면서 대답했다.

"아카리. 머리 말려줄 테니까 거기 앉아봐."

"와~ 신난다."

"그 대신, 도력을 좀 빌릴게."

"어…… 그거, 좀 간지러운데."

"투덜대지 말고."

메노우는 아카리의 어깨에 손을 얹고서 도력을 흘려 넣었다.

『도력 : 접속─ 토키토 아카리─ 추출【힘】─』

"히앙."

어깨가 움찔했다. 입가가 웃음을 참는 것처럼 씰룩거리고 있다.

보통은 지금처럼 다른 사람의 도력을 이용하려고 해도 육체와 정신, 영혼의 세 요소가 반발한다. 사람은 다른 사람의【힘】에 반발하는 법이다.

이렇게 아픔도 없이 다른 사람과 도력을 접속하는 것은, 상당히 마음을 허락한 사이에서만 가능한 일이다.

메노우는 추출한【힘】을 단검의 문장에 흘려 넣었다.

『도력 : 접속— 문장·단검— 발동【질풍】』

미풍으로 조절한 문장 마도가 아카리의 검은 머리카락을 살랑
살랑 흔들었다. 메노우는 단검에서 나오는 바람을 불어주고, 머
리카락을 빗으로 빗질해 주면서 말렸다.

사실 이 정도 마도를 발동하는데 굳이 아카리의 도력을 빌릴
필요는 없다.

그저, 왠지, 아카리의 신뢰감을 느끼고 싶었다.

"……뭐, 조심해서 가자고. 넌 자기가 누군가가 널 노리기 쉬
운 존재라는 사실을 좀 자각하고.『길 잃은 사람』이라는 존재는,
알고 있는 사람에게는 군침을 흘릴 만큼의 이용 가치가 있으니
까."

"예~. 하지만 괜찮아! 메노우가 지켜주니까 말이야~."

"넌 정말 속도 편하다……."

아카리의 머리카락을 말려주면서, 메노우는 조금 전에 모모에
게 말하지 못한 정보를 되새겼다.

마논 리벨.

자료에『마약』의 제공자로 기재돼 있던 이름이다. 리벨이라는
성을 보면 알 수 있듯이 이 도시 제2신분의 수장, 리벨 백의 친
딸이다.

제2신분의 고위에 있는 자라면, 마도 지식도 어느 정도 손에
넣을 수 있겠지.

하지만 제1신분의 규제 때문에, 마도 기술은 그에 상응하는 수준으로 규제되고 있다. 원죄 개념에서 유래한 마도라면 더더욱 그렇고.

그녀의 나이는 메노우나 아카리와 비슷한 또래라고 한다. 그런 마논 리벨이 혼자 힘으로 『마약』 생성 도기를 개발했다니, 쉽사리 믿을 수 없는 일이다.

"뒤에, 뭔가가 있다는 걸까."

아직 사건의 전모는 안개 속에 감춰져 있다. 이 도시에서 활동하는 동안에 가장 주의해야 할 인물인 마논 리벨의 이름을, 기억 속에 똑똑히 새겨뒀다.

아카리가 다른 미래에서 세계를 회귀하게 만든 이유.

미래를 모르는 메노우에게는, 그것이 이 리벨 때문이 아니라고 딱 잘라 말할 수 있는 근거가 없으니까.

걷는데, 지쳤다.

황량한 대지가 너무 불편해서, 오락도 없고 충족되지도 않아서. 길을 걷는 아카리에게는 더 이상 힘도 없다. 입을 움직일 기력도, 걷는 것 말고 다른 데 쓸 체력도, 웃을 여유도 없다.

"자, 조금만 더 가면 돼!"

"……응."

고개를 숙인 채, 작은 목소리로 대답했다. 옆에서 걷고 있는 소녀는 그런 자신을 배려해서 밝은 말투로 말을 걸어줬지만, 마음이 완전히 마모돼서 제대로 대답할 힘도 없었다.

완만한 언덕의 경사조차도 너무나 짜증이 난다. 이젠 모든 게 다 싫어졌다.

"아카리. 고개 들어볼래?"

그 말을 듣고 땅바닥만 보던 시선을 들어봤더니, 시야가 넓게 트였다.

파랗고, 햇살을 받아서 반짝반짝 빛나는 바다가 보였다.

어느샌가 언덕을 다 올라왔다. 아래쪽에 있는 광경을 보니, 달성감이 스멀스멀 샘솟았다.

"어때? 꽤 기분 좋지?"

"……."

그 질문을 듣고, 고개를 숙이고 말았다. 그녀가 씁쓸하게 웃고 있다는 걸, 기적으로 알 수 있었다.

"미안해, 여기까지 오느라 힘들었지. 이제 조금만 더 가면 쉴 수 있어!"

"……응."

감동조차 입으로 표현하지 못하는 자신의 칙칙함이, 너무나 원망스러웠다.

생각해보면 여기에 오기 전에도 여러모로 폐를 끼쳤다. 처음에 있던 도시에서도 자신이 꾸물댄 탓에 표를 사뒀던 열차를 못 탔고, 그래서 한나절 이상을 멍하니 기다려야 했다. 그녀는 그 덕분에 사건을 회피했다고 말했지만, 자신은 틀림없이 아무런 도움도 못 되는 짐짝일 뿐이다.

순수 개념이라는 【힘】은 있지만, 상처나 물건을 고치는 것뿐이다. 그 힘도, 그녀는 안 써도 된다고 말해줬다. 애당초 여행에 익숙한 그녀는 다치는 일 자체가 없었다.

더 밝게, 자신의 감정에 솔직해지고 싶다.

자신이 힘을 내게 해주려고 밝게 말해주는 그녀를 보고, 그렇게 생각했다.

싫은 일만 느끼는 자신이 아니라, 순진할 정도로 여행을 즐길 수 있는 자신이 되고 싶다. 그렇게 생각하며, 항구 도시에 발을 들였다.

그것이 아카리가 첫 번째로 봤던 항구도시 리벨의 풍경이었다.

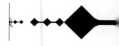

탁, 하고. 아카리가 가벼운 발소리를 내면서 계단을 올라갔다.

맑은 날씨의 항구 도시, 바람은 육지에서 바다 쪽으로 불고 있다. 잠만 자는 호텔에서 나와서 산책하고 있는 지금, 아카리는 흘러가는 바람에도 굴하지 않고, 누가 봐도 신이 난 걸음걸이로 걷고 있다.

메노우는 그 뒤에서, 즐거워 보이는 아카리의 등을 바라보고 있었다.

이 도시에 와서 두 번째. 메노우와 아카리는 리벨의 시가지를 산책하고 있다.

어업이 중심이기는 하지만, 그렇다고 관광할 곳이 없는 건 아니다. 애당초 자신이 살고 있던 곳과 구조가 다른 도시의 모습은, 그냥 돌아다니기만 해도 낯선 것들이 너무 많아서 재미있는 법이다.

리벨은 해안선에서 시내 중심부까지 상당히 고도 차이가 있다. 그런 고저차 때문에, 앞집과 뒷집의 지붕 높이가 다르다. 벽돌을 이용해서 계단 형태로 지은 민가 사이에 있는 계단을, 지금 메노우와 아카리가 올라가고 있다.

계단을 거의 다 올라간 타이밍에서, 갑자기 아카리가 멈춰 섰다.

몸을 빙글 돌린 아카리는, 양손 집게손가락과 가운뎃손가락으로 네모난 틀을 만들어서 그 안을 들여다봤다.

"제목, 바다와 도시와 메노우. 응, 좋은 그림이야!"

"그거 고맙네~."

카메라맨처럼 구도를 확인한 아카리는 정말로 기분이 좋았다.

메노우에게 웃어 보이는 아카리의 약간 긴 검은 머리카락이 바다에서 불어온 바람에 흔들렸다. 머리카락이 상한다고 지적해 줄까도 했지만, 아카리의 표정이 너무나 즐거워 보여서 찬물을 끼얹는 것 같은 발언은 자제했다.

"즐거워 보여서 다행이네."

"응! 즐거워서 정말 다행이야!"

천진난만하게, 신이난 목소리로 말했다.

아카리는 모르는 곳을 둘러보는 걸 좋아하는 것 같다. 처형인이 되는 과정에서 온갖 지식을 주입받고, 같은 이유로 여행에도 익숙한 메노우의 해설까지 딸린 관광은, 아카리를 충분히 만족시켜줬다.

"나도 잘은 모르지만, 리벨은 좋은 곳이야."

지난번에 머물렀던 고도 가름보다는 시골 같은 곳이지만, 국경에 접해 있는 곳이기도 해서 완전히 시골이라고 할 정도는 아니다. 시내에는 적당히 시골 같은 느긋한 공기가 흐르고 있어서, 사람들의 출입이 많은 관계상 외지인들도 지내기 편한 곳이다.

무엇보다 항구 도시다보니 생선들이 신선하다. 최근 2주 동안은 거의 보존 식량만 먹었던 메노우와 아카리는, 아침부터 신선한 생선 요리를 보고 입맛을 다셨었다.

바다를 보고 있던 아카리가 어느 한 점을 가리켰다.

"메노우! 나, 멋진 걸 발견했어. 저 성이 있는데 가보고 싶어!"

"저기…… 아, 리벨 섬의 성 말이지."

아카리가 가리킨 곳에는 가느다란 길로 대륙과 연결된 섬이 있었다. 새하얀 성을 중심으로, 스무 채 정도의 저택들이 줄지어 있는 작은 섬이다.

이 도시는 원래 화산이 분화한 자리에 남은 기암 지대다. 이 도시에 오기 전에 올라갔던 언덕은, 원래 산이었던 부분이 크게 깎여나가면서 만들어진 곳이다.

아카리가 가리킨 곳은 먼 옛날에 화산이 분화했을 때 용암이 흘러 들어가서 만들어진 섬이다. 바다로 흘러 들어간 용암이 식으면서 굳어지고, 대륙과 연결된 섬이 된 것이다.

"안됐지만, 저 섬은 관계자 외에는 출입 금지야."

"그런 거야?"

"그래. 성 주변 지역까지 포함해서, 대부분 제2신분들의 사유지니까 들어갈 수 없어."

저런 섬은 좋은 경관 때문에 부자들의 별장지대가 되거나 교회 지구로 이용하는 경우가 많다.

이번 경우에는 앞쪽이다.

"제2신분 외에 들어갈 수 있는 건 제1신분이 볼일이 있을 때, 또는 제3신분 중에 유복한 사람 정도가 아닐까."

"메노우는 제1신분 아니었어?"

"볼일이 없으니까. 난 제2신분과의 교섭 역할을 맡을 만큼 높은 사람도 아니고."

섬에 있는 리벨 성은 리벨의 행정을 총괄하는 제2신분의 성이다. 저곳의 성주는 리벨 백작 작위를 지녔을 것이다. 이 도시 제2신분의 과반수를 차지하는 일족이다.

제2신분이 지배하는 곳이라는 말을 듣고, 아카리는 복잡해 보이는 표정을 지었다.

"제2신분의 구역이라니…… 그 제2신분이지?"

"맞아. 널 부른 자들과 똑같은. 그래도 나라가 다르니까 하나로 뭉뚱그려서 취급할 수는 없지만, 어쨌거나 그 제2신분이야. 너무 가까이 가지는 말자."

뭘 숨기랴. 아카리는 이웃 나라인 그리잘리카 왕국의 제2신분에 의해 소환된 이세계 사람이다. 그런 아카리가 제2신분에 대해 좋은 인상을 지니고 있을 리가 없다.

하지만 피해자인 아카리는 아쉽다는 것처럼 섬 중심에 서 있는 성을 보고 있었다.

"그렇다면 말이야, 저 섬은 관광할 수 없는 거야?"

"무리야. 얌전히 포기해."

저 섬은 제2신분의 영역이다. 리벨 성을 중심으로, 항구 도시와 또 다른 구역으로 되어 있다. 리벨 성 주변에는 초대받은 사람 외에는 들어갈 수도 없다. 바다에 둘러싸여 있기 때문에 침입하기도 힘든 곳이다.

제2신분은 역할에 따라 작위가 세분화되어 있다. 백작 작위를 지닌 사람은 지방 행정 레벨이면 주로 아래쪽 입장들의 의견을 수렴해서 제1신분과 교섭을 담당하는 역할이다. 사이에 낀 것 같은 입장이라서 상당히 스트레스를 받는다는 것 같지만, 메노우하고는 딱히 상관없는 일이다.

치안 기구에 배치되는 기사들은 또 다르게 취급한다. 얼마 전까지 있었던 그리잘리카 왕국에서는 왕족인 공주가 기사이기도 했던 만큼, 제2신분은 하나로 뭉뚱그려서 취급할 수가 없는 계급이다.

"그렇구나. 멋진 성인데 말이야."

"가름 때도 그러더니, 너 저런 건물을 좋아하는구나."

"그거야, 예쁘잖아. 성이잖아? 저런 데는 꿈이 있는 거라고!"

"그래?"

일본인 특유의 감성일까, 아니면 일반 시민의 감상일까. 아카리는 성을 보고 손가락으로 가리키면서 기뻐했다.

메노우는 성을 봐도 『어떻게 침입해야 좋을까』라는 생각만 든다. 특히 리벨 성에 관해서는 이번 일의 조사 대상인 『제4』의 근거지라고 봐도 좋다. 메노우로서는 좋은 인상을 품을 이유가 없는 곳이다.

"아, 여기서도 시내에 들어올 때 봤던 안개가 보이네. 저게 정말로 구름이 아니었구나."

"……그래."

아카리가 말한 대로 『무마전』의 하얀 안개를 눈으로 볼 수 있었다.

2주 전에 아카리를 세뇌하려고 했던 오웰의 의식장에서는, 대륙 북부에 있는 『성해』의 흔적에서 채취해온 하얗고 탁한 액체를 사용했다는 것이, 사후 조사에 의해 판명됐다. 4대 인재의 일부를 소재로 이용한 의식 마도는, 이세계 사람에게 깃든 순수 개념에까지 간섭해서 그것을 비틀어버릴 수도 있다.

4대 인재는 그만큼 엄청난 것이다.

그렇기에, 한 가지 생각이 떠올랐다.

아카리를 저 안개 속으로 던져 넣으면, 부활하지 못할 가능성도 있지 않을까.

"……시험해볼 가치는 있으, 려나."

"응? 왜 그래~ 메노우."

"후후, 바다를 봤더니 좋은 생각이 떠올랐거든, 아카리."

혼잣말 내용에 대해 캐물었더니, 메노우는 간단히 넘겨버리고 웃어 보였다.

"기껏 항구 도시에 왔으니까, 다음에는 바다에 가자!"

"좋아!"

아카리가 환호성을 질렀다.

천 년 가까이 아무런 문제도 없었던 곳이지만, 교회에서 정기적인 관측 정도는 하고 있을 것이다. 시실리아에게 부탁하면 교회의 연줄을 이용해서 배 한 척 정도는 어떻게든 빌릴 수 있겠지.

"배를 타고 바다로 나가보자. 운전은 나한테 맡겨. 나는 맑고 올바르고 강한 신관! 은근히 뭐든지 할 줄 아는 여자거든!"

"역시 대단해! 맑고 올바르고, 그리고 강해!"

"당연하지. 신관이니까!"

꿍꿍이가 있는 메노우의 제안에, 아카리의 얼굴이 확 밝아졌다. 순진하게 기뻐하는 얼굴을 보니 가슴이 욱신하고 아파왔다.

가름에서도 느꼈던 아픔이었다. 아카리를 죽이려고 하면 느껴지는 가슴의 아픔이다. 메노우도 이게 뭔지 모를 정도로 둔감한 사람은 아니다.

죄악감이다.

귀찮다고. 마음속으로 중얼거렸다.

메노우는 처형인이지만, 지금까지의 임무에서는 대상과 오랫동안 접해본 적이 없었다. 대부분의 일들은 기습공격에 의한 살해로 처리했고, 하루 안에 끝냈기 때문이다.

아카리와 만난 지도 벌써 3주가 지났다.

하지만 아카리를 죽여야만 한다는 것과 메노우의 죄악감은 관계없는 일이다.

괜찮다고 생각했다.

자신은 양심의 가책 때문에 괴로워해도 되는 인물이 아니다.

맑고 올바르고 강하기만 한 신관이 아니다. 사람을 죽이기 위해서 살아왔다. 어째서 사람을 죽이는가. 그 답은 가름에서 싸우며 확인했다.

자신은, 악인이기 때문이다.

"그런데 정말 좋다, 배! 나, 그거 해보고 싶어. 뱃머리에 서서 두 팔을 벌리는 것!"

"그게 뭔데?"

"으. 이쪽에서는 영화 얘기가 안 통하는구나……."

빛을 받으며 살지 않아도 된다. 구원받지 않아도 좋다. 자신

같은 인간을 만들지 않기 위해, 사람을 죽이는 것이다.

그것이 처형인으로서의 역할이다.

다시 한번 자신의 존재 의의를 복창했다.

아카리의 웃는 얼굴 앞에서, 마음속으로 복창해야만 했다.


흘러가고, 흘러가고, 흘러가며.

흘러가는 대로 살아왔다.

자신의 무게도 없이, 자신의 의지도 없이. 있는 것이라고는 태어난 때의 역할 뿐.

그래서 땅거미가 지는 해 질 무렵, 저녁의 잔잔한 바닷가에 흘러온 그 아이와 만난 것은 틀림없이 필연이라고 생각한다.

3주 전에 있었던 만남을 떠올리며, 마논 리벨은 필사적으로 하품을 참고 있었다.

계속해서 치밀어 올라오는 잠기운에, 어금니를 꽉 악물고 눈가의 힘을 뺐다. 서서히 올라오는 눈물을 눈꼬리에 담으며, 꼴사납게 입을 크게 벌리는 것만은 참았다.

"흐아하⋯⋯."

간신히 하품을 한숨으로 바꾼 것은, 느긋해 보이는 얼굴의 소녀다. 숱이 많고 곱슬머리도 아닌 머리카락을 땋아서 어깨 앞쪽으로 늘어트렸다. 더 특징적인 것은 몸에 일본식 기모노를 입고 있다는 점이다.

물들인 천을 몸에 걸치고 허리띠를 매서 고정했다. 천 년도 전에 번영했던 고대 문명 시기부터 존재하는 복장이지만, 그리 많이 보급된 것은 아니었기에 특이하게 보인다. 그런 옷을 입고, 조신하게 무릎 위에 손을 얹고 있는 그녀를 보면, 모든 이가 마논을 단아한 미소녀라고 평가할 것이다.

그런 마논이 앉아 있는 원탁에서는 열 명가량의 남녀가 활달하게 의견을 나누고 있었다.

"놈이 이 도시에 들어왔다는 것은 신뢰할 수 있는 정보인가?"

"이웃 나라에 있던 멤버가 보내온 정보다. 그리잘리카 왕국의 고도 가름에서 일어난 사건을 근거로 계산해보면, 시기적으로 이곳에 들어와 있다고 생각해도 될 것이다."

"일이 귀찮게 됐군……."

위로는 일흔이 넘은 노인부터 아래로는 20대 후반의 여성까지. 제2신분과 제3신분의 비율은 반반이다. 아무래도 제1신분은 없다.

바로 그들이 리벨을 거점으로 삼는 『제4』의 중추 멤버들이다.

긴급히 회의를 연다고 해서 리벨 성의 한 방을 빌려줬더니, 따분한 의논만이 전개된 시간이 대체 얼마나 지났을까. 마논이 조용히 따분함과 싸우는 동안에도, 나이를 잔뜩 먹은 어른들이 질려버릴 정도로 열심히 회의를 이어갔다.

"이미 한 사람, 귀찮은 인물이 와 있다. 거기에 『양염의 후계자』라고? 어째서 이 시기에 놈들이 오는 거지. 농담이라도 정도껏 해줬으면 좋겠군……!"

"이웃 나라의 공주 기사인가. 그것 때문에 『마약』 유통이 정체되고 있다. 정말이지, 귀찮은 것도 정도가 있지. 그쪽은 어떻게

든 안 되나?"

"아무래도 항구 도시에서 젊은이를 모아서는 이상한 짓을 벌이고 있는 것 같지만, 방심할 수는 없다. 그 공주의 실적은 얕볼 수 없으니까. 무엇보다 일단은 이웃 나라의 공주다. 이쪽에서 손을 댈 수는 없다."

"쳇. 우리『제4』의 숭고한 사상을 모르는 어리석은 놈들이!"

『제4』.

자유와 자립이라는 명목을 내세우며 대륙 전체를 끌어들일 정도의 소동을 일으켰던 단체도 지금은 이미 지나간 일. 압도적인 카리스마를 자랑하던 리더가 없어진 뒤에는 뿔뿔이 흩어져버린 집단이다. 세상에서는 과도한 시위를 벌이는 테러리스트의 빈 껍질 취급이다.

이 회의에 출석한 것만 봐도 알 수 있듯이, 마논도『제4』의 일원이다.

마논의 아버지인 리벨 백이『제4』의 창설 초기에 회원이 돼서 자금을 원조했기 때문에, 아버지가 병으로 쓰러진 뒤로『제4』의 회의에 출석하는 것은 마논이 해야 할 일 중의 하나가 되었다. 하지만 제1신분에게도 기사들에게도 찍히게 됐으니, 아무리 생각해도 부정적인 유산이라는 것이다.

그리고 아까부터 논의 대상이 된 것은, 며칠 전에 이 도시로 들어온 신관에 대한 이야기다.

"『양염』놈이, 제일 큰 문제다. 겨우 현역에서 은퇴했나 싶었는데, 귀찮은 후계자까지 준비해 뒀을 줄이야……!"

"『양염의 후계자』라고 했는데 말이야. 실제로는 어떤가?"

"오웰 대사교를 물리쳤다. 우습게 볼 수는 없어."

『양염의 후계자』.

제1신분의 암부, 금기를 제거하는 처형인의 별명이다. 그녀의 존재는 이미 암부에서 활동하는 처형인으로서는 말도 안 될 만큼, 개인으로서 인식될 정도로 유명해져가고 있다.

계기는 이웃 나라의 대사교 오웰이 사망한 사건이다.

대외적으로는 마물과 싸우는 중에 순교했다고 은폐했지만, 사실은 오웰이 가름의 사람들을 실험체로 삼으며 금기에 손을 물들였던 것이다. 제1신분의 정점에 가까운 대사교의 죽음에 숨겨진 충격적인 사실이다. 뒷사정을 완전히 은폐하는 것은, 제1신분의 권세를 동원해도 불가능했다.

금기를 범한 대사교를 비밀리에 처형한 인물, 『양염의 후계자』.

처형인으로서는 말도 안 될 만큼 유명했던 『양염』이라는 별명이 두려움을 샀던 것처럼, 『양염의 후계자』라는 별명도 일부 사람들 사이에서는 주지의 사실이 되어가고 있다.

"……마논 공. 뭔가 의견은 없으십니까?"

잠들지 않는 데만 집중하고 있던 마논에게, 갑자기 질문이 날아왔다.

"그러니까……."

하품하고 있던 걸 들키지는 않았을까. 조마조마하면서도 상대의 표정을 살폈다.

질문한 사람은 진행을 맡은 노인이었는데, 그쪽도 뭔가를 기대하고서 말을 건넨 건 아닌 것 같아. 그것도 그렇겠지. 마논은 아직 어린 계집애일 뿐이다. 게다가 좁은 지역의 친척들인 만큼, 하나같이 마논을 어린 시절부터 알고 있는 사람들뿐이다.

그들에게 있어 중요한 것은, 지금 병석에 누워 있는 리벨 백의 뜻이다.

"아슈나 전하도 『양염의 후계자』도, 감시만 하고 그냥 두는 건 어떨까요. 의외로 아무런 짓도 안 하고 그냥 지나갈 수도 있잖아요?"

실소가 흘러나왔다.

역시 어리군, 이라는 조소에 가까운 것이다. 바로 나무라는 것 같은 목소리가 돌아왔다.

"말도 안 됩니다, 마논 공. 당신은 젊기에 잘 모를 수도 있지만, 예전에 『양염』이 왔을 때, 우리가 어떤 피해를 입었던지!"

"그렇습니다. 그 여자의 제자입니다. 미리 대처해야만 합니다."

"무엇보다 귀하의 모친도 『양염』의 손에 쓰러지지 않았습니까? 원수를 갚을 좋은 기회가 아닌지요."

"그 여자도, 기껏 확보했었지만 정작 중요한 때에는 쓸 수가 없었지."

마지막 말에, 마논의 눈가가 움찔하고 움직였다.

하지만 그녀의 반응을 알아차리지도 못하고, 그들은 의견을 늘어놨다.

"뭐, 어차피 적은 어둠 속의 존재. 공주 기사라면 모를까, 『양염의 후계자』라면 이쪽이 먼저 공격하더라도, 제1신분도 대놓고 비난할 수는 없을 것이야."

"하아, 그렇군요. 정말 죄송합니다. 저는 어차피 아버지의 대행일 뿐이라서."

패기 없는 목소리로 대답했더니 상대도 더 이상 아무 말도 하지 않았다.

마논은 적당히 상황을 넘기고 의자 등받이에 몸을 기댔다. 조금이나마 의논에 참가한다는 의리는 지켰다. 이제는 아무 말 없이, 잠기운을 견디기만 하면 되겠지.

사실은 이런 회의 따위는 참가하고 싶지도 않았다. 솔직히 말하자면『제4』에 관여하는 자체가 귀찮다.

하지만 마논은 리벨 변경백의 외동딸이다.

제2신분이라는 틀 안에 있는 이상, 조직 간의 움직임과 무관할 수는 없다. 마논의 입장이라면 더더욱.

이런 짓의 그 어디에 자유가 있다는 걸까.

자유를 표방하는『제4』의 자유롭지 못하고 따분한 원탁을 보며, 마논은 멍하니 생각에 잠겼다. 쓸데없다고 생각하면서도 자기 의지로 이 자리를 떠나지도 못하는 자신이 너무나 바보처럼 여겨졌다.

마논이 흘려듣는 사이에 이야기가 진전된 것 같다.

회의의 의장 같은 역할을 맡은 노인이, 무거운 목소리로 결정사항을 말했다.

"안 그래도 정체되고 있는『마약』유통에 더 이상의 불안 요소가 있어서는 안 된다. 오늘, 『양염의 후계자』를 습격한다. 마논

공도, 동의하시는가."

"좋다고 생각합니다. 아버지께도 전해둘 테니 안심하세요."

회의 중에는 거의 발언도 안 한 탓이겠지. 확인을 받은 멤버 중에서 가장 나이가 많은 노인에게, 마논은 얌전한 표정을 지으며 고개를 끄덕였다. 아무래도, 라는 말을 붙이지 않은 자신의 자제심을 마음속으로 자화자찬했다.

"기대하고 있다, 카이젤."

"마논 공이 제공해주신 『마약』으로 힘을 얻은 전력이 있다. 승산은 있다."

"예, 물론입니다. 『양염』의 계보 따위, 여기서 끊어버립시다!"

회의의 열기가 폭주한 걸까, 아무래도 정말로 이길 수 있다고 생각하는 것 같다. 『제4』의 원탁 멤버 중에서도 덩치가 크고 다부진 사내가 습격을 지시하는 것 같다.

멤버들의 격려를 받은 남성이 의기양양한 얼굴로 마논을 봤다. 이름이 뭐라고 했더라. 기억을 뒤지는 수고가 너무 아까웠기 때문에, 빙긋 미소만 지어 보였다.

습격이 어떻게 되건 말건, 아무 관심도 없다. 그보다 배가 고프다는 사실 쪽이 더 큰 문제다. 회의가 길어진 탓에 점심도 못 먹었다.

가벼운 식사는 준비돼 있다. 다른 멤버들은 손을 댔지만, 마논은 여기서 식사를 할 생각이 들지 않았다.

"그나저나, 『양염의 후계자』의 위치를 파악할 수가 없습니다."

"으음, 그게 문제군."

"별명은 알지만 얼굴도, 본명도 알려지지 않은 처형인이다. 어디 있는지 모르는 게 문제로군."

얼굴도 이름도 어디 있는지도 모른다. 그러면서 습격을 결정하다니, 계획성이라고는 찾아볼 수 없는 짓이다. 이야기가 진행되지 않을 것 같은 분위기를 눈치 챈 마논은, 여기서 정보를 제공하기로 했다.

"그 사람이라면, 지금 바다에 나가 있는 것 같습니다."

갑작스런 발언에 『제4』의 시선이 마논에게 집중됐다. 마논은 당황하지도 않고, 온화한 미소를 지었다.

"아무래도 『무마전』 근처에 있는 것 같습니다. 항구를 감시하면 금세 발견할 수 있을 겁니다. 이 시간 이후에 배를 타고 돌아오는 신관이 있다면, 그 사람이 『양염의 후계자』겠죠."

멤버 한 사람이 떠보는 것 같은 눈빛으로 물었다.

"어떻게, 마논 공이 그런 것을 알고 있는지?"

"제게도 독자적인 정보망이라는 것이 있습니다."

거짓말은 아니다.

정보의 근거를 말한다고 해도 믿어주지 않을 만한 것일 뿐이다.

안개 속에 들어간 것을 직접 본 이에게 들었다고 하면, 조금 전과는 비교도 안 되는 실소가 돌아오겠지.

표정을 슬쩍 확인해보니, 의식을 완전히 털어내지는 못했지만 더 이상 추궁하지 않을 만큼은 납득한 것 간다.

"그건 확실한 정보입니까."

"예, 틀림없이. 제 친구는 믿을 수 있는 분이니까요. 무엇보다

솔깃한 정보인데, 지금 『양염의 후계자』는 『길 잃은 사람』을 데리고 있다는 것 같아요."

"뭣이!"

『양염의 후계자』가 순수 개념의 소유주를 데리고 있다는 말을 듣고, 출석자들이 동요했다.

"『길 잃은 사람』을 데리고 있다면, 더더욱 방치할 수 없군."

"『양염의 후계자』를 죽이고, 그 일행을 손에 넣을 절호의 기회다."

"마논 공 덕분에 어디 있는지도 알았다. 당장이라도 습격하자고!"

끝나가던 토론이 뜨겁게 달아올랐다. 습격의 리더로 정해진 남성에 대한 기대가 커져갔다. 원탁에 준비된 가벼운 식사가 소비되고, 의논이 계속 이어졌다.

이제 곧 해산할 거라고 생각했던 마논은, 손으로 배를 살짝 눌렀다. 꼬르르, 하는 창피한 공복을 알리는 소리가 울렸지만, 의논하는 목소리에 섞여서 아무도 못 들은 것 같다.

아니, 예외가 딱 한 사람.

최근에 만나서 【힘】을 빌려주고 있는 친구는 들었을지도 모른다. 쿡쿡 웃는 소리가, 배에서 나는 꼬르륵 소리로 바뀌어서 들려온 것 같은 기분이 들었다.

이건 창피하다. 정말이지, 라고 생각하며 입술을 삐죽 내밀었다. 이것도 저것도, 원인은 하나.

"『양염의 후계자』와 그 일행인『길 잃은 사람』때문이야."

살짝 투덜대고 나서, 이 회의가 끝나면 시장에 가서 식사를 하자고, 마논은 그렇게 결심했다.


『도력 : 자동 접속(조건 · 료(了)——부정 정착 · 순수 개념 【시간】
— 해제【회귀 : 기억 · 영혼 · 정신】』

아카리가 눈을 떠보니 시야가 새하얗게 물들어 있었다.

몸을 일으켰더니 그 움직임만으로도 누워 있던 곳이 흔들렸다. 아카리는 지금 작은 배 위에 누워 있었다.

"흐아아암."

여러모로 여자라고 볼 수 없는 크나큰 하품을 하고는 쭈욱 기지개를 켰다. 시선을 징 돌려봤는데, 시야는 좋지 않았다. 새하얗게 물들어버린 공간은 주위에 뭐가 있는지도 볼 수가 없다.

하얀색의 농도가 유동적으로 변화하고 있지만, 끊어진 부분은 전혀 존재하지 않는다. 하얗지 않은 공간이 존재하지 않는 농밀함. 하얗게 물들어버린 안개 속에서는 너무나 기분 나쁜 소리가 울리고 있었다.

안개가 가득 고여 있다.

자신이 눈을 떴다는 것은 일정 이상의 조건을 달성했다는 증거다. 2주 만에 각성한 그녀는 기억을 정리했다.

지금 아카리의 태도는 메노우와 같이 있을 때와 전혀 달랐다. 확실한 이상 사태인데도 전혀 당황하지를 않는다. 지금의 상황 따위는 전부 파악하고 있다는 것만 같은 여유가 보였다.

실제로 지금의 아카리는 현재 상황을 파악하고 있다.

"여긴, 리벨인가아."

아카리를 태운 작은 배가 뭔가에 부딪쳐서 움직임을 멈췄다.

지금 떠 있는 장소는 바다가 아니었다. 하얀 안개에 뒤덮인 탓에 인식하기는 힘들지만, 작은 배가 떠 있는 곳은 바다의 수량에 필적할 정도로 겹겹이 쌓인 피와 살 위였다.

끔찍한 공간이다. 아무것도 몰랐다면, 정신이 박박 갈려 나갈 것이다. 시야가 가려진 것이 그나마 다행이다.

이곳은『무마전』안이다.

피 냄새에 얼굴을 찌푸리기는 했지만, 이미 몇 번이나 여기에 와본 아카리는 태연했다.

"내가 여기 있다는 건, 예정대로라는 뜻이네. 순조롭게 진행돼서 다행이야!"

여기가 어디인지, 지금 자신이 어떤 상황에 처해 있는지를 알고 있는 아카리는, 머리띠를 빙글빙글 돌리면서 중얼거렸다.

"리벨에 도착했으면 일단 안심이려나. 여기서부터는— 으아?!"

비명을 지른 것은, 배가 갑자기 펄쩍 뛰어올랐기 때문이다.

다음 순간, 아카리의 몸이 허공으로 내던져졌다. 피의 바다 수면에서 뭔가가 나타난 충격 때문에, 작은 배와 함께 날아 올라간 것이다.

나타난 것은 거대한 마물이었다. 지근거리에서는 몸의 일부가 눈에 들어올 뿐. 벌린 입의 크기가 얼마나 되는지, 알아볼 수도 없을 지경이다.

"음~. 아쉽게 됐네, 메노우."

그 입이 다가오는 것을 보며, 머리띠를 떨어트리지 않도록 품에 꼭 안은 아카리가 어깨를 움츠렸다.

지금 이렇게 안개 속에 있다는 것은 여정이 자기 생각대로 진행되고 있다는 뜻이다. 여기서 일어난 일들도 전부 경험했다.

그렇기 때문에, 여기가 결코 종착점이 될 수 없다는 것도 알고 있다.

"여기서는, 안 죽거든."

아카리의 몸이 거대한 입 속으로 삼켜졌다.


흔들, 메노우가 서 있는 장소가 흔들렸다.

흔들리는 배 위에서, 메노우는 안개를 보고 있었다.

메노우가 서 있는 곳은 도력기관을 탑재한 소형정의 선수 부분이다. 배를 구하는 일은 간단히 처리됐다. 시실리아에게 부탁했더니 생각보다 순순히 빌려줬기 때문이다.

파란 바다 한쪽에 광대한 안개가 자리 잡고 있다. 적란운이 그대로 바다 위로 내려온 것 같다는 착각이 들 정도의 밀도를 지닌 안개다. 비교할 것이 없는 거대한 안개를 생각 없이 쳐다보고 있으면, 거리 감각을 상실하고 안개 속으로 돌진해버리게 된다.

저것이 『무마전』.

예전에 존재했다고 전해지는 남방 제도 연합을 완전히 뒤덮어버린 대규모 안개다. 4대 인재의 흔적 중에서 가장 조용히 존재하는 지역이다.

하지만 밖에서 보이는 고요함 따위는 어디까지나 겉모습일 뿐이다.

마물의 시조. 악마의 정점. 모든 마(魔)의 주인이자 이 세상을 잡아먹는 최악의 존재. 한 소녀의 망상이 끔찍한 순수 개념에 의해 구현돼버린 것이 바로 이 『무마전』이다.

저 안개 속에 있는 것은 이 세상에 원죄 개념을 가져온 한 소녀.

이제는 전설에 가까운 기록만이 남아있지만, 섬을 잡아먹을 정도로 거대한 마물까지 거느리고 마구 날뛰었다고 한다. 안개 결계는, 그렇게라도 하지 않으면 무리 지어 우글거리는 마물 무리를 억누를 수가 없었기 때문에, 광대한 범위를 뒤덮고 있다.

그 무마전의 지역에, 아카리를 던져 넣었다.

배를 타고 바다로 나가서, 한참 지난 뒤의 일이다. 사전에 멀 미약이라는 핑계로 수면 유도제를 먹여서 아카리를 잠들게 하고, 『무마전』에 아슬아슬한 거리까지 다가간 뒤에 배에 비치돼 있던 구명보트에 태워서 안개 속으로 흘려보냈다.

"자…… 이제 어떻게 되려나."

메노우는 조용히 중얼거렸다.

일단 들어가면 탈출은 불가능하다고 전해지는 안개 속이다. 무엇보다 저 안개는 밖에서 침입하는 것은 쉬워도 안에서 밖으로 나오는 것은 완고하게 거부한다. 어쩌면 시간을 회귀시켜서 부활하는 아카리조차도 저 안에 갇혀서 나오지 못할 가능성이 크다고 생각했다.

하지만, 이라고 부정하는 생각도 메노우의 머릿속에 존재했다.

『아카리는 미래에서 회귀해서 돌아왔다.』

"…………."

가름에서 있었던 사건을 겪고서 조립한 추론이다. 메노우는 어떠한 요소 때문에 아카리의 암살에 실패했고, 세계 전체의 시간을 【회귀】시키고 말았다.

아카리와 함께 성지로 향하는 이상, 리벨을 지나는 것은 확실한 사실이다. 그리고 리벨에 왔다면 아카리를 『무마전』에 던져 넣는다는 발상도 당연히 할 것이다. 『무마전』을 이용한 아카리 살해는, 이 여행에서 틀림없이 발생한다. 하지만 이 살해 방법이 성공한다면, 아카리가 세계 전체의 시간을 【회귀】시키는 사태는 발생하지 않았을 것이다.

아카리를 『무마전』에 던져 넣기 직전에 불의의 사태가 일어나는 전개도 생각했지만, 아무 일도 없이 무난하게 진행됐다.

그래서 메노우가 서 있는 배 위에서 도력광이 번쩍인 것도 반쯤 예상한 일이었다.

『도력 : 접속— 부조i?기착 순수 개념 【시간】— 발동 【회귀】』

반짝거리며 어지럽게 춤추는 빛이 시계 모양을 이뤘다. 전에도 한 번 본 적이 있는 현상이다. 메노우가 관찰하고 있는 앞에서 도력광이 터졌고, 그 속에서 소녀가 나타났다.

허공에서 나타난 소녀는 쿵, 하고 이마를 부딪쳤다.

"아야!"

얼빠진 비명 소리가 터져 나왔다.

방금 전까지는 존재하지도 않았던, 갑자기 배 위에 나타난 소녀를 보고 메노우는 깊은 한숨을 쉬었다.

"어, 어라? 나, 선실에서 자고 있었던 것 같은데."

"너, 잠이 덜 깨서 어정어정 돌아다니다가 머리를 부딪친 거야. 정말 바보 같다니까."

"그, 그렇구나."

두리번거리던 아카리는, 그 말을 듣고서 딱히 의심하지도 않고 납득해버렸다.

"흐아암. 잘 잤다."

"평범한 멀미약을 먹고, 정말 잘도 자더라."

잠든 채로 무마전 안에서 사망한 건지, 아카리는 메노우한테 살해당했다는 자각은 전혀 없는 것 같았다.

대화를 중단하고 선실로 유도했다. 아카리가 눈치 채는 일은 없을 거라고 생각하지만, 구명보트가 없어진 이유에 대해서 추궁하면 변명하기가 귀찮다.

"슬슬 항구로 돌아가자. 바닷바람을 너무 많이 맞으면 머리카락이 상하니까."

"예~. 메노우 예쁜 머리카락이 버석버석해지면 싫잖아!"

무마전.

가능성이 높은 살해 방법이라고 생각했는데, 아카리는 되살아났다. 역시 개념적인【회귀】이기 때문에 안전한 장소에서, 건강한 몸으로 부활하는 형태가 되어버렸다.

안전한 장소.

지금의 아카리가 메노우의 곁에서 부활하는 것은, 그런 의미였다.

"…………."

메노우는 아카리의 순수 개념 능력이 성장하는 것을 두려워하고 있다.

순수 개념은 사용하는 자를 침식한다. 이 세상의 진리와 가장 가까운 마도는, 사용하는 자 그 자체를 개념으로 끌어들인다.

인재가 되어버린 그들은 인격이 없어지고, 자신에게 깃든 개념에 따른 행동만을 되풀이하는 재해가 된다.

가장 알기 쉬운 대가가, 기억이다.

아카리를 비롯한 이세계 사람은 마도를 사용할 때마다 기억을 잃는다. 사람은 마도를 행사할 때 영혼에서 도력의【힘】을 퍼 올리고, 정신으로 조율한다. 원래는 영혼의【힘】이 본인의 것이기 때문에 해를 끼치는 일은 없다. 타고난 도력이 많은 사람의 정신적 균형이 쉽사리 무너지는 일이 있는데, 훈련으로 교정할 수 있는 범주의 문제다. 모모가 바로 그 사례다.

하지만 아카리 같은 이세계 사람이 소환될 때에 영혼에 깃들어버린 순수 개념은, 애당초 본인의【힘】이 아니다.

순수 개념에서 발생하는【힘】은 일개 개인이 보유하는 것은 말이 안 될 정도로 강력한데다가, 명확한 방향성이 있다. 원래는 이물질이어야 할 순수 개념이, 숙주의 정신에 지배적일 정도로 우월하기 때문이다.

결과적으로 순수 개념에서 유래한 마도를 행사할 때마다 정신을 지탱하는 기억과 인격이 불순물 취급을 받아서 구축된다.

깃들어버린 【힘】에 대한 순수성이 커지고, 최종적으로는 영혼에 깃든 순수 개념의 불문율만이 행동 원리가 되어버리는 것이다.

아카리의 등을 보며, 조용히 중얼거렸다.

"……아직은, 괜찮을 거야."

두려워하는 것은 순수 개념이 성장해버리는 것뿐일까. 아니면, 다른 무언가일까.

"응~? 괜찮다니, 뭐가?"

"목욕탕에서 봤을 때부터 조금 신경이 쓰였는데…… 네가 살이 찐 건 아닌가 확인해준 거야. 아직은 괜찮아, 아카리."

"뭐라고?! 아직이라니, 그게 무슨 소리야?!"

자신의 초조함을, 메노우 자신도 아직 자각하지 못하고 있다.

아카리의 살해에 실패했을 때에 느꼈던 감정은 낙담만이 아니었다. 배에서 도력광이 빛났을 때, 메노우의 얼굴에는 안도한 기색이 섞여 있었다. 무엇보다 아카리를 바다로 떠내려 보냈을 때 가슴을 아프게 했던 것이, 단순한 죄악감 때문만이 아니게 되어가고 있다.

좀 더 복잡하고, 어떤 의미에서는 단순하면서도 너무나 당연한 감정이다.

싫다, 고.

예전에 메노우가 어릴 적에 시설의 아이들이 느끼고 있던 그 감정을, 지금은 메노우 자신이 품고 있다.


두 사람이 탄 작은 배는 항구로 향했다.

도력 기관을 탑재한 소형정을 몰고 있는 것은 메노우다. 이런 탈것들의 조작 방법도 수도원에서 배웠다.

물속에서 반짝이는 도력광의 궤적이 남았다. 뱃전에서 그 모습을 들여다보고 있는 아카리가 바다에 빠지지는 않을지 조마조마했다.

"아! 저기 보인다."

"나도 아니까. 몸을 배 밖으로 내밀지 마. 진짜로. 내가 옛날에 물에 빠져 죽을 뻔했던 때가 생각나니까."

"뭐? 메노우, 바다에 빠진 적이 있었어?"

"아직 어렸을 때, 이 도시에 왔었거든."

뱃전에 있던 아카리를 안쪽으로 돌아오게 하고, 메노우도 항구 쪽을 봤다.

백 척에 가까운 크고 작은 배들이 줄지어 있다. 대부분이 어업에 사용하는 배들이다. 소형 선박들이 많은 것은, 『무마전』의 영향 때문에 원양까지 나가지 못하는 탓이겠지.

아카리가 바다에 빠지는 일도 없이, 무사히 항구에 도착했다.

"바닥이 흔들리지 않아!"

신이 난 아카리는 무시하고, 항구에 돌아오자마자 시선을 느낀 메노우는 눈을 움직이지 않고 자신의 시야를 확인했다.

부자연스러운 사람들의 흐름이 있었다.

기사는 아니다. 시선이 노골적이다. 그들은 좀 더 깔끔하게 대상을 감시한다. 무엇보다 메노우를 감시할 이유가 거의 없다.

그렇다면, 후보는 한정된다.

"……『제4』구나."

메노우는 반응도 보이지 않고, 아카리와 같이 걸어갔다.

항구 바닷가를 따라 조금 걸어갔을 때, 단숨에 사람들이 소란을 떠는 소리가 귀에 흘러들어왔다.

"으아!"

아카리의 얼굴이 확 밝아졌다.

줄지어 있는 노점들 사이를 오가는 사람들 발소리, 자리에 앉아서 잡담을 나누는 커플, 손님을 부르는 목소리, 다양하고 잡다한 소리들이 하나가 돼서, 끊이지도 않고 공간을 가득 채우고 있다.

"사람 진짜 많다!"

"시장이니까. 아마 이 도시에서 제일 북적대는 곳일 거야."

흥분한 아카리에게 메노우가 냉정하게 사실을 지적해줬다.

메노우와 아카리가 찾아온 곳은 항구에 병설된 노천 시장이다. 파도 소리가 끊임없이 들려올 정도로 바다와 가까운 곳에, 수많은 노점이 빼곡하게 줄지어 있다.

서민들의 생활을 지탱해주는, 활기가 넘치는 시장이다.

팔고 있는 상품들도 다양하다. 가장 많은 것은 어패류. 특히 바닷가에서는 생선 비린내가 코를 찌를 정도다. 그다음으로는 청과물인데, 시내에 가까운 안쪽에 있는 노점 쪽에는 다른 생필품들도 많다. 헌 옷을 파는 가게나 액세서리 가게, 자세히 보니 간단한 문장이 새겨진 도기나 마도 소재를 파는 수상한 노점까지 있다.

리벨은 미개척 영역과 접해 있기 때문에, 모험자들을 통해서 소재나 고대 유물들이 흘러 들어오고 있다. 길 쪽을 보면 여기 저기 모험자 같은 사람도 보인다. 모모도 이런 곳에서 발굴한 물건들을 팔아서 돈을 만들었겠지.

중간에 더 이상 참지 못한 아카리가 과일을 샀다. 아카리도 이 나라의 화폐에 익숙해졌는지, 100인을 건네는 동작이 아주 자연스러웠다.

"자, 메노우. 아~ 해봐?"

"허이야."

"허읍?!"

아카리가 장난치면서 입가로 가져다 댄 과일을 가로채서 역으로 아카리의 입에 쑤셔 넣었다. 아카리는 깜짝 놀라서 눈이 휘둥그레졌지만, 허둥대지도 않고 아삭아삭, 맛있게 씹어댔다.

"뭐야 이거, 맛있다!"

"수박이야. 달고 맛있지. 제철이니까."

"이게, 수박이라고? 내가 알고 있는 수박이라는 색도 다르고 씨도 없는데…… 멜론 아닌가? 아니, 그래도 듣고 보니 맛은 수박 같기도 하고."

"그래?"

미묘한 인식 차이를 발견하면서 노닥거리고 있던 때였다.

앞쪽에서 덩치 큰 사내가 걸어왔다.

얼핏 봐서는 수상한 구석은 없다. 아카리는 전혀 신경 쓰는 기색도 없다. 사람이 이렇게 많으니까. 그냥 걸어가는 사람은 풍경의 일부일 뿐이다.

하지만 그 사내는 메노우의 경계에 걸렸다.

시선의 움직임, 걸음걸이, 뭔가를 숨기는 것처럼 품 안에 넣고 있는 오른손. 무엇보다, 상대가 이쪽을 의식하고 있다는 게 한눈에 보였다.

이놈인가. 확신한 메노우는 아무렇지도 않은 척하면서 스쳐 지나갔다.

동시에, 등 뒤에서 마도가 구축되는 기척이 느껴졌다.

"아카리, 엎드려."

"흐에?"

메노우의 날카로운 경고에 반응하지도 못하고, 과일을 입에 물고 있던 아카리가 깜짝 놀란 순간이었다.

『도력 : 접속— 반지 · 문장— 발동【염탄(炎彈)】』

뒤쪽에서, 메노우를 향해서 불꽃이 날아왔다.

느리다. 조잡한 마도 구축이다. 위력도 약하다. 은밀성에 대해서는 아예 없다고 해도 될 지경이다. 허술하다고밖에 표현할 길이 없는 문장 마도였다.

『도력 : 접속— 신관복 · 문장— 발동【장벽】』

날아온 불꽃은 메노우가 발동한【장벽】에 부딪쳐서 간단히 사라져버렸다.

"쳇!"

기습공격이 실패했다는 것을 알고, 사내가 단검을 뽑아 들었다. 혼자가 아니다. 으슥한 곳에 숨어 있던 몇 명이 줄줄이 기어

나왔다.

조금 전에 쓴 것 같은 문장 마도라면 아무리 맞아도 대미지를 입을 리가 없지만, 주위에 피해가 가면 곤란하다.

"어, 어?! 뭐야, 이거! 메노우?!"

"진정해 아카리. 그나저나 백주대낮에 당당하게, 사람들도 많은 데서 습격이라니⋯⋯."

눈앞에 있는 놈들은 『제4』의 구성원이 틀림없겠지.

습격당했다는 것은 메노우의 위치가 특정 당했고, 정체도 드러났다는 뜻이 된다.

내통자가 있는 걸까, 라고 의심한 뒤에 고개를 저었다.

굳이 따지자면 메노우 자신이 원인일 가능성이 더 크다. 지난번 사건에서 너무 눈에 띄었다. 거기서부터 후보를 좁혀 가면 특정하지 못할 것도 없다.

그리잘리카 왕국에서의 일. 오웰이라는 거물을 처리한 일은 주목받고도 남을 만큼 큰 사건이다. 그 『양엄』의 제자라는 요소까지 더해지면서, 단순한 처형인에서 눈독을 들일 만큼의 위치가 돼버린 건지도 모른다.

"⋯⋯일하기 힘들어지겠네."

주위에 있는 사람들은 얼어붙은 것처럼 메노우를 주목하고 있다. 너무 갑작스러운 일이라서 무슨 일이 일어난 건지 이해하지 못한 것이다.

잘못 대처하면 다음 순간에 큰 소동이 벌어지리라는 건, 불을 보듯이 뻔한 일이다. 그래서 메노우는 큰소리로 외쳤다.

"여러분, 진정하세요. 그대로 가만히, 엎드려요!"

메노우의 경고에 따라준 것은 제1신분에 대한 신뢰 때문이다.

훈련받고, 선출된 사람만이 제1신분이 될 수 있다. 그래서 일반 시민들은 신관을 크게 신뢰한다.

신관복을 입은 사람의 목소리를 듣고, 사람들은 긴장을 풀지는 못했지만 냉정해지기는 했다. 그것을 확인한 메노우는 신관복 옷자락에 있는 슬릿 속으로 손을 집어넣어서 단검을 꺼냈다. 메노우가 허벅지에 감고 있는 벨트 안쪽에는 단검이 달려 있었다.

눈앞에 있는 사내들이 눈치채지도 못할 만큼 은밀성이 높은 마도 조작으로, 신중하게 단검에 도력을 흘려보냈다.

『도력 : 접속— 단검 · 문장— 발동【도사(導絲)】』

"아카리도 엎으려. 이거, 가지고 있고."

"흐에?"

멍하니 있는 아카리에게, 메노우는 단검을 칼집채로 건네줬다. 어차피 아카리가 단검 같은 걸 다룰 리가 없지만, 호신용으로는 딱 적당한 물건이다. 단검 자루에 도력 실을 연결한 채, 아카리를 두고 뛰쳐나갔다. 습격자는 주위 사람들을 말려들게 하려는 것 같은 전법을 사용하고 있다. 피해가 발생하기 전에, 재빨리 쓰러트리고 싶었다.

메노우의 온몸에 도력광의 빛이 깃들었다.

한 걸음, 정면에서 파고들었다. 경고는 없다. 『제4』의 테러리스트 놈들은 봐줄 필요가 없다. 예상을 뛰어넘는 움직임을 보고 상대가 당황해서 마도 구축을 시작하려고 했지만, 말도 안 되는 수준이다. 발동하기 전체, 접촉. 사내들의 눈앞에 도달했다.

"윽."

일단 하나. 명치에 주먹이 박힌 사내가 괴로워했다. 그대로 위액을 토한 뒤에 무릎을 꿇는다──는 메노우의 예측이 어긋났다.

사내가 날카로운 눈빛으로 노려봤다.

"웅?"

반격해왔다. 분노로 아픔을 묻어버리고, 단검을 내질렀다.

자연스럽지 못할 정도로 터프했다. 도력 강화를 쓴 것도 아닌데, 몸놀림도 빠르다. 이상하다고 생각하면서도, 메노우는 왼손으로 단검을 쳐낸 뒤에 상대를 자기 공격 범위로 끌어들였고, 동시에 상대의 다리를 후렸다.

지근거리까지 파고 들었던 사내는 재미있을 정도로 간단히 자세가 무너져버렸다. 균형을 잃고 허공에 떠버린 남자의 뒷덜미를 붙잡고, 뒤쪽에서 덤벼들려고 하던 다른 한 명을 향해서 던져버렸다.

뒤엉켜서 넘어진 두 사람을 흘끗 보고, 메노우는 이미 다음 사냥감을 노리고 있었다.

"빌어먹을! 이 애새끼가─ 어그억."

세 명 째. 고함을 가로막는 것처럼 짧게 숨을 내쉰 메노우의 돌려차기가 상대를 날려버렸다. 펄럭. 치마 슬릿이 휘날리고, 부츠를 신은 아름다운 다리가 드러났다. 반해버릴 정도로 아름다운 각선미지만, 덩치 큰 사내가 정신을 잃게 할 정도의 위력을 지닌 다리다.

둥실, 신관복 옷자락이 내려왔다. 체술로 상대를 압도하면서도, 메노우는 눈살을 찌푸리고 있었다.

뼈 정도는 부러트려주려고 했는데, 부츠 너머로 전해오는 감촉을 보면 금도 가지 않았다. 슬슬 정말로 이상하다는 기분이 든다.

"거기까지다."

뒤에서 들려온 목소리에, 메노우는 천천히 뒤를 돌아봤다.

"움직이지 마라 『양염의 후계자』. 일행이 어떻게 돼도 좋다면 모르겠지만."

처음에 메노우에게 어설픈 마도를 날렸던 상대다. 메노우가 싸우는 틈에 붙잡았겠지. 그가 쥐고 있는 단검 날 끝을 아카리의 목에 들이대고 있었다.

"메, 메노우……. 이, 이 이 사람들, 혹시 날 노리는 거야……?"

어제 목욕탕에서 확실하게 못을 박아둔 탓에 자기를 노리는 거라고 생각했겠지. 아카리는 아까 메노우가 준 단검을 가지고 있지만, 그걸 다룰 수 있을 리가 없다.

인질을 잡힌 모양이 됐다. 눈물을 글썽이고 있는 아카리에게 단검을 들이댄 사내는, 우세를 확신하고 실실 웃고 있었다.

"이렇게까지 저항할 줄이야, 역시나 그 『양염』의 제자군. ―아, 쓸데없이 움직이지 마라. 사람이 죽는다."

눈썹을 움찔하고 움직인 메노우의 움직임을 눈치채고, 아카리를 방패로 삼고 있다는 사실을 강조했다.

조금 전에 메노우가 쓰러트린 사내들도 일어났다. 쉽사리 일어날 수 있는 대미지가 아닐 텐데, 이상할 정도로 터프했다.

"당신들, 유난히 튼튼한데……『마약』인가 하는 걸 먹었지?"

"그렇다. 효과가 아주 훌륭하지?"

슬쩍 떠봤더니 간단히 답이 돌아왔다.

아무래도 먹어선 안 되는 물건을 먹었다는 자각조차 없는 것 같은데, 아무튼 몸이 튼튼한 건『마약』의 효능 때문인 것 같다. 정신 나간 소리를 흘려들으며, 삼류 모험자의 도력 강화 정도의 강화 효과는 있는 것 같다고 분석했다.

"귀찮아졌네…… 게다가, 어떻게 내 정체를 알고 있는 거지?"

상대는 틀림없이 메노우의 정체에 대해 확신을 품고 있다. 이건 얼버무릴 게 아니라 캐묻는 쪽이 좋겠다고 판단하고는, 상대의 자존심을 은근슬쩍 건드리면서 질문을 던졌다.

예상대로라고나 할까, 사내는 간단히 넘어왔다. 자랑스러운 얼굴로 자신들이 가진 패를 보여줬다.

"옆 나라에서의 소동이 꽤 화제가 됐으니까 말이야. 그리잘리카 왕국에서 우리『제4』의 동지가 네놈과 접촉했다는 보고도 있었다. 우리 맹주의 탈환을 방해한 것도 네놈이지?"

역시나 오웰과 관련된 일이다. 그것뿐만이 아니라, 아무래도 고도 가름으로 가는 중에 열차를 납치했던 집단과도 어느 정도 정보 교류가 있었던 것 같다. 나라는 달라도 같은『제4』라는 뜻이겠지.

"처형인이라고는 해도, 네놈도 제1신분이다. 이런 사람들 앞에서 인질을 버릴 수는 없겠지. 아니, 그보다 네놈에게는 이 녀석이 소중할 테고."

메노우는 상대의 태도를 보고, 어쩌면 아카리의 정체도 알고 있을 거라고 판단했다. 조직으로서의 상대가 어떻게 나오는지를 캐내기 위해, 조금 더 문답을 이어가기 위해서 신중한 척 하며 물었다.

"당신들의 요구는?"

"뻔하지 않은가. 네놈의 제거다『양염의 후계자』. 그리고 이 여자는 우리가 확보하겠다."

역시나, 아카리가 이세계 사람이라는 것까지 다 들통이 났다.

이건 정보가 너무 많이 새어 나갔다. 메노우는 스윽, 어깨에서 힘을 뺐다.

메노우의 태도를 체념이라고 판단한 것인지, 남자가 더 확실하게 웃었다. 하지만 당연히, 메노우는 포기한 게 아니었다. 이런 놈들의 행동 패턴 따위는 처음부터 아주 잘 알고 있다.

아카리가 인질로 잡히는 것까지 포함해서, 너무나 예상했던 그대로의 전개다.

"물어볼 게 많아졌으니까, 기사들한테 엄중하게 심문해달라고 부탁해둘게."

"……네놈은 지금 자기가 어떤 입장인지 알고 있는 거냐?"

"그래. 미안하지만, 그 바보는, 미끼야."

"뭐?"

남자가 의아하다는 표정을 지었다. 자신의 상황을 이해하지 못한 얼빠진 얼굴을 보면서, 메노우는 계속 유지하고 있던 도사에 【힘】을 흘려보냈다.

『도력 : 접속(경유 · 도사)— 단검 · 문장— 원격 발동【질풍】』

아카리가 들고 있는 단검에서 【질풍】이 휘몰아쳤다.

"으억?!"

갑자기 발생한 돌풍 때문에, 아카리한테 칼을 들이대고 있던 사내가 비명을 질렀다.

메노우가 마도를 구축하는 기척도 알아차리지 못하고, 돌풍에 대비하지도 못한 채로 바람을 맞은 것이다. 애당초 그들은 아무리 도력 위장으로 실을 감췄다고는 해도, 메노우가 【도사】를 손에 쥔 채로 싸우고 있다는 것조차도 알아차리지 못했다.

그 정도 상대한테 당할 메노우가 아니다. 자세가 무너진 틈을 노려서, 메노우는 사내들의 품 안으로 파고들었다. 손을 뒤로 돌려서 도력 실로 사내들을 묶고, 움직이지 못 하게 한 뒤에 땅바닥에 자빠트렸다.

"역시 대단해 메노우! 믿고 있었어!"

"당연하지. 신관은 맑고 올바르고, 그리고 강하니까!"

해방돼서 달려온 아카리에게 가슴을 활짝 펴고 대답했다. 사람들 앞이다. 말려든 사람들을 안심하게 만들기 위해서라도, 메노우는 약간 과장되게 신관다운 모습을 어필했다.

메노우가 굳이 아카리와 떨어져서 싸웠던 건, 그렇게 하면 거의 확실하게 인질로 잡을 거라고 예측했기 때문이다. 상대가 인질을 잡았다고 건방지게 구는 틈에 허를 찔러서 간단히 이길 수 있도록 준비해둔 것이다.

시장에 있던 사람 중에 누군가가 신고한 걸까. 뒤늦게나마 달려온 기사들에게 사내들을 넘기며, 메노우가 중얼거렸다.

"『마약』이라……."

인체를 강화하는 약을 완성했다는 게 사실이라면, 상당한 지식과 기술을 지녔다는 뜻이겠지. 확실한 효과를 얻은 인간과 상대했기 때문에 알 수 있다.

마논 리벨.

예상보다 귀찮을 것 같은 상대라고, 메노우는 마음을 다잡았다.

지금 막 일어난 소동 때문에, 마논은 두근거리는 심장을 손으로 누르고 있었다.

"아아, 깜짝 놀랐네……."

시시한 회의도 끝나서 배를 채우려고 시장에서 음식을 사서 먹고 있었는데, 회의에 의제로 나왔던 습격과 조우하고 말았다.

회의가 끝나자마자 바로 습격이라니, 쓸데없는 일만 신속하게 처리한다. 아무리 그래도 이야기를 너무 대충 들었다고, 마논도 반성하고 말았다.

"저 사람이 『양염의 후계자』인가요."

멀리 떨어진 곳에서 빤히 관찰했다. 밝은 갈색 머리카락을 스카프 리본으로 묶은 미소녀다. 신관복 슬릿 사이로 보이는 아름다운 다리가 매력적이다.

그녀를 보고 있는 사람은 마논 혼자만이 아니었다. 지금 일어난 소동 때문에 주위에 있는 사람들이 구경꾼 근성을 발휘하면서 주목하고 있다. 그 덕분에 마논의 흥미진진한 시선이 오히려 자연스러운 것이 돼버렸다.

　그녀의 이름도 들려왔다. 『길 잃은 사람』인 소녀가 『메노우』라고 부른 것이다.

　"메노우 양인가요. 미인인데다 강하기까지 하다니, 반칙이네요."

　노점에서 과일을 주문했다. 한 조각에 100인. 적당한 가격이다.

　『양염의 후계자』메노우는 기사들에게 남자들을 넘기고, 일행 소녀와 함께 그 자리를 뒤로 했다.

　습격에 실패한 남자들은 기사들에게 끌려갔다. 이제 기사들의 소굴에서 심문을 받게 되겠지. 참을성이 없는 인간들이니까, 있는 것 없는 것 전부 술술 불어버릴 것이다.

　마논은 과일을 입에 물기 전에 흠, 하고 생각에 잠겼다.

　그냥 넘어가도 되지만, 정보가 필요 이상으로 새어 나가는 건 좋지 않은 일이다. 무엇보다 마논에게는 그들을 벌할 이유가 하나 있었다.

　"오늘 회의에서 어머니 험담을 한 게, 저 사람이었지."

　마논은 소매에서 빨간 알약을 꺼냈다. 다행히도 남자들은 『마약』을 복용했다. 방법은 얼마든지 있다.

　『제4』의 회의 때 화제가 됐던 것처럼, 마논의 어머니는 예전에 『양염』의 손에 죽었다. 이유는 단순했다.

마논의 어머니가 순수 개념을 지닌 『길 잃은 사람』이었기 때문이다.

손바닥 위에서 데굴, 하고 구른 알약에서 빨간 도력광이 빛났다.

『도력 : 산 제물 공양— 혼돈 유착 · 순수 개념【마(魔)】— 소환【아이는 배가 고프다】』

마논의 손바닥에 있는 알약을 제물로 바쳤다.

그들의 몸속에 녹아 들어 이미 몸의 일부가 되어버린 약에 간섭해서, 마도가 발동됐다.

뒤쪽에서 소동이 벌어졌다. 잡혀 있던 남자들이 갑자기 날뛰기 시작한 것이다. 아니, 날뛰는 정도가 아니다.

"이봐, 얌전히— 뭐, 뭐야 이놈들?!"

남자들의 육체가 변해 있었다. 섭취해서 몸속에 뿌리를 뻗고 있던 마약——이 몸의 조직을 급격하게 침식해서 구조를 바꿔 간다. 손가락과 발가락이 갈고리 발톱처럼 날카로워지고, 체모가 피부와 하나가 돼서 딱딱해졌다.

"마물이, 된 건가……!"

조금 전까지 인간이었던 자들이 마물로 다시 태어났다.

이상한 사태에 직면한 사람들의 비명과 고함소리. 조금 전에 습격 사건이 벌어졌던 때에 뒤지지 않는 소동이 벌어졌다. 마물이 돼버린 남자들이 구속한 밧줄을 끊어버리고 무차별적으로 날뛰기 시작했다.

이번에는 예기했던 사태다. 마논은 신경 쓰지 않고 과일을 베어 물었다.

아삭. 싱싱하고 수분이 많은 과일이 입 안에서 터졌다.

"음, 맛있네요."

간식을 즐기면서 떠나는 마논의 등 뒤에서, 마물로 변해서 날 뛰던 남자들은 기사들에게 토벌 당했다.

어린 메노우는 방파제 위에서 바다를 바라보고 있다.

뭔가를 확인한다면서, 검붉은 머리카락의 신관은 메노우에게 항구에서 기다리라고 하고는 어디로 가버렸다. 남겨진 메노우는 다가왔다가 물러나는 파도 소리를 들으면서 질리지도 않고 계속 보고 있었다.

넓고, 너무나 넓고, 끊임없이 움직이는, 너무나 커다란 바다. 계속 보고 있으면 빨려들 것 같고, 빨려들면 녹아버릴 것만 같았다.

"볼일은 끝났다. 호텔로 돌아가자."

뒤쪽에서 목소리가 들려왔다. 아무래도 검붉은 신관이 돌아온 것 같다.

—……재미없구나, 너는.

왠지, 이 도시에 처음 왔을 때 했던 대화가 생각났다.

메노우는 아무 말 없이 바다로 뛰어들었다.

"어?"

뒤쪽에서 얼빠진 목소리가 들려왔다. 바로 첨벙, 하는 충격이 느껴지면서 아무런 소리도 들리지 않게 됐다.

물의 세계.

메노우는 눈을 뜬 채로, 부글부글 거품을 일으키면서 가라앉았다. 반짝반짝 빛나는 수면이 예뻤다. 자기도 모르게 정신없이 보고 있었더니, 수면을 뚫고서 팔이 들어왔다.

"대체 뭘 하는 거냐, 넌."

바로 검붉은 신관의 팔이 메노우를 끌어 올렸다. 흠뻑 젖은 메노우는 "에취"하고 재채기를 했다. 따뜻한 계절도 아니다 보니, 바닷바람이 어린 메노우의 몸을 사정없이 차갑게 만들었다.

"저기."

"뭔데?"

"바다는, 짜요."

"…………."

검붉은 신관은 도저히 말로 표현할 수 없는 표정을 지었다. 메노우는 상관하지 않고, 자기가 느낀 바다의 감상을 말했다.

"그리고, 그리고, 파도가, 쏴아~ 하고. 커다란 소리가, 나요. 그리고, 반짝반짝, 예쁘고……."

"알 게 뭐야. 됐으니까 조용히 해."

퉁명스러운 목소리로 메노우의 말을 잘랐다.

"공중목욕탕에 가자. 감기라도 걸리면 귀찮으니까."

"예."

고개를 끄덕이고 나서, 메노우는 피 냄새가 난다는 걸 알아차렸다.

피 냄새는 검붉은 신관한테서 나고 있었다. 메노우가 알아차렸다는 걸, 검붉은 신관도 눈치챈 것 같다. 그녀는 메노우 쪽은 보지도 않고 말했다.

"난, 악인이니까."

사람을 죽이고 온 거라고, 어린 마음으로도 알아차렸다. 그래서 검붉은 신관은 메노우를 항구에 두고 갔던 것이다.

그렇다고 해도, 아무런 느낌이 없었다.

사람을 죽인 걸 어떻게 느껴야 할까. 마음을 정하고 말로 표현하기에는, 메노우의 마음은 아직 너무나 하얀색이었다.

그녀의 신관복을 잡고서, 메노우는 같이 걸어갔다.

이때 도사가 살해한 금기의 인물이 바로 마논 리벨의 모친이었다.

헉, 하고 눈을 뜬 메노우는 재빨리 이불을 걷어치웠다.

메노우는 훈련받은 처형인이다. 아무리 깊이 잠들어도, 위험을 느끼고 각성할 수 있다.

꿈속에서 옛날 기억을 본 것도 같지만, 꿈의 잔재는 현실에 내몰려서 멀리 사라져버렸다. 자고 있던 자세 그대로 옆으로 굴렀고, 침대 끝에서 밑으로 떨어졌다. 한순간이라고 할 수 있는 낙하의 충격을 한쪽 손만 가지고 막아내고는, 멋지게 자세를 바로 잡고서 두 발로 착지했다.

뭔가가 덮쳐왔다고 생각하며 고개를 들었다가, 얼빠진 표정을 지었다.

메노우가 잠들어 있던 자리에 무거운 물체가 낙하했다.

태앵, 스프링 튕기는 소리를 낸 것은 아카리였다.

"아, 피했네. 잘 잤어~ 메노우!"

대체 무슨 생각인지. 메노우가 자고 있던 침대에 다이빙한 아카리는, 몸을 일으키면서 속 편하게 손을 흔들었다.

방바닥에서 경계하고 있던 메노우는 크게 한숨을 쉬면서 일어났다. 쓸데없이 전투 모드에 들어가고 말았다. 어깨에서 힘을 빼고 도끼눈을 뜨고서 아카리를 노려봤다.

"뭐야, 아카리. 그 뚱뚱한 몸으로 날 눌러 죽일 셈이었어?"

"갑자기 무슨 소리야?! 나 안 뚱뚱하거든! ……그, 그렇지?"

"안 됐네. 안 가르쳐줄래. 이건 자각이 중요한 거니까."

"으에에에?!"

일부러 차갑게 말했다. 그리고 갑자기 무슨 짓이냐고 말하고 싶은 건 메노우 쪽이다.

자는 중에 기습공격을 당했다. 짓궂게 굴만하지. 싸늘한 표정으로 고개를 휙 돌리고 몸단장을 했다. 얼굴을 씻고 신관복으로 갈아입는다. 참고로 이 호텔에는 체중계가 없다. 여행하는 동안에 비교 대상은 항상 어제의 자신이다.

메노우가 옷을 갈아입고 머리카락을 스카프 리본으로 묶고 있는데, 통통한 옆구리 살을 잡으면서 살이 찐 건 아닌지 확인하고 있던 아카리가 안도의 한숨을 쉬었다.

"괜찮아, 이 정도는 괜찮아. 지, 짓궂은 소리 하지 마아. 메노우가 너무 안 일어나서, 깨워주려고 했던 거라고."

"좀 더 제대로 된 방법으로 깨울 수도 있잖아?"

"메노우를 생각하는 마음이 넘쳐나서 말이야— 아야?!"

멀쩡한 얼굴로 범행 동기를 고백했다. 용서하지 않기로 했기에, 딱밤 형을 집행했다. 아카리는 눈물을 글썽이면서 손으로 이마를 누르고, 원망하는 눈으로 쳐다보고 있다.

"아으~. 근데, 정말 별일이네. 메노우가 늦잠을 자다니."

"……그러게."

어젯밤에는 생각할 일들이 많았다.

나중에 들은 이야기인데, 기사에게 맡겼던 어제 그 사내들이 갑자기 마물로 변해서 날뛰었다는 것 같다. 다행히 피해가 발생하기 전에 기사들의 손으로 토벌했다고 하는데, 문제는 그게 아니다.

"그냥 좀, 일이 생각보다 귀찮아져서 말이야."

"흐응?"

"『마약』인가 하는 귀찮은 물건을 조사하고 있는데…… 아카리. 너, 모르는 사람이 빨간 알약을 주더라도 절대로 먹으면 안돼. 알았지?"

"그런 이상한 걸, 내가 먹을 것 같아?"

남자들이 마물로 변한 원인은, 『마약』 때문이라고 추정하고 있다.

원죄 개념은 물질에 침식해서 차지해버리는 성질을 지녔다. 즉 원죄 개념을 알약 형태로 만들 수만 있으면, 그것을 섭취한 사람을 서서히 마물로 바꿔버릴 수 있다.

『마약』을 섭취한 사람은 육체가 강화되는 게 아니다. 육체가 마물로 변질되기 때문에, 결과적으로 육체의 강도가 향상됐을 뿐이다.

한마디로 『마약』은 『제4』가 자금을 벌기 위해서 만든 약이 아니었다. 시내에 유통되면, 그것을 섭취한 무고한 시민들을 마물로 만들어서 대규모 테러를 벌일 수 있다. 지극히 위험한 약이라는 뜻이다.

지금 리벨 시내에는 마물이 대량으로 발생할 소지가 갖춰져 있다. 그 보고를 받은 시실리아는 『약제』의 유통 상황을 파악하고, 『마약』을 섭취한 사람들을 구속하기 시작했다. 다행히도 항구 도시 쪽에는 거의 유통되지 않은 것 같지만, 방심해서는 안된다.

사건의 규모가 처음에 생각했던 것보다 훨씬 커져 버렸다.

"아무튼, 일이 늘어났어."

"흐응?"

아카리는 메노우의 말을 듣고 그저 이상하다는 것처럼 고개만
갸웃거렸다.


"이게 무슨 일입니까, 마논 공."

『양염의 후계자가』 온 뒤로 매일 개최되고 있는 『제4』의 긴급
회의가 개막되자마자, 마논은 다른 멤버들로부터 질문 공세를
받았다.

　평소에는 마논의 존재 따위는 장식품 정도로 여기던 멤버들
이, 하나같이 마논을 쳐다보고 있다. 평소에는 없었던 전개 때
문에 마논은 눈을 껌벅거렸다.

"무슨 말씀이신가요?"

"습격 말입니다! 그게 실패한 건 그렇다 치고…… 어째서 카
이젤까지 마물이 돼버린 겁니까!"

"카이젤……?"

　으음, 하며 눈살을 찌푸린 마논은 재빨리 기억을 뒤져봤다.

　카이젤. 대체 누구였더라. 왠지 들어본 것 같은 이름이다. 틀
림없이 어떻게 되건 상관없는 이름인데, 전혀 모르는 이름은 아
닌 것 같다.

　몇 번인가 머릿속에서 그 이름을 되풀이해서 읊어보고, 기억
속에서 찾아내는 데 성공했다.

"아, 카이젤. 카이젤 씨말인가요. 예, 그래요. 기억하고 있어요."

탁, 하고 손뼉을 쳤다.

어제 낮에 습격에 실패했고, 마논이 마물로 만들어버린 덩치 큰 남자의 이름이다. 너무나 시시한 일이었기에 깜박 잊고 있었다.

생각이 나서 속이 후련해진 마논은, 두 손을 맞대고 미소를 지었다.

"그건, 그냥 지나가는 김에 해봤어요."

"지나가던 김에…… 라고요."

"예. 우연히 거기 있었거든요. 카이젤 씨가 정보를 술술 불어버리면 여러분도 곤란하시겠죠. 저도 『제4』의 일원으로서 대처했을 뿐입니다. 그리고 『양염의 후계자』도 왔으니까, 슬슬 시작해도 될 것 같았거든요."

우아하게 미소 짓는 마논의 말에, 『제4』의 중추 멤버 일동이 입을 다물어버렸다.

멤버들의 표정은 마논을 나무라는 것이 아니었다. 전반적으로 마논을 어떻게 대해야 좋을지 태도를 정하지 못한 분위기다.

"마논 공. 『마약』의 유통을 제안한 것은 당신이다. 그건 틀림이 없겠지."

"예. 틀림없습니다."

"『마약』은 섭취한 인간에게 쾌락과 상습성을 가져다준다. 그렇게 말하면서, 당신은 그 생성 도기를 가지고 왔지."

"예. 지금 유통하고 있는 것들은 그렇게 되도록 조정했으니까, 효과는 전해드린 그대로입니다."

"시내에 유통하면 자금도 조달할 수 있지. 정 급할 때는 『마약』을 섭취한 사람들을 인질로 삼아서 제1신분을 견제할 수도 있다. 최악의 경우에는 마물로 만들어서 수하를 늘리고, 전력으로 삼아서 제1신분이나 기사 놈들과 정면으로 싸울 수도 있게 된다. 그렇게 말했었지."

"말했었죠."

여기 있는 자들은 젊은 마논을 적잖이 얕보고 있다. 아무래도 리벨의 『제4』는 거의 리벨 본가를 중심으로 한 친척들의 모임이다. 어린 시절부터 마논을 알고 있는 그들은, 회의에도 진지하게 참가하지 않는 마논을 얕보고 있었다.

하지만, 지금은 아니다.

"그렇다면 어째서 카이젤까지 마물이 된 거지?! 이상하지 않은가!"

"아, 그렇군요."

당연한 얘기지만 『제4』 중에서도 말단인 사람이라면 모를까, 중추 멤버인 그들은 『마약』의 위험성을 알고 있다. 복용하면 뭐든지 할 수 있을 것 같은 기분과 완강한 육체를 얻을 수 있지만, 그것은 육체를 마물로 변질시키는 과정에서 발생하는 부작용에 불과하다. 복용자의 최후를 알고 있다면, 복용할 리가 없다.

그런 중추 멤버 중의 한 명이 마물이 돼버린 이유는 간단하다.

마논은 부채로 탁자 위에 놓여 있는 가벼운 음식을 가리켰다.

"여기 있는 음식에 『마약』을 섞어뒀으니까요."

어제 회의할 때, 너무나도 생각이 없는 결론에 이르게 된 이유

중에 하나다.

그들은 이곳의 식사를 통해서 『마약』을 섭취했다. 그 약에 취한 느낌과 만능이라도 된 것 같은 느낌이, 그들에게 무모하다고 할 수 있는 습격을 결의하고 실행하게 만든 것이다.

고함소리가 터져 나왔다.

같은 음식을 먹었던 카이젤이 마물이 돼서 날뛰고 기사에게 처분 당했다. 그를 마물로 만든 것이 마논의 짓이 틀림없다는 답을 들은 데다, 자신들에게도 『마약』을 먹였다. 자신도 마물로 변이시켜버릴지도 모른다는 공포가 『제4』 멤버들 사이에 휘몰아쳤다.

"이 계집애가! 네놈, 헛소리하지 마라. 대체 무슨 생각이냐!"

마논은 온화한 미소를 유지했다.

"잠깐, 조용히 해주시겠어요."

소매에서 빨간 알약을 꺼냈다.

『도력 : 산 제물 공양— 혼돈 유착·순수 개념【마(魔)】— 소환【단체 줄넘기 줄이 걸렸다】』

마논의 손바닥에서, 빨간 알약이 소비됐다.

"뭐야?!"

경악한 목소리가 터져 나왔다.

원탁 멤버 중에 한 사람, 앉아 있던 여성의 팔이 뒤틀려버렸다. 뼈가 부서지는 소리가 났다. 관절이 아무런 의미도 없는 상태가 됐다. 꼬여서 새끼줄처럼 돼버린 팔이, 한눈에 봐도 부자연스러운 움직임으로 그녀 자신의 목을 천천히 조였다.

여성이 저항하려고 했지만, 목을 조이고 있는 것은 그녀 자신의 두 팔이었던 것이다. 필사적으로 다리를 들어서, 어떻게든 발끝을 팔과 목 사이에 집어넣으려고 했다. 몸을 웅크린 모양으로 두 발을 버둥대며 발악하는 그 꼴이, 마치 물에 빠진 개미 같았다.

"아, 커크——."

마침내 질식해버린 여성의 움직임이 멈췄다.

"그래서, 또 불만이 있으신가요?"

회의실이 아주 조용해졌다.

하지만 용감하게도, 노인 중에 한 사람이 증오가 담긴 눈으로 마논을 보며 말했다.

"어미의 【힘】도 이어받지 못한 되다 만 것이, 대체 무슨 짓이냐……! 설마 리벨 백이 병석에 누운 것도, 네놈 소행이냐."

"……무례한 사람이군요. 제가 이래 봬도 효심이 깊은 딸이랍니다."

마논이 어깨를 으쓱거렸다.

"간단한 일입니다. 복수를 위한 【힘】을 빌려주는 대신에 【마약】을 뿌려달라는 부탁을 받아서, 최대한 많은 사람이 섭취하기를 바랐을 뿐이죠."

"복수라고?"

마논의 고백을 듣고, 경악 때문에 얼굴을 찌푸렸다.

"리벨 백이, 그런 짓을 하실 리가…… 아니. 설마 네놈, 외부 인간에게 『제4』를 팔아넘긴 것인가?!"

"팔아넘기다니요. 이런 시시한 조직을 사줄 기특한 사람이 있을까요……?"

아직까지 자신들을 높게 평가하고 있는 『제4』의 멤버들에게 마논은 완전히 질려버렸다.

"제 독단입니다."

"헛소리를! 네놈 같은 계집애 혼자서 이런 크나큰 일을 벌일 수 있겠는가! 네 뒤에 있는 게 누구냐?!"

가장 나이 많은 노인이 기염을 통했다.

의외로 정곡을 찔렀지만, 동시에 빗나간 생각이었다.

"『양염의 후계자』가…… 어머님의 원수인 『양염』의 제자가 왔습니다. 예, 『길 잃은 사람』이었던 어머니를 죽인 『양염』의 제자입니다. 딸로서, 성심성의껏 맞이해줘야겠다고 생각하는 게 인지상정이 아니겠나요?"

색이 사라져버린 『제4』 멤버들을 보며, 마논은 혼자서 담담하게 말을 이어갔다.

"그러기 위해서 내일, 리벨 성에서 개최되는 나이트 파티에도 여러모로 손을 써뒀어요. 여러분도 꼭 참가해주실 거죠?"

어떻게 생각하건, 상관없다.

이 복수는, 어디까지나 마논 한 사람의 의지에 의한 것이었다.


해 질 무렵의 햇살이 시내를 빨갛게 물들이고 있다.

항구 도시에서는 순식간에 바람의 방향이 달라진다. 뭍에서 바다를 향해 불던 바람이 멈추는 저녁의 고요한 시간. 그림자를 길게 늘어트린 건물과 건물 사이에 존재하는 뒷골목에서 피가 뿌려졌다.

"히익."

겁먹은 소리를 낸 것은 10대 후반의 젊은이였다.

그들은 리벨의 악동들이다. 자신이 세상에서 제일 강하고 잘 났다고 생각하는 나이의 소년들. 평온이 따분하다면서 스릴과 자극을 추구하고, 비슷한 동료들과 어울려서 기사와 신관들 몰래, 이 리벨에서 제멋대로 악행을 저질러 온 불량배들이다.

말하자면 젊은 치기. 근거도 없는 자신감이 넘쳐나는 그들 모두가 피를 뚝뚝 흘리면서, 공포 때문에 얼굴이 일그러져 있다.

그들 앞에 있는 것은 상황에 어울리지 않을 정도로 예쁜 소녀였다.

분홍색 머리카락을 머리 장식을 이용해서 두 갈래로 묶은 체격이 작은 미소녀다. 하얀 신관복을 걸친 소녀가, 귀찮다는 것처럼 중얼거렸다.

"이제 슬슬, 부는 게 어떤가요?"

그 소녀는 소년들이 알고 있는 신관과 근본적으로 달랐다. 폭력에 일말의 망설임도 없다. 말투에도 자비가 담겨 있지 않았다. 무엇보다 그녀가 휘두르는 흉기가 상당히 끔찍한 것이었다.

실톱이다.

이미 그들의 몸 여기저기에 찢어진 상처가 새겨져 있다. 상처의 깊이 자체는 대단한 게 아니다. 유연한 실톱을 휘두르기만 하는 정도로는 살을 깊이 갈라버릴 수 없으니까.

하지만, 아프다.

베는 게 아니라 대상을 갈아버리는 데 특화된 실톱이 주는 아픔은 묵직하고, 머릿속에 또렷하게 남는다. 싸움이라는 것은 그 정도가 어떻건 간에 흥분을 수반하는 것이지만, 그녀의 실톱은 전투 의욕을 꺾어버릴 것만 같은 묵직한 아픔을 준다.

"부, 불라니, 대체 뭘. 너, 대체 뭐야!"

"그~ 러~ 니~ 까아."

당황한 불량배들에게, 짜증이 난다는 기색으로 자신의 목적을 말했다.

"이 동네에 있는 『제4』 놈들에 대해서요. 당신들 같은 사회의 쓰레기들이라면 『마약』인가 하는 약을 가지고 있거나 먹기도 하지 않았겠어요? 기껏 사람 말을 떠들어댈 수 있는 모르모트니까, 당장 임상 정보를 전부 털어놓으세요."

"모, 몰라!"

"거짓말은 하지 말아줄래요?"

심기가 불편하다는 것처럼 눈을 찌푸린 모모가 슝, 소리를 내면서 실톱을 휘둘렀다. 날카로운 바람 가르는 소리에, 몇 명이 어깨를 움찔하고 떨었다.

상처 자체는 깊지 않아도, 피부를 거칠게 찢어버리는 행위는 원시적인 공포를 불러오는 것이다. 이미 몇 번인가 당했다. 몇 명은 이미 가벼운 트라우마가 되어 있다. 채찍처럼 휘둘러서 허공을 가르는 소리만 가지고도, 얼굴에서 핏기가 가셔버릴 정도의 공포가 새겨졌다.

하지만 그들의 반항심은 사라지지 않았다. 저 실톱에 살이 찢겨 나간다고 해도 깊은 상처를 입는 건 아니라고 생각하며, 한 사람이 주먹을 치켜들고 달려들었다.

그의 판단은 잘못된 게 아니었다. 실톱이라는 무기를 공략하는데 있어, 중량에 모든 것을 맡긴 돌진은 옳은 것이라고 할 수도 있다.

분홍색 머리의 신관은 귀찮다는 것처럼 얼굴을 찌푸렸을 뿐이다.

"짜증나게 구네."

돌진한 청년이 아무렇게나 휘두른 돌려차기를 맞고 날아가 버렸다.

어둠침침한 뒷골목에, 도력광이 흩어졌다. 순간적인 도력 강화에 의해, 작은 몸에서 나온 것이라고는 믿을 수 없을 정도로 묵직한 발차기를 날린 것이다.

발에 차여서 날아간 청년이 벽에 처박혔다. 신음만 낼 뿐이고 일어서지도 못하고 있는 그 청년에게 다가가서 웅크리고 앉은 소녀의 눈동자는, 한없이 잔혹했다.

"일이 귀찮아졌네요. 팔이라도 하나 썰어서 뜯어내 버리는 쪽이 빠르려나요."

그리고 즉시 실행. 소녀는 남자의 어깻죽지에 실톱을 빙 감았다. 도망치려고 필사적으로 발버둥 쳤지만, 소녀에게 붙잡힌 남자는 몸을 제대로 움직일 수도 없었다.

"하, 하지 마……! 이, 이런 짓을 저지르고 용서받을 수 있을 것 같아?!"

"용서받고 자시고 이전에, 당신들 같은 쓰레기가 뒷골목에서 죽는다고 누가 신경이나 쓸까요?"

그녀의 말에는 망설임이 없었다. 눈보라처럼 차가운 목소리를 듣고, 청년들은 등줄기가 얼어붙는 기분을 맛봤다.

"항상 귀찮게 여기던 제3신분 놈들은 속이 후련해질 테고, 기사 계급도 사회의 쓰레기가 죽은 정도 가지고는 제대로 조사도 안 해요. 평소대로 너무 심하게 싸우다가 죽은 바보. 목격자도 없으니까 범인은 불명. 그걸로 끝나지 않겠어요. 평소 행실이라는 건 참 중요하다니까요."

"너, 넌 신관이잖아! 그, 그런 짓을 저지르겠다는 거야?! 그래도 될 리가 없잖아?!"

"그럴까아? 난 며칠 동안 이 동네에 있을 뿐인, 떠돌이 순례 신관이거든요. 만에 하나 들켜서 리벨인가 하는 코딱지만 한 동네에서 제1신분의 평판이 땅바닥에 떨어지거나 말거나, 제가 알바 아니거든요. 당신들 같은 쓰레기를 청소해줬다고 칭찬해줬으면 싶을 정도거든요."

양심의 가책이라고는 찾아볼 수도 없는 말투다. 보통 신관들에게서는 찾아볼 수 없는 냉혹함에, 청년들의 얼굴에 드리운 겁먹은 기색이 더욱 짙어졌다.

"뭐, 최대한 빨리 알고 있는 것들을 있는 대로 털어놓으세요. 쓰레기의 비명은 귀에 거슬리니까."

"하, 하지 마……! 정말로, 『제4』 놈들하고는 엮이지 않았다고! 그런 놈들한테는 가까이 가기도 싫어! 그 약은 절대로 먹지 말라고 했단 말이야! 응?! 정말로 그랬다고!"

"헤에~."

공포 때문에 눈물샘이 터져버린 걸까. 결국 눈물과 콧물을 줄줄 흘려서 얼굴이 엉망진창이 돼버리기 시작했다. 연기로 보이지는 않는다. 거짓말일지도 모른다고 생각하면서도, 쓰레기에게 잘 대해줘 봤자 모모와 메노우에게 도움이 될 것은 하나도 없기 때문에, 일단 팔을 썰어버리기로 했다.

"그럼, 갑니다."

실톱 양쪽 끝을 잡고 어깨를 발로 밟아서 고정한 모모에게 고함이 날아왔다.

"이, 악마가!"

"리, 리더만 있으면, 너 같은 건 한방 거리도 안 돼!"

"⋯⋯리더?"

실톱이 움직이기 직전, 건달들한테서 날아온 단어에 눈살을 찌푸렸다.

이런 상황에서도 마음이 꺾이지 않게 지탱해주다니, 꽤나 신뢰받는 존재인 것 같다.

하지만, 마침 잘 됐다.

사정을 알아내려면, 말단 따위보다 그 『리더』인가 하는 쪽이 질 좋은 정보를 알아낼 수 있겠지. 어떻게 괴롭혀서 그놈이 있는 곳을 알아내야 할까 생각하면서 실톱을 움직이려고 한 순간이었다.

"여기입니다, 리더! 이상한 신관이 갑자기 덤벼들었어요!!"

아무래도 도망쳤던 건달 하나가 『리더』인가 하는 놈에게 도움을 청한 것 같다.

마침 잘 됐다. 모모는 목소리가 들려온 쪽으로 시선을 옮겼다. 리더라고 할 정도니까, 평범한 건달보다는 쓸 만한 정보를 가지고 있겠지.

어두운 미소를 지은 모모가 고개를 돌린 순간.

쿠웅, 떨어져 있어도 또렷하게 들리는 발소리가 울렸다.

나타난 것은 압도적인 존재감을 자랑하는 인물이었다.

붉은 기운이 강한 금발을 휘날리고 있는 사람은, 남성과 나란히 서도 손색이 없을 정도로 키가 큰 사람이었다. 야성미와 고귀함이 공존하는 미모. 등이 크게 트인 드레스의 노출은 과하다고 할 정도지만, 그녀는 오히려 자신의 육체미를 보여주려는 것처럼 당당한 태도였다.

"정말이지. 누구인지는 모르겠지만, 너무 제멋대로—— 어라."

다름 아닌, 아슈나 그리잘리아가 모모를 보고 눈을 번뜩였다.

"오오! 모모가 아닌가!"

모모는 아무 말 없이 실톱에 도력을 흘려 넣었다.

『도력 : 접속— 실톱 · 문장—』

"이런 곳에서 다시 만나다니, 역시나——."

『발동【진동】』

"개통 같은 꽁쭈님은 여기서 콱 죽어버려어어어어어!"

조금 전까지 보여줬던 냉혹한 모습이 거짓말이었던 것처럼 감정적인 소리를 지른 모모가, 진동하는 실톱을 채찍처럼 휘둘러서 공격했다.


　모모와 아슈나의 전투는 금세 끝났다.

　그리 대단한 일이 벌어진 건 아니다. 모모가 진심으로 싸워도, 전투를 너무나 좋아하는 배틀 마니아 같은 경향이 있는 아슈나는 신이 나서 응전했다. 굳이 상대를 기쁘게 해줄 이유도 없기 때문에, 최초의 기습공격이 실패한 시점에서 모모가 포기해버렸기 때문이다.

　그리고 실제로 아슈나는 공격당한 사실을 전혀 신경 쓰지 않았다.

　"여전히 힘이 넘치는구나, 모모는!"

　"짜증 나……."

　밝은 목소리의 아슈나에게, 모모는 가시 돋은 말투로 대꾸했다.

　두 사람이 나란히 앉아 있는 곳은 뒷골목의 지하에 있는, 아무리 봐도 수상한 바였다.

　조금 전까지 모모가 괴롭히던 불량배 놈들은 해산했다. 그들은 모모가 아슈나와 아는 사이라는 것을 알고는, 어째서인지 불만 한마디도 없이 납득해버렸다. 모모 입장에서 보면 상당히 내키지 않는 일이다.

　"그래서, 왜 이런 데 계신 건가요, 공주 전하. 만약에 이 동네에 있더라도, 리벨 성 쪽에 있을 거라고 생각했는데 말이죠."

　"왜 그러나 모모. 공주 전하라니, 너무 남 같지 않은가. 좀 더 편하게 꽁쭈님이라고 불러도 된다만?"

"이 여자는 대체 왜, 그 유적에서 죽지도 않은 거냐고오……!"

잠깐 이야기를 했을 뿐인데도 신경을 거스르는 아슈나 때문에, 모모의 말꼬리가 짜증 때문에 길게 늘어졌다.

이 도시에 오기 전에, 아슈나와 모모는 미개척 영역에서 조우했었다. 우연히 발견한 고대 유적을 모험자들 흉내라도 내는 것처럼 탐색하게 됐었는데, 모모는 아슈나를 미끼로 남겨두고는 혼자서 탈출했다. 그런데도 무사히 도착한데다 이렇게 힘이 넘쳐나고 있으니, 그저 짜증이 날 뿐이다.

하지만 그 말을 들은 아슈나는 오히려 기뻐하는 표정을 지었다.

"유적 하니까, 거기 가고일은 꽤 버거웠다. 원죄 개념에서 유래한 상대는 참 귀찮더군. 특히 악마는 내 전법과 상성이 좋지 않은 것 같다."

"꽁쭈님은 힘으로만 밀어붙이니까요. 애당초 가고일은 악마의 일종이라기보다는, 석상에 악마를 부여한 열화물이거든요."

악마의 몸은 원죄 개념 그 자체다. 원죄 개념을 추출한 결과가 악마라고 해도 좋다. 섭취한 것을 무기질이건 유기질이건 전부 악성으로 변이시켜버린다. 원래 존재했던 조성(助成)을 침식하고, 자신과 동질로 변화시키는 성질이 있다.

"그런 것들은 물체에 악마를 섭취하게 해서 조성을 변질시킨 것들이라고요. 악마라기보다는 마물에 가깝겠죠. 애당초 마물 자체가, 원죄 개념을 섭취해서 변이된 생물이니까."

"그런 건가?"

"그런 거예요."

원죄 마도는 발생한 유래부터가 특수한 마도 기술이다.

무엇보다 옛날에는 원죄 마도 자체가 존재하지 않았다.

대략 천 년 전에 갑자기 악마와 마물을 낳은 존재가 나타났다.

원죄 개념의 시조 『만마전(萬魔殿)』.

순수 개념을 지닌 한 소녀의 망상에 의해 악마가 만들어졌고, 그녀에게서 흘러 떨어진 피와 살에 의해 마물이 퍼져나갔다. 즉 원죄 마도는 원래 단 한 사람의 이세계 사람이 다루는 순수 개념이었다. 그것을 열화해서 모방한 것이 원죄 마도다.

모모는 주문한 우유를 홀짝홀짝 마시면서, 원죄 개념의 발상에 대해 생각했다.

『만마전』은 4대 인재의 일각으로서 봉인됐고, 『무마전』이라는 이름의 인재의 흔적이 됐다. 리벨 남쪽 해상에 봉인된 순수 개념이, 이 세상을 어지럽히는 마물의 근원이다.

"그런데, 잘 모르겠군. 어째서 굳이 부여를 하는 것이지? 물질화가 진행되면서 불사성이 손상되지 않는가. 그리잘리카 왕국 때처럼, 평범하게 불러낸 악마를 그대로 부리면 안 되는 건가?"

"질량 문제 때문이에요. 질량이 큰 악마를 원죄 개념에서 불러내려면, 같은 질량의 산 제물과 고도의 마도 기술이 필요하다고요. 저급 악마를 불러내서 물체나 생명체에 부여하는 쪽이 훨씬 준비물이 덜 들어요. ……그보다 말이죠, 리더 꼽쭈님."

모모는 악마의 생태와 원죄 개념에 관한 의논을 하려고 여기 온 게 아니다. 아슈나를 가만히 노려봤다.

"이 동네에 있는 건 백 보 양보해서 그냥 넘어가 준다고 해도, 어째서 그런 쓰레기 놈들의 두목 행세를 하고 있었던 건가요?"

"너무 뭐라고 하지 마라. 솔직한 놈들이다. 말을 잘 듣게만 하면, 정말 귀여운 녀석들이 된다."

여전히 서로 분위기가 맞지 않는다. 말을 돌리려고 하는 것 같지는 않지만 미묘하게 벗어난 대답에, 모모는 벌레라도 씹은 것 같은 얼굴이 됐다.

"꽁쭈님이랑 얘기하다 보면 스트레스가 쌓인다니까요……."

"난 모모랑 얘기하면 즐겁다만? 그리고, 거기 있는 것은 대부분 제2신분이 젊은 치기 때문에 시내에 나와서 놀고 있는 녀석들뿐이다. 나중 일을 생각하면 알아둬서 손해 볼 건 없다."

"쓰레기통이나 뒤지고 다녀봤자 소용없을 것 같거든요오? 그나저나 꽁쭈님은 자기가 한참 젊은 치기를 발휘하고 있다는 것도 모르는 건가요?"

"너무 뭐라고 하지 마라. 그 녀석들은 젊다. 젊은 세대라는 것은, 그 자체만으로도 교류할 가치가 있다. 아무래도 우리는 같은 세대니까."

무슨 말인지 모르는 건 아니다. 하지만 무의미라는 생각도 들었다.

아슈나는 다른 나라의 공주다. 이 나라에서 인맥 따위를 만들어봤자 활용할 방법이 없다. 이 대륙은 국경 사이에 미개척 영역이 있기 때문에, 나라 간의 교류가 거의 없다. 전혀 연관이 없는 정도는 아니지만, 다른 나라에 상관할 여유가 없는 것도 사실이다.

"무엇보다, 꽁쭈님네 나라는 지금쯤 여러모로 난리가 났을 텐데 말이죠. 이단 심문회에서 아버님의 목이 날아간 지도 얼마 안 됐잖아요. 아무리 막내라고 해도, 이런 데 있어도 되는 건가요."

"난리가 날 것 같아서 외국으로 나온 게 아니겠나?"

그녀의 아버지는 3주쯤 전에 이세계 사람 소환이라는 금기를 저질렀다. 무엇을 감추랴, 메노우가 데리고 있는 아카리를 이 세계에 불러낸 것은 바로 아슈나의 부친이다.

뭔가 꿍꿍이가 있지는 않을까 사정을 캐묻는 모모의 시선을, 아슈나는 간단히 무시해버렸다.

"정치 투쟁에는 관심이 없으니까. 말려들기 전에 재빨리 외국으로 나가고 싶었다. 가족 중에 단순한 일을 무의미할 정도로 복잡하게 만드는 인물이 있어서 말이다. 다음 국왕 선출 따위, 죽어도 엮이고 싶지 않다."

"아주 제멋대로네요……."

"준비성이 좋다고 해다오. 정치 투쟁이 귀찮아질 것 같은 때에 탈출하기 위해서, 항상 칼을 지니는 것이 허락되는 기사가 된 것이기도 하니까."

아슈나는 껄껄 웃었다.

세상을 바로잡는 방랑의 공주 기사에게 어울리는 무책임한 모습이다. 제2신분답지 않은 자유분방한 말에, 모모도 질린 기색을 감출 수가 없었다.

"그보다, 모모는 어째서 그 녀석들을 괴롭히고 있었나?"

본론으로 들어간 아슈나의 말에, 모모는 입을 다물었다.

모모는 현지 불량배들을 괴롭혀서 이 도시에 있는 『제4』의 구성원과 그 아지트를 알아내려고 했다. 잘 모르는 도시에서는, 그게 가장 간단하고 빠른 방법이라고 생각했기 때문이다.

모모가 그런 생각을 하기도 전에, 아슈나는 불량배들을 자기 수하로 만들어버렸지만.

"……『제4』를 청소하려고요. 바퀴벌레처럼 어디에나 있는 쓰레기들이지만, 이 동네 놈들, 일단 틀림없이 원죄 개념 의식을 하고 있어요. 빨간 알약에 대해 아세요?"

"아, 그거 말인가. 일 처리가 꽤나 빠르군."

"뭔가 알고 있나요?"

"물론이지. 이미 『마약』이라는 것을 유통하지 못하도록 막아뒀다. 『제4』가 아까 그 애들한테도 퍼트리려고 해서 말이다. 거꾸로 더듬어서 루트도 찾고 있다. 『마약』의 생산 거점은 알아냈고, 흑막이 누구인지도 짐작하고 있다. 자, 이걸 봐라."

도끼눈을 뜬 모모에게, 아슈나는 씩 웃으며 품 안에서 뭔가를 꺼냈다.

"실은 마논 리벨로부터 리벨 성에서 개최되는 나이트 파티의 초대장이 왔다."

"마논 리벨……? 분명히 여기 당주의 외동딸이었죠. 그 녀석이 어떻게 됐나요?"

"얼마 전부터 당주인 트리디스터 리벨의 몸 상태가 좋지 않았다. 그런 이유도 있어서, 젊은 리벨 백 후계자의 피로 파티가 개최될 예정이다."

살랑살랑 흔들면서 보여준 편지 봉투가 초대장인 것 같다. 이 웃 나라이기는 해도, 역시나 공주님이다.

"이건 내 감인데, 여기 리벨의『제4』놈들에게는 그녀가 관여 하고 있다. 같이 쳐들어가서 조사해보지 않겠나."

"어째서 꽁쭈님은 아주 당연하다는 것처럼 저랑 같이 행동할 수 있을 거라고 생각하는 건가요?"

"뭐 어떤가. 그런다고 어떻게 되는 것도 아닌데."

"시간을 소비하게 되니까 관둘래요."

쌀쌀맞게 거절한 모모에게, 아슈나는 꽤나 의외라는 표정을 지어 보였다.

"같이 가지 않겠다는 건가. 그렇다면 모모가『마약』생산 거점 에 잠입하고, 내가 마논 리벨을 조사할까? 분담해서 각자의 성 과를 나누는 것도 나쁘지 않지. 나중에 누가 더 큰 성과를 올렸 는지 겨뤄보자."

"뭐 그래도 좋기는 한데, 꽁쭈님은 말이죠, 잠입이나 조사 같 은 건 하나도 안 어울릴 것 같거든요?"

"호오? 미안하지만 모모. 내가 하지 못하는 것은 존재하지 않 는다. 상대의 급소를 간파하는 후각도 꽤나 대단하다고 자부하 고 있다."

"후각인가 하는 의미도 알 수 없는 감각에 의존하는 시점에서 이미 글러먹었어요오~."

아슈나의 주장을 듣고는 콧방귀를 뀌면서 무시했다. 말로 표현할 수 없는 감각을 기준으로 삼다니, 제정신이 아니다. 정말 야생에서 살아가는 것 같은 공주님이라고, 보란 듯이 어깨를 으쓱했다.

당연히 아슈나도 물러나지 않았다. 그녀는 세상을 바로잡는 공주라는 별명을 얻을 만큼 성과를 올려온 제2신분의 공주님이다. 모모의 도발에 정면으로 맞섰다.

"그렇게 나왔단 말이지, 모모. 그렇다면 내 조사 능력을 똑똑히 보여주도록 하겠다. 이 파티에서 성과를 가지고 오겠다."

"그러든지 말든지 알아서 하시지 그러세요? 꽁쭈님이 뭘 하건, 전~혀 관심 없으니까. 전 생산 거점인가 하는 걸 없앨 거예요. 꽁쭈님의 좋은 소식은 기대할게요~?"

자신만만하게 말하는 아슈나에게, 모모는 실실 웃으면서 거절했다.


"그래서 말이죠, 그 인간이 살아 있었어요오."

밤의 호텔 라운지에서, 메노우는 모모가 구두로 보고한 내용 때문에 눈꼬리가 축 처졌다.

"어째서 그리잘리카 왕궁의 공주님이 불량배들 두목이 된 건지……."

싸구려 호텔의 한 방을 빌린 메노우는, 아카리 몰래 모모와 접촉하고 있었다.

그나저나, 나라는 달라도 아슈나는 틀림없는 한 나라의 공주님이다. 다른 나라의 뒷골목에서 불량배들 두목 노릇을 하다니,

의미를 알 수 없는 짓에도 정도가 있지.

"왠지는 모르겠고요~. 굳이 말하자면 그 인간 취미예요오."

"그 공주님 취미 한번 대단하네, 정말이지. 그나저나 생산 거점과 흑막에 대해 짐작이 간다니. 그 공주님 말인데, 기껏해야 우리보다 아주 조금 일찍 이 동네에 도착했잖아?"

아마도 이웃 나라에서 출발한 날짜는 거의 같을 것이다. 메노우는 아카리라는 여행에 대해 아무것도 모르는 사람을 데리고 왔기 때문에, 행동에 신중을 기했다. 아슈나는 최단 거리로 국경의 미개척 영역을 지나왔겠지만, 그래봤자 고작해야 일주일 정도 차이다. 그 정도 시간 동안에 유망한 정보를 손에 거머쥐었다니, 그저 놀라울 뿐이다.

"역시 『공주 기사』라는 말을 들을 만도 하네. 취미인지 뭔지는 모르겠지만, 여기저기서 사건에 발을 들이미는 것까지 포함해서, 정말 대단한 사람이야."

"그러게 말이죠오. 모모는 당장 내일 밤이라도 생산 거점인가 하는 걸 박살내러 갈까 해요~."

"그거 말인데, 모모. 난 내일 리벨 성에서 열리는 파티에 초대 손님으로서 잠입할 예정이야."

아슈나도 말했던 이야기인데, 마논 리벨이 주최하는 나이트 파티가 열린다. 당주인 리벨 백이 병석에 누워 있기 때문에, 당주 대행을 소개하기 위한 파티라고 한다.

이 도시 제1신분의 수장인 시실리아도 초대를 받았다. 메노우도 초대장을 한 통 손에 넣었기에 파티장에 들어갈 예정이다.

잘만 되면 성안에도 침입할 생각이었다.

"생산 거점 쪽은 대단한 놈들이 아닐 것 같으니까, 모모 혼자서도 충분해요오! 그보다 말이죠~!"

분담 행동은 항상 있는 일이었다고 간단하게 받아들인 모모가 덥썩, 메노우의 어깨를 움켜쥐었다.

"모모?"

"드레스를 만들어 드리게 해주세요~!"

"드레스? 어째서?"

뜬금없는 제안에 고개를 갸웃거렸다.

메노우와 모모가 평소에 입는 신관복은, 어엿한 제1신분의 정장이다. 어느 정도 개조를 했다는 점이 문제이기는 하지만, 어떤 행사에 참가해도 부끄럽지 않은 옷이다.

"파티장에는 신관복을 입고 갈 거야. 시실리아 사제의 시중같은 명목이니까, 그래도 되잖아?"

"될 리가 있나요오!"

혼신의 힘을 담은 고함소리로 대답했다.

"잘 들으세요오, 선배님! 선배님은 파티를 즐기기 위해서 가는 게 아니거든요~? 적지 시찰이고, 잠입 조사의 일환이예요오! 적지에서 대놓고 『신관입니다』 같은 차림새를 해서 어쩌자는 건가요오?!"

"으, 응. 뭐, 그건 맞는 말 같기도 한데……."

"그리고, 그 파티장에는 그 개똥 같은 꽁쭈님도 간다고요오. 감이 쓸데없이 좋은 그 인간한테 찍히기라도 하면, 정말 귀찮아지거든요오?!"

강한 어조로 쏘아붙이고 있지만, 절절한 실감이 담겨 있었다. 모모의 말에 메노우가 약간 주춤했다.

"무엇보다아!"

메노우의 변명 따위는 들을 생각도 없다는 것처럼, 모모가 주먹을 꽉 쥐고서 역설했다.

"선배님은 꾸미는 게 필수예요오!!"

"하, 하지만, 모모."

이글이글 불타는 눈빛인 모모의 흥분을 달래기 위해서, 조용히 말을 걸었다.

"파티는 당장 내일이니까, 시간이 없어. 변장용이라고 해도, 드레스 같은 걸 만들 시간도 설비도 없잖아?"

"하룻밤이면 충분해요."

엄청난 소리를 했다.

단호한 말투였다. 드레스 한 벌을 만드는 데 대체 얼마나 많은 수고가 드는 걸까. 솔직히 메노우도 의상 제작에 대해서는 잘 모른다. 하지만 모모는, 정말로 해낼 것 만 같은 기백이 넘쳐나는 납품 선언을 했다.

"일단 결정했으니까, 이젠 시간이 아까워요오. 선배님, 그럼 모모는 이만 실례할게요오!"

의욕 스위치가 켜진 것 같은 모모는, 메노우에게 인사를 하고 뛰어가 버렸다.

한다고 하면 반드시 해내는 후배다. 정말로 내일이면 드레스를 가져다주겠지. 그딴 일 때문에 의욕을 발휘하는 것도 곤란하다는 것이 메노우의 솔직한 심정이었지만.

"모모는 그렇다 치고…… 문제는, 아카리네."

또 한 가지 고민거리다.

아카리를 어떻게 할지. 메노우가 리벨 성의 파티에 참가한다고 하면, 절대로 난리를 칠 것이다. 자기도 가고 싶다고 떼를 쓸 것이 틀림없다.

하아, 하고 묵직한 한숨을 내쉬며, 메노우는 아카리가 기다리고 있는 방으로 돌아갔다.


"나도 갈래!"

내일 예정을 들은 아카리의 반응은 메노우의 예상에서 한 치도 벗어나지 않았다.

"치사해! 너무 치사해! 내가 먼저 가고 싶다고 했는데! 왜 메노우만 가는 거야? 치사하잖아!"

"치사하고 자시고, 일 때문이라고 했잖아……."

"그렇게 좋은 일이 세상에 어디 있어?!"

파티라는 것은, 대부분의 참가자들이 일 때문에 오는 것이나 마찬가지다.

"무엇보다 메노우! 잠깐 떨어져 있는 사이에 내가 유괴라도 당하면 어쩔 건데?"

"존귀한 희생이었다고 주님께 기도를 올리는 정도는 해줄게."

"뭐?!"

고집을 피우면서 이상한 핑계까지 들이대는 아카리에게 차가운 말을 던졌다.

"농담은 그만하고, 널 데리고 가는 쪽이 더 귀찮아. 미안하지만 초대장은 한 사람당 한 장뿐이야. 무엇보다 입고 갈 옷도 없잖아?"

"세일러복이 있거든!"

"아…… 뭐, 예복이긴 하네, 그것도."

아카리가 소환됐을 때 입고 있던 교복은, 분명히 예복으로서도 사용할 수 있다. 짐 가방 안쪽에 넣어두기는 했는데, 그런 것을 입었다가는 쓸데없이 눈에 띌 게 분명하다.

"안 돼. 이쪽에는 세일러복을 입은 사람은 학생이라는 풍습이 없으니까. 얌전히 기다리고 있어."

"우으~."

퉁퉁 부은 얼굴의 아까리가 눈을 살짝 치켜뜨고서 말했다.

"그럼 말이야, 하다못해 메노우가 드레스 입은 모습은 보여줄거지?"

메노우는 빙긋 웃었다.

"싫어, 죽어도."

"역시 나도 갈래에!"

다시 설득했지만 아카리는 굽히지 않았다.


리벨 성의 나이트 파티는 제2신분이 주최하는 것 답게 화려한 것이었다.

지금 메노우가 있는 곳은 리벨 성의 댄스홀이다. 제2신분의 성답게 화려한 공간 안에 테이블을 놓고, 그 위에 식사와 장식품 등을 올려놨다. 음악가의 연주가 흐르는 파티장에서, 참가자들이 느긋하게 환담을 나눴다. 그들의 잔은 일하는 사람들이 돌아다니면서 계속 교환해줬고, 천장에 매달린 화려한 샹들리에가 그런 파티장을 내려다보고 있다.

고급 턱시도와 유행하는 드레스를 입은 자들을 흘끗 보며, 메노우는 벽 가에 가만히 서 있었다.

지금 메노우는 화려한 드레스 차림이다.

결국 모모가 선언한 대로 납품한 드레스를 입고 있는 것이다. 일단은 변장이라는 의미도 있다.

신관복을 입고 있던 때와는 인상이 전혀 다르다. 평소에는 뒤로 묶었던 머리카락도 살짝 땋았다. 트레이드마크인 스카프 리본은 목에 감고 있다.

메노우의 시선이 향한 곳에는 마논 리벨이 있었다.

당주인 트리지스터 리벨이 병석에 누웠기 때문에, 그 대행을 맡게 되는 그녀를 소개하는 것이 이 파티의 목적이다.

주최자인 그녀에게는 제2신분과 유복한 제3신분의 누군가가 끊임없이 말을 걸고 있다.

반대로 제1신분은 보이지 않았다.

사제인 시실리아가 인사만 한 정도였다. 이런 자리에 제1신분이 적극적으로 참여하며 교류하는 일은 거의 없다. 오만한 무관심과 결벽의 표현이라는 야유를 들을 정도로, 제1신분은 다른 신분과 정치적인 교류를 갖지 않는다.

그런데도 최종적으로 시비를 판단하는 것은 제1신분이다.

어떤 의미에서는 제2신분의 불만도 당연한 것이다. 어쩌면 그렇게 되도록 만들었다. 제3신분의 불만은 제2신분에게, 제2신분의 불만은 제1신분에게 향하도록 되어 있다. 셋으로 구분된 신분이 그런 시스템을 만든 것이다.

그리고 제1신분의 불만은, 이라고 생각했을 때 신이 나서 웃는 얼굴이 눈에 들어왔다.

"메노우! 잘 즐기고 있어?"

아카리다.

메노우의 시야에 낯선, 어떤 의미에서는 아주 낯익은 차림새를 한 아카리가 끼어 들어왔다. 어째서 낯선 차림새냐고 묻는다면, 아카리도 메노우와 마찬가지로 평소와 다른 복장을 입고 있기 때문이다.

아카리가 신관복을 입고 있다.

메노우와 모모처럼 개조하지 않은, 심플한 신관복이다. 메노우의 시선을 알아차렸는지, 아카리가 보란 듯이 팔을 벌렸다.

"에헤헤. 어때? 저는 맑고 올바르고, 강한 신관입니다!"

"이런 바보가 입어도 되는 옷이 아닌데……."

"지금 엄청 심한 말 하지 않았어?"

한쪽 손으로 얼굴을 가리고 비탄에 잠긴 메노우를 아카리가 불만 가득한 얼굴로 쳐다봤다.

결국 아카리의 참가를 막지 못했다.

세일러복을 입고 가게 할 수도 없고, 그렇다고 아카리가 입을 드레스까지 준비할 수도 없어서, 이렇게 된 이상 메노우가 자기 드레스를 아카리의 치수로 고치는 방법이 어떠냐고 제안했더니 모모가 엄청나게 화를 내고 절대로 거부하겠다는 태도를 보인 데다 아카리한테 입히느니 그 드레스를 태워버리겠다는 소리까지 해서, 아카리가 시실리아 사제의 수행원인 척하며 파티에 참가하게 됐다.

신관복은 시실리아가 교회 비품을 빌려줘서 해결했는데, 처형인 메노우조차도 그 선택 때문에 마음이 아팠다.

"아아, 정말이지…… 열심히 선출시험을 준비하고 있는 수도녀와 다른 제대로 된 신관들한테 너무 미안하네."

"그렇게까지 말할 건 없잖아."

당연히 말해야 한다. 메노우에게도 제1신분의 긍지라는 것이 있다. 임무를 위해서라고는 해도, 한 사람의 신관으로서 부끄럽다는 생각이 들었다.

"일단 말해두겠는데, 모르는 사람이 말을 걸어도 따라가면 안 되는 건 알지? 그리고 여기 있는 음식과 마실 것도 입에 대지 말고. 전에도 말했지만, 이상한 약을 유통하는 놈이 주최한 파티니까."

"벌써 몇 번이나 들었으니까 괜찮아. 메노우는 날 대체 뭐라고 생각하는 거야?"

"전에도 말했지만, 정신연령 열 살짜리 바보라고 생각해."

기탄없는 대답에 아카리의 볼이 통통 부어올랐다.

"그런 거 아니거든. 아까도 멋진 레이디라는 소리 들었거든. 나, 어엿한 레이디야!"

"그런 점이, 정~말로 걱정이라는 얘기야."

상대의 말에 간단히 넘어가 버린 아카리.

하지만 이 파티장이라면 메노우가 떨어져 있어도 시실리아가 아카리를 어떻게든 챙겨주겠지.

이 파티는 좋은 기회다. 저택의 일하는 사람들은 파티 진행과 대응을 하기도 바쁘고, 마논 리벨 본인도 틀림없이 이 파티장을 떠나지 못할 것이다. 리벨 성의 거주 구역의 감시는 틀림없이 소홀해져 있다.

하지만 내부로 들어가는 데 있어 마음에 걸리는 점이 딱 하나 있다.

그것을 확인하기 위해서 파티장을 둘러봤는데, 찾는 사람이 보이지 않았다.

"메노우? 왜 그래."

"……잠깐, 어디 좀 갔다 올게. 아까도 말했지만, 누가 말을 걸어도 절대로 따라가면 안 돼."

"으에~."

아카리의 불만스러운 목소리를 흘려듣고, 메노우는 움직이기 시작했다.

파티의 분위기가 무르익은 타이밍이다. 슬슬 행동해야겠다고, 메노우는 벽에서 떨어졌다.

경호원들의 배치는 대략 파악해뒀다. 메노우는 지극히 평범한 걸음걸이로 움직이기 시작했다.

지금까지 있었던 위치를 벗어나, 조용한 걸음걸이로 인파를 빠져나갔다. 입을 대지도 않은 잔을 테이블 위에 올려놓고, 자신이 다른 사람들 눈에 어떻게 보이는지를 파악하며, 누가 봐도 수상하게 여기지 않도록, 기억에 남지도 않을 자연스러운 행동을 의식하면서 사람들의 흐름 속에 섞였다.

파티장에 있는 사람 누구 하나도 메노우의 움직임을 주시하지 않았다.

다른 사람들의 무의식 속을 완전히 빠져나온 메노우는, 누구 하나 말을 걸지도 않고 관심을 끌지도 않은 채 파티장을 가로질렀다.

테라스를 통해 밖으로 나왔더니 차가운 밤공기가 살갗을 어루만졌다. 하늘을 올려다보고 숨을 한 번 들이쉬었다. 구름이 낀 건지, 밤하늘에는 달도 별도 보이지 않았다.

"성녀 마르타의 가호는 없는 건가."

5인 동전에 새겨진, 달의 기적을 조종했다고 전해지는 옛날이야기의 한 구절을 별생각 없이 중얼거리며, 거주 구역 쪽으로 향했다.

아마도 저택 내부의 경비는 문제도 안 된다. 조사할 때 마음에 걸린 점은 하나뿐이었다.

만약 그 마음에 걸리는 것과 조우하기라도 하면 어떻게 대처해야 할까.

메노우는 생각하면서 발을 옮겼다. 이 테라스에서 성안으로 가려면 키가 큰 나무로 구분된 길을 지나서 실내로 들어가는 수밖에 없다. 안뜰과 구분하기 위해서 잘 정비되어 있는 나무 사이의 길을 따라, 성 내부로 들어가려고 한 때였다.

"흐음, 훌륭하게 기척을 지우는군."

덤불 너머에 있는 안뜰에서, 자신을 부르는 목소리가 들려왔다.

메노우는 눈이 휘둥그레져서 발을 멈췄다. 나무 너머에서 인기척이 느껴진다는 건 알고 있었다. 하지만 설마, 나무로 만든 벽 너머로 말을 걸어올 줄은 몰랐다.

게다가 버석버석, 나무를 헤치는 소리가 들려온다. 저 너머에서, 잘 정비된 나무 벽을 뚫고 들어오려는 사람이 있는 것이다.

너무나 강인한 행동에 얼이 빠져 있는데, 메노우의 등 뒤쪽에서 나무를 가로지른 인물이 나타났다. 자기도 모르게 뒤를 돌아보려고 했지만 꾹 참고서, 등을 돌린 채로 서 있었다.

지금 나타난 인물이 뒤쪽에서 공격하는 일은, 아마도 없다.

"아주 깔끔하게 주위에 녹아들고 있다. 사람들 눈을 피하는 것이 아니라, 본다고 해도 의식하지 못하게 하는 은밀 행동인가. 이 내가 놓칠 수도 있을 만큼 자연스러웠다."

들어본 적이 있는 목소리에 마음속으로 세차게 혀를 찼다. 그녀가 초대받았다는 이야기는 모모한테 들었다. 파티장에서 보이지 않기 때문에 경계도 했고, 설마 하는 생각도 했었다.

역시라고나 해야 할까, 내부에 침입했던 것 같다. 내부 구조도 모를 텐데, 대담하다고밖에 생각할 수가 없다. 어떻게 평가해야 좋을지 고민하다가, 풍문에 듣던 대로라고 생각하며 체념하기로 했다.

"아는 사람에게 잠입은 나한테 걸맞지 않다는 말을 들어서, 그렇지 않다는 걸 보여주고 싶어서 말이야. 잠깐 뒤져보고 있었는데, 나와 같은 부류가 있을 줄은 몰랐군. 마논 리벨도 적이 참 많구나."

상대가 누가 됐건, 그녀는 신상을 감추지 않는다. 당당한 말투에는 주저하는 기색이라고는 찾아볼 수도 없다. 뒤를 돌아보지 않아도 상대가 거만한 미소를 짓고 있다는 것이 똑똑히 전해졌다.

그래서 잠입에 어울리지 않는다는 평가를 받았는데, 아슈나에게는 사소한 일이겠지.

그녀에게는 감춰야 할 신분 따위는 존재하지 않는다.

"나는 이웃 나라 그리잘리카 왕국의 공주이자 기사, 아슈나 그리잘리카다."

가슴을 활짝 펴고 이름을 말한 사람은 『공주 기사』 본인이다. 사람에 따라서는 심취할 정도로 패기가 넘치는 목소리다.

"그래서, 그대는 누구인가?"

자신만만한 목소리로 물었다. 그 말을 들은 메노우는 몰래 얼굴을 찌푸렸다.

메노우의 지금 차림새라면 평범하게 대응해도 아무 문제 없다. 어찌 됐든 드레스 차림이다. 제2신분의 영애인 척 연기라도 하면 된다. 적어도 제1신분의 신관이라는 사실을 들킬 요소는 없다. 그냥 밤바람을 쐬고 싶어서 안뜰에 나와 봤다고 해도 된다.

하지만 앞으로의 일을 생각하면 얼굴은 드러내고 싶지 않았다.

일단 어떻게든 얼버무려봐야겠다고. 뒤도 돌아보지 않은 채로 대화를 시도했다.

"실은, 일을 팽개치고 밀회에 빠져 있는 메이드가 있어서 말이죠. 주의를 주려고 했습니다."

"허술한 변명이군."

대충 둘러댄 변명은 바로 들통이 나버렸다.

"제2신분의 숙녀는 기척을 지우는 방법 따위는 배우지 않는다. 왜냐하면 그녀들에게 싸우는 역할 따위를 바라는 이가 없으니까."

"……그렇게 말씀하신다면, 제가 감춘 기척을 알아차린 전하도 제2신분의 숙녀가 아니라는 뜻이 됩니다만?"

"기사 계급은 기준이 다르다. 평온한 세상을 위해서 전장에 임하는 것이 기사다. 가련하기보다는 강해야만 한다. 그대는 자신이 기사라고 주장하는 것인가?"

제멋대로면서도 핵심을 찌르는 아슈나의 말에 어깨를 움츠렸다.

역시 말로 넘길 수는 없을 것 같다. 좋지 않은 상황이다. 어쩌면, 하고. 지금 이 상황에 빠져버린 이유를 짐작했다.

메노우와 마주치게 하려고 마논 리벨은 아슈나를 초대했고, 두 사람을 그냥 돌아다니게 놔둔 것인지도 모른다.

"정말 귀찮게……."

"뭐라고 했나?"

"······아뇨."

간계에 속았다고 본다면, 틀림없이 자신의 실수다.

이렇게 된 이상은 어쩔 수 없다고, 메노우는 뒤를 돌아봤다.

겨우 뒤를 돌아본 상대의 얼굴을 보고, 아슈나는 눈썹을 치켜들었다.

뒤를 돌아본 상대의 얼굴이 보이지 않았기 때문이다.

빛 때문이거나 얇은 베일이라도 쓰고 있는 탓이라고 생각했는데, 아니었다. 얼굴이 까만 안개 같은 것으로 가려져 있다. 틀림없는 자의적 현상이다.

얼굴을 가린다는 것은 개인의 정보를 알리지 않기 위한 기본적이자 가장 효과적인 수단이다. 무엇보다 재미있는 것은, 아슈나가 까만 안개를 발생시키는 수단을 판별할 수 없었다는 점이다.

뭔가 특수한 도기를 쓰거나 지속적인 문장을 사전에 발동시켰든지, 아니면 순수하게 아슈나가 모르는 기술에 의한 것이라고도 생각할 수 있다.

어느 쪽이건 얼굴을 보여주지 않으려 한다는 것은 잘 알았다. 목소리도 미묘하게 바꾼 것 같은 기미가 느껴진다. 가련한 드레스 차림이지만, 생긴 것처럼 제2신분의 영애라고 볼 수는 없겠지.

"이래 봬도 조심스레 살고 있기에, 제 분수는 알고 있습니다. 마음에 드신 상으로, 그냥 넘어가주시면 안 되겠습니까?"

"미안하지만 수상한 것을 보면 베고 싶어진다."

"······실례지만, 잘도 기사 서훈 시련을 돌파하셨군요."

기사 계급은 시내에서 칼을 차고 다니는 것이 허락된다. 무기 소유자의 특권인 만큼, 서훈 시험은 제1신분 신관위를 얻는 시험과 비교될 정도로 힘든 것이다. 상대의 말투에 질렸다는 기색이 섞이는 것도 당연한 일이지만, 아슈나는 껄껄 웃어넘겼다.

　"질서를 지키기 위해서라면 다소의 만용은 용납되는 법이지. 뭐, 나도 그대가 지금부터 얼굴을 보이고 사정을 밝혀준다면 칼을 거두겠다만? 어떤 일인지에 따라서는 협력할 용의도 있다."

　"그러지 않으리라는 것은 알고 계시겠죠. 즉, 전하와 싸워야 한다는 말씀인가요?"

　"이해가 빨라서 좋군."

　아슈나는 빙긋 웃고서 칼을 뽑았다.

　"나는 내 눈으로 사람의 강함을 보고 싶을 뿐이다. 알고 있는가? 강한 사람은 아름답다. 그야말로 인생의 모든 것을 걸고 강함을 탐구하겠다고 생각하게 될 만큼."

　"그러신가요……."

　질렸다는 목소리를 낸 상대가, 드레스 자락을 펄럭이며 허벅지로 손을 가져갔다. 둥실, 하고 치맛자락이 흔들렸나 싶더니, 그녀는 단검을 뽑아 들고 싸울 자세를 취했다.

　"호오……."

　조용히 들이대고 있는 칼끝을 보고, 아슈나는 감탄했다.

　온몸이 이완돼 있는데도 단검이 손에 꼭 잡혀 있다. 상대의 자세는 자연스러우면서도 빈틈이 없다. 한눈에 알았다. 칭찬해 마땅한 실력이다.

대화의 여운이 남아 있는 약간 풀어진 공기. 서로의 온몸이 도력광을 띄었다.

도력 강화.

영혼에서 【힘】을 끌어내서 신체 능력을 끌어올리는 기술이다. 육체를 강화해서 칼을 휘두른 것은, 아슈나 쪽이었다.

선수 필승이라는 말을 믿을 만큼 무차별적으로 달려드는 것은 아니지만, 먼저 공격하는 것이 아슈나 그리잘리카의 기질이다.

"흡!"

짧은 기합과 함께 휘두른 아슈나의 공격을, 상대는 단검으로 정면에서 받아내는 짓은 하지 않았다.

단검을 든 채로, 아슈나의 동작에 맞춰서 몸을 비스듬하게 틀었다. 발을 반걸음 움직여서 대검이의 움직이는 길에서 몸을 빼고, 칼날이 지나가는 타이밍에 맞춰서 팔을 휘둘렀다.

아슈나가 칼을 되돌리기도 전에, 상대의 단검이 대검을 때렸다.

두 번째 공격을 시작하기도 전에 제압당했다. 다음 한순간, 상대가 품 안으로 파고들어 왔다. 단검의 공격 거리에 들어온 것이다. 아슈나가 쥐고 있는 대검의 칼날은 도움이 안 된다. 군더더기 없이 깔끔하게 움직이는 상대의 손에서 단검 칼날이 번쩍였다.

아슈나는 이를 드러내고 있었다. 사나운 미소를 짓고, 날카롭게 찌르고 들어온 단검 자루를 너클 가드로 때려서 튕겨냈다. 코등이를 공격적으로 이용하면서, 전진. 대검 자루의 꽁무니로 때리는 척했다.

페인트였다.

상체를 휘두른 기세를 타고, 아슈나의 발이 상대의 머리를 노리고 날아갔다. 관자놀이를 노린 발차기는 맞으면 얼굴을 도려낼 정도로 날카로웠다. 만약 상대가 욕심을 내서 단검의 공격 범위를 유지한다면, 피하는 것은 곤란할 것이다.

하지만 상대는 좁혔던 거리를 미련 없이 포기하고 뒤로 물러나 있었다. 다시 시작하자는 것처럼, 서로가 다시 자세를 잡았다.

"……흐음."

아슈나의 입에서 불만스러운 숨결이 흘러나왔다.

몇 합을 주고받으면서 확실히 알았다. 강적이다. 훌륭한 기량을 지녔다. 하지만 아무리 봐도 상대에게는 의욕이 없다. 약한 반응을 통해서, 정면 전투를 바라지 않는다는 것이 그대로 전해져왔다.

"싸울 마음이, 없나. 뭐, 내가 먼저 덤벼들었으니까."

"그랬지요."

대답에도, 역시 패기가 없다. 아무리 봐도 도발에 넘어올 기미도 없다. 그런 점에서 보면 모모는 알기 쉽고 귀여운 구석이 있었는데, 라고 생각하면서 입술을 삐죽 내밀었다.

그렇다면 필사적으로 싸우게 만들어 주겠다고, 아슈나는 도력 강화를 한 단계 더 끌어올렸다.

아슈나가 몸에 두른 도력광이 강해지고, 그녀의 주위에서만 밤의 어둠이 물러났다.

한마디로 제대로 싸우지 않으면 도망칠 수도 없다고 생각하게 만들면 되는 것이다. 숨을 깊이 들이쉬고, 대검을 들었다.

상대의 자세는 변함이 없었다.

대단한 자신감이다. 빙긋, 아슈나의 입꼬리가 치켜 올라갔다.

정안 자세에서, 일점 돌파의 찌르기. 파앙, 공기가 터지는 것 같은, 열화와도 같은 파고들기. 다음 한 걸음으로 상대를 공격 범위에 포착하고, 전광석화 같은 찌르기를 날린다.

속도를 높인 움직임에 당황한 건지, 상대는 단검을 이용해서 정면으로 막아냈다. 어설프다. 밀어낼 수 있다. 단검으로 막아낼 수 있을 만큼 어설픈 일격이 아니다. 아슈나는 판단하고, 찌르기에 더욱 힘을 줬다.

상대가 쥔 단검에 새겨진 문장이, 빛났다.

『도력 : 접속— 단검 · 문장— 발동【질풍】』

단검에서 바람이 발생했다.

눈 깜박할 사이에 구축, 발동된 질풍이 정면에서 불어와, 아슈나의 몸을 후퇴하게 만들었다. 받아내고도 남을 만큼의 힘을 발휘해서, 아슈나의 대검을 멈췄다.

찌르기 일격이 막히자, 자기도 모르게 솔직한 감상이 흘러나왔다.

"훌륭하군."

아낌없는 칭찬을 보낼 만큼의 기술이었다.

한 치의 흐트러짐도 없는 도력 조작. 아슈나의 찌르기 위력을 정확하게 간파한 판단력. 까딱 잘못하면 죽을 수도 있는 행동을

실행하는 용기. 무엇보다 문장 마도 전개가 아슈나보다 몇 단계
는 빨랐다. 아슈나도 문장 기동을 어려워한다고 생각하지는 않
지만, 눈앞에 있는 인물은 틀림없이 차원이 다르다.

끊임없는 훈련과 강철과 같은 정신이 어우러졌을 때 비로소
가능한 대처다.

도력으로 강화한 자들 간의 싸움에서, 무기의 크기는 거기에
담을 수 있는 도력량의 차이로 이어진다. 소재에 따라서 도력이
잘 통하는지 아닌지의 차이가 있기는 하지만, 기본적으로는 크
면 클수록 담을 수 있는 도력도 많아진다.

그것은 무게의 차이이고, 강도의 차이이다.

눈앞에 있는 상대는 도력의 열세를 기량으로 메우고 있는 달
인이었다.

『도력 : 접속— 왕검 · 문장—』

시험 삼아, 힘겨루기로 상대의 움직임을 막은 채 지근거리에
서 검에 도력을 흘려 넣었다.

왕검의 문장이 사상 전개를 시작했고, 대기 속에 열기를 퍼트
렸다. 마도 발동까지 1초도 안 남은 상태다.

상대의 단검에 있는 문장이 다시 한 번 빛났다.

『도력 : 접속— 단검 · 문장— 발동【질풍】』

아슈나가 나타나게 한 불꽃이 수축, 폭발하기도 전에, 상대의
단검에서 질풍이 터져 나왔다.

『발동【폭염】』

상대보다 한 박자 늦게 발동한 폭염은, 마도가 발동되기도 전

에 대부분이 바람에 밀려서 흩어져버렸다. 시시한 폭죽 같은 위력이다. 원래는 지향성을 가지고 상대를 덮쳐야 했는데, 사상전개를 구축하는 중에 단검에서 휘몰아친 질풍 때문에 흩어져버렸고, 덕분에 위력이 크게 감쇄되고 말았다.

흩날리는 불똥이 아슈나의 볼을 따끔하게 지졌다.

"……후핫."

선수를 친 문장의 발동 속도가 완전히 뒤처지고 말았다. 아슈나의 문장 기동을 보고, 마도 구성을 간파한 뒤에 문장 마도를 발동해서 선수를 칠 만큼의 도력 조작 능력을 지닌 것이다.

아름답다고 느낄 만큼 잘 연마된 도력 조작 기술의 소유자다.

이만한 역량은 기사라면 대륙 전체에서 최정예, 제1신분 중에서도 쉽사리 찾아볼 수가 없다. 상대를 죽이는 것만이 아니라, 다양한 사태에 대응할 수 있는 기술이다. 쓰고 버리기 위해서 키워진 인간이 아니다. 임무를 달성하고, 끝까지 싸워서 귀환하는 것까지 생각한 정예다.

오싹오싹, 쾌감이 아슈나의 등줄기를 타고 올라왔다.

"좋구나."

흩날린 불똥의 열기 따위는 문제도 안 된다는 것처럼, 볼이 달아올랐다. 심장이 거세게 뛴다. 배 속에서 근질거리는 것이 온몸으로 퍼져나가고, 흥분 때문에 몸이 떨려왔다. 몸에 미세한 전류가 흐르는 것만 같았다. 정신의 고양에 호응해서, 아슈나를 감싸고 있는 도력광이 한층 강해졌다.

처절하게, 웃었다.

"도력 조작으로는 당해낼 수 없을 것 같지만— 접근전에서는, 내가 더 유리하다!"

대검이 큰 소리를 질렀다.

주위 대기를 끌어드리는 것 같은 강렬한 일격. 상대는 몸을 날렸다. 회피에만 전념하고 있다. 그것이 정답이다. 단 한 번의 공격이, 도력 강화를 써도 막아낼 수 없을 정도의 위력을 담고 있다. 경솔한 반격 따위는 그대로 짓밟아버리는 강렬한 연속 공격이다.

하지만 막을 수도 튕겨낼 수도 없는 회피가 계속 이어질 리가 없다.

상대의 도력량은 고작해야 중간에서 위쪽이다. 도저히 아슈나를 따라올 수 없다. 그렇기에 힘으로 밀어붙이는 것이 최선책이라고 판단했다. 기술이 아니라 힘겨루기로 끌어들이기 위해서 억지로 밀어붙였다.

아슈나의 힘으로 밀어붙이는 공격에, 마침내 상대가 방어에 나섰다. 일 격, 버텼다. 칼을 되돌릴 때, 손이 저려서 그랬을까. 상대가 견디지 못하고 단검을 떨어트렸다.

이겼다.

그렇게, 생각했다.

『도력 : 접속— 단검 · 문장— 이중 발동【도사 · 질풍】』

계속해서 칼을 휘두르기도 전에, 문장 마도가 발동됐다.

떨어지던 중에 날아오른 단검이, 아슈나의 목을 노리고 덮쳐왔다.

오싹했다. 재빨리 몸을 젖혀서 피했다. 단검은 멈추지 않는다. 질풍의 분사 방향이 바뀌고, 이번에는 위쪽에서 급강하하며 덮쳐왔다.

손에서 떨어진 상태에서 조작하는 원격 마도다. 단검을 움직이는 경로가 어디인지 잘 살펴봤더니, 단검 자루 바닥에서 반짝이는 도력 실이 뻗어 있었다. 실은 상대의 손으로 이어져 있다.

도력 실을 경유한 문장 기동을 이용해서 질풍의 분사를 제어하며, 단검을 공중 기동으로 조종하고 있는 것이다.

잘 제어된 질풍에 의해, 마치 뱀과도 같은 움직임으로 아슈나를 덮쳐왔다. 하지만 어설프다. 기습공격이라면 모를까, 정면에서 날아온다면 대처하는 건 쉽다. 바람에 의해 움직일 뿐인 가벼운 움직임 따위, 날려버려 주겠다.

투쟁심을 훤히 드러내고 웃으며 요격할 준비를 하고 있던 그때였다.

『도력 : 접속―』

상대가 있는 장소에서 마도를 구축하는 기척이 느껴졌다.

설마, 하고 경악했다. 섬세한 원격 단검 제어와 병행해서 또 다른 마도를 발동할 수 있는 것인가.

가능하다면, 틀림없이 이쪽이 진짜다.

초조한 기분에 사로잡히며, 몸을 틀었다. 단검이 아슈나의 옆구리를 스치면서 상처를 새겼다. 무시했다. 제대로 맞서야 할 것은 진짜이자 강력할 것으로 보이는 상대의 마도. 그것을 일도양단으로 갈라주겠다고 생각하며 혼신의 힘을 다해서 대검 자루를 쥐고—— 얼이 빠졌다.

상대는 메롱~이라고 하는 것처럼 혀를 내밀고 있었다.

혀 위에는 【힘】을 흘려 넣은 동전이 하나 놓여 있다.

『5인 동전 · 문장— 발동【도포】』

둥실, 하더니 딱 하고, 거품이 떠올랐다.

아무런 해도 없는, 애들 장난 같은 빛의 거품이다. 성녀 마르타 전설에 따른 도력 거품이, 바람을 타고 둥실둥실 흘러와서 아슈나의 이마에 맞았다.

파앙, 바람보다 약한 감촉을 이마에 남기고 빛의 거품이 터졌다.

상대는 한 손이 비어 있다. 동전을 혀에 올려놓은 것은, 그저 아슈나를 놀리고 도발하기 위한 것이었다. 혀에 올라놓았던 동전을 "퓹" 하는 소리를 내며 뱉었다.

동시에, 이번에야말로 단검이 땅바닥에 떨어져서 박혔다.

찌릿, 이제 와서 옆구리의 상처에서 피가 스몄다. 아슈나의 어깨가 떨린다.

"크, 흐흐."

도력 실을 경유해 바람 문장을 발동시키고 연속으로 제어해서, 단검을 자유자재로 움직이며 대상을 쫓아가서 공격한다. 그와 동시에 아무런 해도 없는 5인 동전으로 문장 마도를 구축하고, 아슈나에게 빈틈을 만들었다.

절기(絶技)였다.

아니, 신기(神技)라고 해도 될 지경이었다. 봐준 것도, 가지고

논 것도, 당해낼 수 없다고 생각한 것도, 참으로 오랜만이다. 웃음의 충동을 막을 수가 없었다. 감정을 참을 수가 없다.

"하하하하하하하하!"

눈을 휘황찬란하게 빛내며, 칼을 들어 올렸다.

"정말 멋지구나! 감동했다!!"

하늘을 향해 칼끝을 들이댄, 상단 자세. 몸 정면을 크게 드러내는 대신에, 경솔하게 뛰어들 수 없는 공격 범위가 완성된다.

상대가 실을 조작해서 단검을 손으로 불러들였다. 둔하게 빛나는 칼끝을 아슈나 쪽으로 향했다.

"대가는 실컷 치르겠다. 억지로라도, 그 얼굴을 보지 않으면 직성이 풀리지 않을 것 같으니까!"

『도력 : 접속— 왕검 · 문장— 이중 발동【참격 : 확장 · 폭염】』

열기가, 밤공기를 물리쳤다.

번쩍번쩍 빛나는 불꽃 칼날이 안뜰을 비춘다. 아슈나의 도력에 의해 확장된 참격이 폭염으로 변해서 길게 뻗어 올랐다. 그래도 얼마 전에 성을 베어버린 규모의 도력을 쏟아 넣지는 않았지만, 그래도 보통 위력이 아니다. 지금까지 본 상대의 수법으로는 막아낼 수 없을 수준의 칼날이 완성됐다.

기량은 위, 접근전 실력과 전술에서도 상대가 이쪽을 웃돈다.

그런 상대를 쓰러트릴 방법은, 지극히 단순하다.

정면에서, 힘으로 분쇄한다.

완전히 힘으로 밀어붙이는 공격이다. 기술로는 당해낼 수 없다고 인정한 것이나 마찬가지다. 그걸로 됐다. 명확하게 자신이 상대보다 뛰어난 것은, 내포한 도력의 양이다. 자신의 우위를 밀어붙이는 것이야말로 싸움에서 이기는 길이다.

힘으로 밀어붙이는 것. 그것이 아슈나의 왕도(王道)이다.

서 있는 상대에게 동요하는 기색은 없다.

아슈나에게도 망설임은 없다. 마음이 날뛰는 대로 칼을 내리치려고 한 순간이었다.

『도력 : 접속(경유 · 도사)—』

허를, 찔렸다.

눈 깜박할 순간의 마도 구축. 아슈나가 약간이나마 움직인 것은 시선뿐이었다.

상대의 마도 구축은 손에서 이뤄지지 않았다. 단검을 쥐고 있었던 상대가 어느새 빈손이 되어 있었다. 아니, 더 자세히 봤더니 상대의 손에서 가느다란 도력 실이 뻗어서 땅바닥으로 이어져 있었다.

『단검 · 문장—』

땅바닥에는 아슈나의 피가 묻은 단검이 꽂혀 있는 채였다.

어째서.

거기에 있을 리가 없는 단검을 보고, 지금 막 불꽃의 칼날을 내리치려던 아슈나의 손이 의문 때문에 약간 둔해졌다.

『원격 발동【질풍】』

지면이 폭발했다.

문장 기동에 의해, 지면에 꽂힌 칼날이 질풍을 토해냈다. 땅속 얕은 곳에서 작렬한 바람의 압력에 의해 토사가 휘날렸고,

아슈나의 시야를 가로막았다.

칼을 내리칠 타이밍을, 완전히 놓쳐버렸다. 기선을 제압당한 아슈나는 잠시 경직됐다. 흙먼지 때문에 상대를 놓쳐버린 탓에, 상단 자세를 풀 수도 없었다.

시야가 트인 뒤에는, 아무도 없었다. 얼굴을 가린 상대는 지금 그 한순간 사이에 도망쳤다.

싸우던 상대가 사라졌지만, 그래도 아슈나는 넋이 나가 있었다.

토사가 날아오른 이유는 알 수 있다. 단검의 문장 마도로 바람을 발생시킨 것이다. 땅속에서 발생한 바람의 압력 때문에 지면이 파열되면서 토사가 휘날렸다. 그건, 이해한다.

하지만, 어째서.

아슈나는 분명히 상대가 단검을 쥐고 있는 것을 봤다.

그 단검은 도력 실로 조종해서 상대의 손으로 돌아가 있지 않았던가. 그런데 어째서 계속 지면에 꽂혀 있었던 걸까. 어째서, 자신이 그것을 못 봤던 걸까. 무기의 행방을 잘못 봤던 걸까. 아니, 전투 중에서 자신이 그런 안이한 착각을 할 리가 없다. 두 자루째 단검을 숨겨두고 있었던 걸까. 하지만, 그렇게 되면 마지막에 단검을 조종해서 되돌린 동작을 설명할 수가 없다.

의문을 열거했다.

마지막 한 수를 놓친 답은, 찾을 수 없었다.

아슈나는 발동한 채로 있었던 문장 마도를 해제하고, 칼을 칼집에 넣었다.

안뜰에 밤이 돌아왔다.

몸을 숙여서 땅바닥에 떨어져 있던 5인 동전을 주웠다. 빤히 쳐다봤지만, 그냥 평범한 5인 동전이다. 상대의 정체를 밝혀낼 만한 단서가 될 것 같지는 않았다.

손가락에 힘을 줬다.

콰직. 5인 동전에 새겨진 성녀 마르타의 얼굴이 반으로 접혀 버렸다.

아슈나의 얼굴에는 사나운 미소가 드리워 있었다.

"……하하하. 이렇게까지 멋지게 당한 건, 정말 오랜만이군."

그만한 기량을 지닌 인물은 흔치 않다. 그렇기에, 그 인물의 정체가 딱 하나, 짚이는 것이 있었다.

한 손으로 다루는 무기를 선호하는 것은 신관들의 특징이다.

그들은 왼손으로 교전을 들기 위해서, 오른손만 가지고 다룰 수 있는 무기를 선호하는 경향이 있다. 게다가 그 기량을 보면, 어지간히 실전을 거듭하는 역할을 맡고 있다는 것도 쉽사리 상상할 수 있다.

그녀는 리벨의 정예 제1신분일까. 아슈나의 감이 아니라고 답했다. 바깥세상에 그만한 힘을 지닌 자가 있다면, 아슈나가 모를 리가 없다.

그렇다면 정체는 뒤쪽 세상에 있는 인물이다.

생각난 것은 2주 전에 조우했던 가름의 사건에서, 모모가 외쳤던 말이다.

―선배님, 말고는! 다 죽어버려!!

확실한 증거는 전혀 없다. 그저 감이라고 해도 좋다. 하지만 모모가 하얀 옷의 신관이라는 점을 생각해보면 답은 연결된다.

하얀 옷의 신관은 대부분의 경우 정식 신관을 보좌하는 입장이다.

"그렇군, 저자가 『선배님』인가."

내일 만날 때, 모모를 한 번 떠보면서 놀릴 거리가 생겼다.

접혀버린 동전을 던져버리는 아슈나의 얼굴에는, 빙긋 웃는 미소가 드리워 있었다.


안뜰에서, 뭔가 엄청난 불기둥이 솟아 있었다.

"우와, 뭐야 저거."

파티장에서 얼쩡거리고 있던 아카리는 입을 떡 벌리고 있었다. 밤을 대낮처럼 바꿔버릴 만큼 밝은 불꽃이다. 한참 지나서 불기둥은 사라졌지만, 사람들이 술렁이는 소리는 가라앉지 않았다.

어쩌면, 아까 모습을 감춘 메노우와 뭔가 관계가 있을지도 모른다고 생각한 순간이었다.

『도력 : 자동 접속(조건 · 료)— 부정 정착 · 순수 개념【시간】— 해제【회귀 : 기억 · 영혼 · 정신】』

약간의 도력광이 터지고, 아카리의 의식이 바뀌었다.

속 편해 보이던 표정이 순식간에 험악해졌다.

"……이상해."

머리띠를 벗은 아카리는 자신의 기억을 정리하면서 중얼거렸다.

지금 손에 들고 있는 머리띠에 달린 꽃은, 예전에도 받았던 적이 있는 물건이다. 횟수는 결코 많지 않았지만, 메노우가 가름에서 사준 것은 이번이 처음이 아니다.

하지만 이 도시에서 일어나고 있는 사건들은, 드물다는 범주에 해당되는 수준이 아니다.

"절대로, 이상해. 이런 일은――."

"안녕하세요."

갑자기 말을 걸어와서, 아카리가 고개를 들었다.

당황한 것은 말을 걸어온 소녀가 일본의 기모노를 입고 있었기 때문이다. 지금의 아카리도 본 적이 없는 소녀였다.

"저쪽이 신경 쓰이시나요? 걱정하지 마세요. 잘만 되면 돈벌이가 되는, 그 정도의 책략입니다. 두 분 모두 이성적이니까 큰 피해는 없습니다."

무슨 얘기를 하는 거지.

확실한 이상 사태 때문에, 파티장 안에 적잖은 동요가 감돌고 있다. 그런 주위 상황 따위는 무시해버리고, 소녀는 의아해하는 표정을 짓고 있는 아카리에게 자기소개를 했다.

"저는 마논 리벨이라고 합니다. 당신과는 처음 뵙겠습니다가 되겠고, 아마도 잘 부탁합니다라고 해야겠죠."

보통 인사다. 만약 조금 전까지의 아카리였다면 아무런 의심도 없이 웃는 얼굴로 대답했겠지.

하지만 지금의 아카리는 그 뒤에 다른 의미가 있다는 것까지 알고 말았다. 어쩌면 처음 뵙겠습니다가 아닐지도 모른다는 숨겨진 의미를 느낀 것이다.

그것이 지금 이 상황의 위화감과 연결됐다.

"당신은……."

"저에 대해서는 신경 쓰지 마세요. 어디까지나, 저는 대행자일 뿐이니까요."

그녀에 대해서는 아주 조금 들었다. 원래 당주인 리벨 백의 대행자라는 뜻일까. 하지만 다른 뉘앙스라는 느낌이 들었다.

"아주 조금, 만나 뵙고 싶었습니다."

"예?"

의미를 알 수가 없었다.

아카리와 마논은 틀림없이 처음 만났다.

마논은 살짝 손을 뻗어서 아카리의 머리카락을 만졌다.

"제 어머니도 당신과 같은 검은 머리카락이셨죠."

그리워하는 것처럼 미소를 흘렸다. 그녀의 머리카락은 검은색에 가까운 남색이다. 이 세계에서는 영혼에 깃들어 있는 【힘】의 영향을 받아서 머리카락 색이 좌우된다. 반드시 유전적인 영향으로 머리카락 색이 정해지는 것이 아니다.

"가르쳐주시겠습니까? 당신이 이곳에 오기 전에 있던 곳에 대해."

"……미안. 생각이 안 나."

그것은, 거짓말이 아니었다.

이 도시에 들어오기 직전에, 아카리는 메노우에게 농담을 던졌다.

―그런 16년은 이미 기억에 남아 있지도 않아요.

그것은 농담이었지만, 동시에 틀림없는 사실이었다.

보통 메노우와 같이 있을 때의 아카리는 자각하지 못했지만, 일본에서 살아온 16년 동안의 기억 대부분이 이미 사라져버렸다.

아카리는 16년 동안의 기억이 깎여나갈 정도로 【시간】의 순수 개념을 행사하고 있다.

"그런, 가요. 그렇군요. 당신도 그만큼 【힘】을 행사하고 있군요."

마논은 아카리의 언동을 이해하고 있었다.

"정말 부럽네요. 당신은 처음부터 제가 원하는 것을 가지고 있으니까. 몇 번이건, 자신이 생각하는 대로 세상을 바꿀 수 있는 【힘】을, 가지고 계시니까."

손을 뺀 마논이 정중하게 고개를 숙였다.

"실례했습니다. 만약 이 도시에서 나가시게 된다면― 당신은, 꼭 자유롭게 살아주세요."

의미심장한 말을 남기고 간단히 떠나버린 마논의 뒷모습을 지켜보며, 아카리는 점점 커져만 가는 곤혹스런 감정에 당황하고 있었다. 위화감이 계속 커져만 갈 뿐이다.

미래를 알고 있는 아카리는, 미래를 알기 때문에 평소에는 의식을 닫아버려서 아무것도 모르는 자신에게 흘러가는 대로 맡겨두고 있다.

지금 이 아카리의 의식이 각성하는 마도의 발동 조건은 몇 가지가 있다.

메노우에게 목격당하지 않을 때. 메노우에게 위기가 닥쳐왔을 때. 그리고 아카리가 모르는 일이 일어났을 때. 그 밖에도 몇 가지가 있지만, 그 세 가지가 가장 중요한 조건이다.

"역시, 이상해."

리벨에서의 첫날은 아주 순조로웠다고 생각했다.

하지만 이튿날에 『무마전』에 들어가서 【회귀】하고 부활한 뒤로 계속.

이 도시에서 일어나는 사건들 모두가, 지금의 아카리도 모르는 것들 투성이였다.

"…………."

무슨 일이 일어나고 있는지 알아둘 필요가 있다. 지금이 크게 달라져 버리면 미래를 알고 있다는 자신의 어드밴티지가 무너져버린다.

아카리는 의심받지 않고 메노우와 여행을 해서, 메노우의 손에 죽어야만 한다.

자신이 메노우의 손에 죽는 것 말고는, 그 검붉은 신관의 손에서 메노우를 구해낼 방법이 생각나지 않았다.

결연한 표정을 지은 아카리는, 발을 돌려서 사람들 눈에 띄지 않는 곳으로 향했다.

그리고 아무도 보는 사람이 없다는 것을 확인하는 동시에, 집게손가락에 마력광을 밝혔다.

『도력 : 접속— 부정 정착 · 순수 개념 【시간】— 발동 【전이】』

메노우가 돌아오기를 기다리지도 않고, 아카리는 도력광의 잔재만을 남기고 모습을 감췄다.

"민폐도 정도가 있지……."

도망쳐서 돌아온 저택 안에서, 메노우는 진력을 내며 투덜거렸다.

기껏 모모가 만들어 준 드레스가 흙투성이가 됐다. 나쁜 짓을 했다는 미안한 기분이 샘솟았다. 그 정도 여유는 있었다.

마지막 한 수는 도력 위장을 이용한 속임수였다.

땅바닥에 꽂혀 있는 단검을 이용한, 도사를 경유한 도력 위장이다. 실을 움직이는 움직임과 동시에, 도사를 통한 도력 위장으로 단검이 손에 돌아와 있는 허상을 만들어낸 것이다.

그것에 의해 아슈나는 여전히 땅에 꽂혀 있는 단검이 메노우의 손으로 돌아갔다고 착각했다.

의식에서 벗어나 버린 단검의 문장 【질풍】을, 계속 연결해뒀던 【도사】를 경유해서 발동. 흙먼지를 휘날리고, 갑작스러운 일 때문에 사고가 얼어붙은 아슈나의 눈에서 도망친 메노우는 건물 안으로 도망쳐 들어갔다.

"저딴 것하고, 굳이 싸워줄 필요는 없다고."

흙을 털어내면서 계속 투덜댔다. 메노우는 엄청난 도력량을 타고난 모모와는 다르다. 그대로 정면에서 아슈나와 싸웠어도 질 것 같지는 않았지만, 메노우 입장에서 보면 이겨봤자 득이 될 것이 없는 싸움이다. 재빨리 끝내버리고 도망쳤다.

잘 도망쳤다고 생각하면서 어깨의 힘을 뺐다.

교전 마도는 안 썼고, 복장도 드레스 차림이었다. 머리도 땋았고, 얼굴을 감추고 목소리도 바꿨다. 신관복 차림으로 갈아입으면, 단검이라도 들키지 않는 한은 아무 문제도 없겠지. 다른 곳에서 아슈나와 만난다고 해도, 조금 전에 싸운 상대가 메노우였다는 것을 알아차릴 요소는 남겨두지 않았을 것이다.

하지만 그 아슈나를 상대할 때 방심은 금물이다. 까딱하면 싸우는 방법만 보고도 신관이라고 예측했을 우려가 있다.

"이대로 내부를 수색하는 건, 좀 그렇겠지……."

아무래도 아슈나가 얼쩡거리고 있어도 이상하지 않을 테니까.

사실 특정 당했다고 해도 해가 될 건 없다. 실력 있는 순례 신관이 있다는 이야기일 뿐이니까. 의심당하거나 말거나, 메노우가 처형인이라는 증거는 없다.

하지만 시비라도 걸어오면 귀찮을 것 같아서 문제다.

한 번 싸워보고 이해했다. 듣던 것 이상으로 말괄량이 공주다. 필요가 없으면 관여하고 싶지 않다는 것이 메노우의 본심이었다.

무엇보다 그렇게 요란하게 싸웠는데도 아무런 수확이 없다는 것 때문에 상당히 피곤했다.

드레스의 흙을 눈에 띄지 않을 정도로 털어내고, 지금부터 해야 할 행동을 정리했다. 아슈나가 요란한 불꽃 검 따위를 쓴 덕분에, 사람들이 저택 밖으로 모여들고 있다. 이 틈에 아카리와 합류해서 파티장을 빠져나가야겠지.

"오늘은, 일단 여기까지네."

정보는 얻지 못했지만 어쩔 수 없다. 여기서 조사를 감행하는 것은 아무리 생각해도 바보 같은 짓이다.

"뭐, 모모 쪽에서 잘 해줬을 테니까."

『제4』의 거점 공략 따위, 모모한테는 간단한 일일 것이다.

우수한 후배에 대한 신뢰를 담아, 메노우는 그렇게 중얼거렸다.


어설픈 생각이었다.


밤의 항구도시는 뭍에서 바다를 향해 바람이 분다.

그 바람을 거스르는 것처럼, 모모는 밤의 시가지를 뛰어가고 있었다.

사람들 눈을 피하고, 지붕에서 지붕으로 건너뛰며 달려가는 모모의 호흡은 흐트러져 있었다. 괴로워하는 얼굴로 옆구리를 손으로 누르고 있다.

옆구리에서 피가 흐르고 있다. 하지만, 욱신욱신 아픈 상처 따위는 문제도 아니다.

"……윽."

모모의 얼굴을 일그러지게 만든 것은, 몸에 침입한 독이다. 상처를 통해서 독이 들어왔다.

"최악이에요……."

최악의 사태다. 너무 한심해서 머리가 빙글빙글 돌아버릴 것만 같다.

하지만, 그래도 전해야만 한다.

골목길로 들어선 모모는 주위를 확인하고 멈춰 섰다. 주위에 인기척은 없다.

모모는 교전을 펼치고 【힘】을 흘려 넣어서 마도 구축을 행했다.

『도력 : 접속 ―교전 · 1장 4절 ―발동 【주님의 뜻은 천지에 통하고, 천 리나 떨어진 곳까지 미치나니】』

이날 밤, 눈부신 파티의 뒤쪽에서 벌어진 사건.

모모는 교전의 통신 마도를 이용해서 자신에게 일어난 일들을, 적어 나갔다.

처형소녀의 살아가는길
— 화이트 아웃 —

시간을 조금 거슬러 올라가서.

리벨 성의 파티가 막 시작됐을 무렵. 『제4』의 마약 생산 거점은 항구도시의 한산한 곳에 지어진 저택이다. 『양염의 후계자』가 리벨에 온 뒤로는 경계를 강화했고, 살벌한 분위기가 감돌고 있었다. 내부의 험악한 분위기는 문지기 사내에게도 전해졌다.

그런 저택에 다가가는 인물이 있었다.

한눈에 봐도 사랑스러운 소녀다. 하얀 장갑에 하늘하늘한 큐롯 스커트. 새끼 사슴처럼 늘씬한 다리를 감싼 까만색 타이츠의 허벅지 부분에는, 작은 악마의 꼬리처럼 보이기도 하는 하트 마크가 그려져 있다. 분홍색 머리를 머리 장식으로 묶은 키가 작은 소녀는, 짓궂어 보이면서도 귀여운 느낌이 가득했다.

가련한 용모만 본다면 경계할 요소가 없다. 밤중에 소녀가 돌아다니면 위험하다고 생각할 뿐이다.

문제는 그녀의 복장이었다.

하얀색이기는 해도 신관복을 입고 있었다.

옷자락과 소매 등을 개조하기는 했지만 틀림없는 신관복이다. 하얀 옷이 보좌라는 입장을 의미하는 것이기는 해도, 『제4』는 제1신분에 적대적인 조직이다.

"이봐."

다부진 문지기가 경고했지만, 소녀는 발을 멈추지 않았다. 거리가 계속 좁아지자 문지기가 질린 표정을 지었다. 경고하는 말을 못 들은 건가 싶을 정도로 사정없이 다가오고 있으니, 오히려 다음 대응이 늦어질 지경이다.

하지만 그것도 한 순간. 거의 위협하는 얼굴로 소녀를 노려보며 말했다.

"멈춰라. 신관이 여기에——."

무슨 볼일이냐는 말은 결국 하지 못했다.

소녀가 아무렇지도 않은 동작으로 치맛자락에서 끈 모양의 물건을 꺼냈고, 문지기의 목에 감았기 때문이다.

일상적으로 몸에 밴 것 같은, 아주 자연스러운 동작이었기 때문에 반응조차 할 수가 없었다.

가시가 목의 피부에 따끔하게 파고들었다. 살갗에 전해지는 감촉 때문에 문지기는 깜짝 놀랐다.

소녀가 슬며시 얼굴을 들이댔다.

코끝이 닿을 것만 같은 지근거리에서, 오싹할 정도로 진지한 얼굴로 한 마디.

"목이 썰려서 날아가고 싶지 않으면 조용히 있으세요."

얼굴에 닿는 숨결이 얼어붙는 것만 같다는 착각이 들 정도로 냉혹한 목소리다. 문지기의 얼굴이 새파랗게 질렸다. 목에 감긴 실톱이 움직이면 어떻게 될지, 상상해버리고 말았다.

공포 때문에 말도 못 하게 된 문지기를 소녀가 재미없다는 듯이 흘끗. 사정없이 무릎으로 때려서 기절시켰다.

소녀의 몸에 도력 강화의 빛이 깃들었다. 문이 닫혀 있는데도 상관하지 않고, 거대한 문에 손을 댔다.

가느다란 팔을, 옆으로 움직였다.

철제문이 와작, 하고 설탕 공예품처럼 휘어졌다. 아무리 도력 강화를 했다고 해도, 이 정도 출력은 보통이 아니다. 철문을 간단히 비틀어 열어서, 사람 하나가 간단히 지나갈 수 있는 틈을 만든 것이다.

정문을 돌파한 소녀가 정면 현관 앞에 섰다. 문이 잠겨 있다는 것을 알고, 귀찮다는 표정이 얼굴에 드러났다. 지금까지 일단은 은밀 행동을 유지하고 있던 소녀가, 발을 들어서 발바닥으로 문을 세게 걷어찼다.

중후한 목제 문이 요란하게 날아갔다.

방문했다고 문을 두드린 것 치고는 너무 시끄러운 소리가 울렸다. 이상 사태를 알아차린 인원들이 부산을 떨기 시작했다. 소녀의 얼굴에 초조해하는 기색은 없다. 태연한 걸음걸이로 저택 안에 쳐들어가서, 한 손에는 실톱을 들고서 복도를 달려 나갔다.

적지에서도 생각하는 것은 단 하나.

"선배님과의 시간을 얻기 위해서, 모모는 오늘도 열심히 할 거예요."

『마약』의 생산 거점에, 모모는 정면으로 쳐들어갔다.


안에 있는 인원들의 반격은 산발적이었다.

습격당한다는 것 자체를 상정하지 않은 것 같다. 애당초 지휘계통 자체가 제대로 갖춰지지 않은 것처럼 보이고. 모모는 제대로 연계도 안 되는 반격을 대충 상대해서 물리쳤다.

부작용을 모르는 건지, 『마약』이라는 것으로 강화된 걸로 보이는 인원이 대부분이었지만, 위협은 느껴지지 않았다. 이상한 약으로 강화했다고 해도 전력적으로는 도력 강화를 어설프게 배운 인간과 크게 다르지 않았다.

훈련도 없이 도력 강화에 비견되는 힘을 얻을 수 있는 건 편리하겠지. 몸이 튼튼해지기도 했다. 맷집이 강해지는 건 전투에서 크나큰 어드밴티지가 된다.

하지만, 그게 전부다.

훈련을 받지 않았다는 것은, 그들이 전투에 대해 아무것도 모른다는 말과 같은 뜻이다. 힘이 조금 세진 사람이 아무리 덤벼봤자, 모모의 상대는 아니다. 모조리 쓰러트려 버렸다.

도망치는 자는 쫓지 않았다. 이미 주위에는 시실리아의 요청에 의해 출동한 기사들이 포위하고 있다. 도망친 『제4』가 기사를 보고 저항하면 붙잡힐 테고, 반대로 도움을 요청하면 그들은 사태의 진정이라는 명목으로 돌입할 수 있게 된다.

모모는 갑자기 발을 멈췄다. 중간에 있는 복도의 막다른 곳에 매복하는 기척. 모퉁이 너머에서 총구가 슬쩍 보였다.

도력총이다. 소유주의 【힘】을 자동으로 끌어내고, 방아쇠를 당기기만 하면 그것을 총탄으로 만들어서 뿌려대는 흉악한 무기다. 생산, 유통, 소지가 모두 금지된 금기 품목인데, 동부 미개척 영역을 지배하는 【기계장치 세상】이 산출하고 있는 귀찮은 도기들이다.

모모는 살짝 눈살을 찌푸리고, 신관복에 도력을 흘려 넣었다.

『도력 : 접속— 신관복 · 문장— 발동【장벽】』

모모의 눈앞에 장벽이 전개된 것과 거의 동시에, 총격이 시작됐다.

"그리잘리카 왕국 때도 그렇고, 대체 어디서 흘러 들어온 걸까."

연속으로 발사된 총탄은 장벽에 의해 튕겨 나갔고, 조금 지나자 총격이 멈췄다. 【힘】을 소비하는 것이기 때문에 사용자도 상당히 소모되었을 것이다.

총격이 멈춘 틈에 모모가 한 걸음 앞으로 나섰고, 그 타이밍에서 옆쪽 벽이 부서졌다.

총격이 멈춘 것과 동시에 『제4』의 전투원이 벽을 뚫고서 덮쳐온 것이다. 정면에서 도력총으로 견제. 그리고 총격이 멈춰서 틈이 생긴 순간, 옆쪽에서 벽 너머로 기습을 가한다. 그럭저럭 나쁘지 않은 작전이다. 하지만, 상대가 나빴다는 점이 가장 큰 문제였다.

벽 너머에서 느껴지는 적개심을 눈치챈 모모는, 당황하지도 않고 바로 대응했다. 벽을 부수고 덤벼든 상대의 얼굴을 움켜쥐어서 돌진을 막고, 바닥에 처박았다.

"컥, 크억."

짧은 비명에도 신경 쓰지 않았다. 두 번, 세 번 처박은 뒤에 들어 올리고, 또 처박았다. 바닥이 부서지고, 얼굴이 바닥에 파고들었다. 처박을 때마다 남자의 사지가 엄청나게 날뛰었다. 다섯 번 정도 돌바닥에 처박았더니 완전히 정신을 잃은 남자를,

좋은 방해가 되겠다고 들어 올려서 질질 끌고 다녔다.

복도 모퉁이를 돌았더니, 인정사정없는 흉악한 짓을 목격하고 겁을 먹은 놈들이 손을 부들부들 떨면서 도력총을 떨어트렸다.

"히익, 사, 살려줘──."

근성도 없는 놈들은 얼굴을 걷어차서 입을 다물게 만들었다.

살려달라고 빌거나 말거나 알 바 아니다. 적당히 괴롭혀주고, 도력총은 짓밟아서 고철로 만들어버렸다. 금기로 지정된 물품인 만큼 쉽사리 손에 넣을 수 있는 것이 아니다. 모모를 상대하기 위해서 들고나온 것들이 전부라고 판단하고는 계속 앞으로 나아갔다.

저택의 넓은 홀로 들어갔더니, 미처 도망치지 못한 것으로 보이는 비전투원들이 구석에서 떨고 있었다. 마침 잘 됐다고 생각하면서 하나를 잡아서, 실톱으로 이마를 썰어대며 심문했더니 술술 불어줬다.

알고 싶은 내용들은 간단히 알아냈다. 중요한 서류가 있는 방으로 안내하게 했고, 장부들을 꺼내서 재빨리 살펴봤다.

"응. 틀림없는 것 같네."

모모가 습격한 뒤에 기사들이 후속으로 쳐들어올 예정이기는 하지만, 기왕 이렇게 됐으니 녹화 마도를 발동해서 증거 영상을 확보해뒀다.

구성원과 자금 흐름을 기록하고는 지하로 갔다. 문제인『마약』이라는 것은 특별한 생성 장치로 만드는 것 같다.

지하로 내려가는 계단은 오는 중에 발견했다. 대부분의 인원은 쓰러졌거나 도망쳐서 아주 조용했다. 안내하던 인간을 기절시키고 모모는 유유히 지하로 내려갔다.

계단을 내려갔더니 나타난 지하실의 공기는, 기분 나쁠 정도로 차가웠다.

방의 모양은 직사각형. 죽음으로 이어지는 관 모양의 의식장이다. 석조 벽에는 문장을 조합한 다양한 그림들이 그려져 있었다.

소위 말하는 이중 관 구조다. 방을 커다란 관 모양으로 만들고, 그 안에 개인 단위의 관을 둔다. 주위에 그려진 벽화는 사후 세계의 모습을 뜻한다. 원죄 개념에서 유래한 의식장에서 흔히 볼 수 있는 형식이었다.

그리고 이곳에는 관 대신에 변칙적인 것이 자리 잡고 있었다.

"……윽."

모모는 얼굴을 찌푸렸다.

아이언 메이든.

소녀의 얼굴이 들어간 깔끔한 외견과 반대로, 내부에는 칼들이 잔뜩 박혀 있는 악명 높은 고문 기구이자 처형 도구다.

장식 정도라면, 괜찮겠지. 악취미라고 생각하기는 했지만 그게 전부였다.

하지만 원죄 마도진 중심에 있는 것이 장식일 리가 없다. 원죄 개념의 산 제물 마도를 행사할 때는 『깨끗한 처녀』의 산 제물이 필요한 경우가 많다.

무엇보다 모모의 후각이 피 냄새를 판별했다.

안에, 사람이 있다. 그것도, 살아 있는 인간이.

"이게 『마약』 생성 도기인가요. 정말 악취미네요."

혐오감을 내뱉고, 기분 나쁜 존재감을 내뿜는 강철의 처녀 쪽으로 다가갔다.

관에는 문장이 새겨져 있다. 복잡하고 기괴한데다 일그러진 마도식이다. 의식장의 마도식은 아이언 메이든을 중심으로 퍼져나가는 것처럼 그려져 있다. 자세한 내용까지는 읽을 수 없었지만, 원죄 개념에서 유래한 것이라는 사실만은 틀림없다.

딸랑, 강철의 처녀 아래쪽에서 알약이 굴러 떨어졌다. 모모도 본 적이 있다. 『마약』이라고 불리는 빨간 알약이다.

이것을 만든 인간은 틀림없이 제대로 된 정신의 소유주가 아니다. 제작자의 성격이 뒤틀려 있다고 확신하면서, 모모는 빗장을 풀고 강철의 처녀를 열었다.

아이언 메이든 안에는, 어린 소녀가 있었다.

열 살이 됐을까, 안 됐을까. 그 정도로 어린 소녀가 상처를 입었다는 표현이 우스워 보일 정도로 피투성이가 되어 있었다.

눈도, 거의 보이지 않겠지. 아픔에 질려버려서 괴로워하는 목소리조차 내지 못하는 상태다.

어두운 강철의 처녀 안에서 빛을 판별한 소녀가, 손을 뻗었다.

신음소리를 내며, 헤매는 것처럼 뻗어온 작은 손이 모모의 손바닥 위에 놓였다. 보이지는 않아도 부드럽고 따뜻한 사람 살갗의 감촉이라는 걸 안 걸까. 연약한 힘이 모모의 손을 쥐었다.

"마아……."

어린아이는 정말 안심한 것처럼 한숨을 쉬었다.

입가가 풀어지고, 미소를 지었다. 어린아이답게 천진난만해 보이는 미소는 어머니에게 보이는 무조건적인 신뢰 같기도 했고, 또는 친구들과 놀 때 보여주는 천진난만한 장난기의 발로처럼 보이기도 했다.

"그리고, 한 마디."

"……마마아."

마마, 라고 중얼거린 아이에게서 힘이 빠져나갔다.

어머니를 찾다가 숨이 끊어진 작은 손의 무게가, 묵직하게 느껴졌다. 힘이 빠지고 스르륵 떨어지려고 하는 손을 꼭 잡아줬다.

맞잡는 움직임은, 없었다.

"……."

아무리 메노우 말고 다른 사람에게는 별 관심이 없는 모모라고 해도, 어린 생명이 무참하게 사라지는 모습을 보고는 동정심을 품었다. 이대로 두고 갈 수는 없다. 강철의 처녀에서 어린아이의 몸을 꺼내려고 유체를 움직인 순간이었다.

『도력 : 자동 접속(조건 요항·료)— 강철의 처녀·문장— 발동【폭렬】』

"뭐?"

놀랄 틈도, 없었다.

생성 도기에 고여 있던 도력이 문장을 기동시켰고, 아이언 메이든이 파열됐다. 아이언 메이든의 가시가 사방팔방으로 날아갔다. 폭발의 기세를 타고, 내부에 있던 바늘들이 덮쳐왔다.

거의 제로 거리. 어린아이를 끌어내리려고 하던 자세에서는, 도저히 피할 수가 없다.

　모모의 마도 구축 속도로는 신관복의 【장벽】을 발동할 틈도 없었다. 아슬아슬하게 도력 강화를 발동했고, 두 팔로 급소를 막았다. 가시 몇 개가 모모에게 상처를 입혔고, 한 개가 옆구리에 얕게 박혔다. 아픔 때문에 얼굴을 찌푸렸다.

　"성격, 진짜 더럽네, 이걸 장치해둔 놈······."

　부비 트랩이다. 『안에 있는 아이가 밖으로 나간다』는 조건을 충족하면 조건 기동식의 문장이 발동되도록 해둔 것이다.

　하필이면 아이언 메이든을 열었을 때가 아니라 안에 있는 아이의 몸을 꺼냈을 때 발동하도록 문장 마도를 새겨뒀다. 안 그래도 토할 것 같은 기분이 느껴지는 도기에 어린아이를 가둬놓고, 그것을 미끼로 삼아 악랄한 함정을 설치해놓다니, 제정신인지 의심이 가는 짓이다.

　투덜댄 모모는 옆구리에 꽂힌 가시를 뽑았다. 다행히 상처는 깊지 않았다. 투덜대면서도, 귀환하려고 몸을 돌린 때였다.

　다리가, 비틀거렸다.

　상처의 아픔 때문이 아니다. 의식에 문제가 생길 정도로 피를 많이 흘린 것도 아니다. 그런데도 다리가 마음대로 움직이지 않는다. 정신을 침식당하는 것 같은 기묘한 감각이다.

　"이거, 독이······!"

　세계 혀를 찼다. 아이언 메이든의 가시에 독이 발라져 있었다.

　"정~ 말로 썩어빠진 성질머리네······!"

모모가 자신의 실수를 깨닫고 얼굴을 찌푸린 것이, 바로 어제 일이다.

리벨 성의 파티에서 하룻밤이 지난 다음 날, 메노우는 교회를 방문했다.

평소에는 차분한 걸음걸이를 유지하던 메노우의 걸음걸이에 초조함이 가득 차 있었다. 표정을 수습할 여유도 없고, 눈 밑에는 희미한 다크 서클이 드리울 만큼 피곤함이 겉으로 드러나 있었다.

메노우를 초조하게 만든 이유는 두 가지다.

하나는 어젯밤에 아카리가 모습을 감췄다는 점. 어제저녁부터 거의 쉬지도 않고 찾아다녔는데, 마논 리벨이 주최한 파티장에서 실종된 것이니까 이번 사건과 관계가 없다고 보기는 힘들다.

그리고 또 하나.

메노우는 교회의 병실 중에 하나로 들어갔다. 거기에 모모가 누워 있었다. 침대에 누워 있는 모모의 얼굴은 한눈에 봐도 안색이 좋지 않았다.

"선배——."

"일어나지 마."

일어나려는 모모에게 쓸데없이 체력을 소모하지 말라고 했다. 재빨리 모모의 이마에 손을 대보고는 눈살을 찌푸렸다.

뜨겁다. 엄청난 열과 땀이다. 호흡도 거칠고, 논의 초점도 흐릿하다.

"……독이구나."

"예에."

대답하는 모모의 목소리에는 힘이 없다.

"죄송, 해요오…… 어린애, 때문에, 방심, 해서…… 선배님, 한테, 짐만, 되고…….”

"모모가 사과할 일이 아니야.”

몸 상태가 최악일 텐데도 자책하는 모모에게 고개를 저어 보였다.

메노우의 실수다. 모모한테 너무 의지했다. 상대의 전력 정보도 확인하지 않았으면서, 모모라면 괜찮을 거라는 생각으로 정보도 없는 곳으로 보내고 말았다.

"푹 쉬면서 체력을 온존해. 괜찮아. 『제4』의 쓰레기 놈들은 뿌리를 뽑아버릴 테니까.”

"……예.”

안심한 건지 조용히 눈을 감았다.

사실은 말하는 것도 힘들겠지. 눈을 감은 모모는 바로 잠들었다.

하지만 그 숨소리는 편안하다고 할 수 없었다. 여전히 독이 몸을 갉아 먹고 있기 때문이다.

메노우는 모모의 이마에 밴 땀을 닦아줬다. 후배의 머리카락을 한 번 더 쓰다듬어서 정리해줬다.

이번 사건에서는 더 이상 모모의 힘을 빌릴 수 없다. 병실에서 나온 메노우가 보기 드물게 격렬한 감정을 드러내면서 작은 소리로 말했다.

"감히 그랬단 말이지. 그래…… 감히, 그랬어. 『제4』의 쓰레기 놈들……!"

절대로 용서할 수 없다는 감정을 토해내고 시실리아를 찾아갔다. 이젠 혼자서 조용히 움직이고 싶지도 않았다. 지금부터 하려는 일은 자기 역할의 범주를 벗어나는 것이다.

하지만, 상관없었다. 메노우는 시실리아가 있는 사제실의 문을 열었다.

문도 두드리지 않고 들어가자, 시실리아는 슬쩍 고개를 들어서 메노우를 봤다.

"어서 와요. 후배 병문안은 다 했나?"

"예. 확인했습니다만, 모모의 증상은 위험한 상태는 아니겠죠?"

"괜찮아. 그 아이의 도력 내장량이 방대한 덕분인지, 독이 놀라울 만큼 천천히 돌았어. 그만큼 괴로워하는 것처럼 보일 수도 있지만, 목숨에 지장이 생기기 전에 해독은 할 수 있어."

"정말 감사합니다. 죄송합니다만, 모모는 당분간 여기서 안정하게 해주세요."

"당연하지. 신관 보호는 제1신분의 의무니까."

시실리아는 생색을 내지도 않고 메노우의 요구를 받아들였다.

"그리고 전에도 말씀드렸던 아카리…… 토키토 아카리의 행방을 모르겠습니다. 이런 상황입니다. 『제4』와 관계가 있다고밖에 볼 수가 없습니다."

"그건 불기둥이 나타났을 때, 그 파티장에서 그 아이한테서 눈을 땐 나한테도 과실이 있어. 사죄와 유익한 정보를 제공할게."

"유익한……?"

"그래. 어제 『제4』의 중추 멤버인 노인이 투항했어. 그는 마논 리벨이 『제4』를 차지해서 문제를 일으키고 있다고 주장한다는 것 같아. 토키토 아카리의 행방은 불명이지만, 타이밍을 봤을 때 마논 리벨이 관계됐다고 보는 게 타당하겠지."

"……사태의 시급한 해결이 필요하다고, 새삼 결심했습니다. 리벨 섬의 폐쇄를 요구합니다."

메노우는 시실리아를 똑바로 보면서 말했다.

"『제4』를 괴멸시키겠습니다. 구성원과 주요 멤버, 전부 잡아버리도록 하죠. 증거는 후배가 가지고 왔습니다. 충분할 겁니다."

리벨을 거점으로 삼는 『제4』를 완전히 괴멸시킨다.

송두리째. 리벨의 『제4』는 보좌라고는 해도 처형인인 모모를 다치게 했고, 이세계 사람인 아카리를 확보했다. 졸속하기는 하지만, 더 이상 뭔가를 저지르기 전에 없애버려야 할 정도로 위험도가 높은 단체가 돼버렸다.

무엇보다, 단순히 용서할 수가 없다.

단 한 사람뿐인 후배인 모모에게 대체 무슨 짓을 한 걸까. 여행의 일행인 아카리에게, 지금부터 무슨 짓을 하려는 걸까.

시실리아의 앞에서는 드러내지 않았지만, 메노우는 엄청나게 화를 내고 있었다.

처형인의 직권을 최대한 행사해서, 화근을 남기지 않고 없애버리겠다는 그 생각에는 일말의 망설임도 주저도 없다. 자기 혼자 힘으로 부족하다면, 처형인의 역할을 뛰어넘은 위치에 있는 사제 시실리아에게 제1신분으로서의 권력을 행사하게 한다. 모모 덕분에『제4』를 대놓고 당당하게 없애버릴 수 있는 증거는 손에 넣었다.

"리벨 섬을 봉쇄하고 투항을 제안하는 사이에, 제가 성안에 침입해서 마논 리벨과 주모자들을 잡아 오겠습니다. 이 사건은, 그렇게 해서 끝내겠습니다."

모모의 영상에는 부족한 점이 없었다.

자금원부터 이면 장부, 구성원 명단, 지하에서 행하진 금기의 영사. 실물의 압수도 진행되고 있다. 하나같이 제1신분인 신관과 제2신분인 기사가 공개적으로 대처하고도 남을 이유가 된다.

리벨은 제1신분과 기사들이 연계하는 곳이다. 그것은 사제인 시실리아가 노력한 덕분이겠지.

"……의외인데."

시실리아가 안경을 벗었다. 렌즈를 닦고, 다시 썼다.

"당신은, 다른 이에게 도움을 청하는구나. ……『양염』과 다르게."

깜짝 놀랐다.

갑자기, 고도 가름에서 있었던 일이 생각났다. 자기도 모르게, 그때 들었던 말의 영향을 받았는지도 모른다.

"시실리아 사제님은…… 도사님과 면식이?"

"예전에 대놓고 이런 말을 들었지. 『무능』하다고. 당신도 만난 적이 있는데…… 뭐, 기억하지 못하는 게 당연하겠지."

예전에 무슨 일이 있었던 걸까. 담담하게 말하는 시실리아의 눈동자에서는 특별한 감정을 읽을 수가 없었다.

"당신은, 날 의심하지 않았어? 뒤에서 이번 사건에 관여하고 있을지도 모른다고, 전혀 생각도 안 한 거야?"

"의심했습니다."

오웰이 일으킨 사건 때문에 교활한 계약이 빠졌던 직후다. 같은 제1신분이라는 이유만으로 믿을 수 있을 리가 없다.

그래서 이 리벨에 도착한 뒤로 계속 조사했다. 사건이 발생하면 신속하게 대응. 곧바로 기사와 연계를 취할 수 있는 교류의 구축. 다른 신관들도 그녀의 일 처리를 신뢰하고 있었다.

"조사하고, 접하며, 당신은 신뢰해도 된다고 판단해서 드리는 제안입니다. 시실리아 사제님. 당신은 우수한 신관입니다. 그러니, 도와주시기를 바랍니다."

"……고마워."

처음으로, 시실리아가 고맙다고 말했다.

"이 정도면, 기사 계급의 협력을 얻기에도 충분하겠지."


항구 도시로 이어지는 유일한 길이 봉쇄됐다.

리벨 섬은 제2신분이 많이 사는 거주 구역이고, 『제4』의 멤버들도 과반수가 살고 있다. 육로가 봉쇄당하면 도망칠 길이 없다. 일부는 투항했지만, 남은 『제4』 멤버들은 리벨 성에 모여서 틀어박혀 있다.

"일이 곤란해졌네요."

혼자서, 성 밖으로 보이는 육로의 봉쇄 상황을 바라보고 있던 마논이 중얼거렸다. 말과는 반대로 그녀의 얼굴에는 딱히 곤란해 하는 기색이 보이지 않았다. 오히려 지금 이 상황을 환영하는 것처럼 미소 짓고 있었다.

봉쇄 상황을 확인한 그녀는 『제4』 멤버들의 당황하는 모습이라도 구경하려고 회의실에 들어갔다. 틀림없이 난리가 났을 거라고 생각했던 마논의 예상과 달리, 회의실 안은 정숙 그 자체였다.

모여 있던 멤버들이 전부 정지해 있었기 때문이다.

"어머나."

마논은 깜짝 놀라서 눈이 휘둥그레졌다.

회의실에 있는 인간들이 전부 부자연스러운 자세로 굳어져 있었다. 그들은 하나같이 약간의 도력광을 띤 채, 꼼짝도 하지 않았다. 호흡이나 심장 고동조차도 멈춰 있었다.

그들의 시간이 정지한 것이다.

보통 상황이 아니다. 시간이 멈춰 있는 사람들 속에, 한 소녀가 있었다.

"어제 보고 처음이지, 마논 양. 당신한테 물어볼 게 있는데, 괜찮을까."

그렇게 물은 사람은 아카리였다. 어젯밤에는 신관복이었는데, 갈아입었는지 평상복을 입고 있다.

마논은 온화한 미소를 지었다.

"어서 오세요, 아카리 양. 자리에 앉으시죠."

갑작스러운 침입자를 환영했다. 그 태도를 본 아카리가 눈살을 찌푸렸다.

"……안 무서워?"

"무섭지는 않네요. 왜냐하면 아카리 양은 제게 물어볼 게 있는 거잖아요? 제게는 숨길 게 없으니 그냥 평범하게 대답하기만 하면 그만입니다. 그러니 이야기를 하죠."

아카리는 경계하면서도 자리에 앉았다. 그녀가 무슨 짓을 하건 막아버릴 자신이 있었기에. 【시간】의 힘이 깨지는 일은, 지금까지 거의 없었다.

아카리의 생각을 아는지 모르는지, 마논이 웃는 얼굴로 말했다.

"자, 말씀하시죠. 굳이 메노우 양과 떨어지면서까지 제게 묻고 싶은 일이 무엇인가요."

"어젯밤 중에 이 성에 있는 당신 방과 집무실에 들어가 봤는데, 아무것도 알아내지 못했으니 직접 물어볼게. 당신은, 어떻게 날 알고 있는 거지."

"들었기 때문입니다."

경계하면서 신중하게 말을 골라서 던진 아카리의 질문에, 아주 간단한 대답이 돌아왔다.

도저히 납득할 수 없는 대답이다. 아카리의 경계심이 더욱더 커졌다.

"들었다고? 나에 대해서?"

"예. 당신이 세계를 【회귀】시키고 있다는 말을 들었습니다."

아카리의 시선이 험악해졌다.

아무래도 시간 회귀의 이야기가 나왔으니까. 메노우나 모모처럼 아카리와 같이 행동했다면 예측할 수도 있겠지만, 보통은 상상도 못 할 일이다. 더욱이 확신은 불가능하고.

그런데, 마논은 더 많은 정보를 토해냈다.

"세계를 【회귀】시킨 건, 적어도 한두 번 정도가 아니겠죠? 상당한 횟수로, 세계의 시간을 【회귀】시켰다고 들었습니다."

마논이 알고 있을 리가 없는 일인데, 그녀의 말은 옳았다. 아카리가 세계를 회귀시킨 건 한 번만이 아니다. 여러 번 실패했기 때문에 메노우의 손에 죽는 것이 아카리의 목적이 됐다. 아카리 말고 다른 사람이 알고 있을 리가 없는 정보다.

"누구한테, 들었어?"

"『무마전』."

마논이 단적인 명칭을 입에 담았다.

"천 년을 이어온 안개의 봉인을, 제가 풀었다고 말하면 믿으시겠어요?"

"……그건, 아닐 거라고 생각해."

"좋은 답이군요. 당연히 거짓말입니다. 그건 저 같은 게 어떻게 할 수 있는 존재가 아닙니다."

뭘 위한 거짓말이었을까. 아카리가 의도를 파악하기도 전에 이야기가 계속 이어졌다.

"아카리 양의 목적까지는 모르겠지만…… 뭐, 저와 만난 건 처음이겠죠. 저 하나뿐이었다면, 애당초 이런 사건이 일어나지도 않았을 테니까요."

"……."

무언으로 긍정했다.

이 항구 도시 리벨에서 일어난 사건들은, 지난번까지는 아주 작은 규모에 불과했다. 『마약』 따위는 존재하지도 않았다. 그저 리벨의 『제4』라는 작은 단체가 메노우에게 싸움을 걸었다가 졌다. 겨우 그것뿐인 사건이었다. 메노우 혼자서 충분히 대처할 수 있는 안건이었다.

그런데 어째서 사람이 마물로 변하는 사건이 일어나고, 모모가 독 때문에 쓰러지는 일이 벌어진 걸까.

"자세한 건 모르겠지만, 당신이 어머니의 원수를 갚기 위해서 메노우를 공격했다는 것만은 알고 있어. 집무실에는 아무런 정보도 없었지만, 【정지】하기 전에 여기 있던 사람들이 하던 이야기를 조금 들었거든."

"원수를, 말인가요."

떠보는 것 같은 눈빛의 아카리에게, 마논은 고개를 갸웃거려 버렸다.

"그렇군요. 조금 잘못 이해하고 계신 것 같으니 자세히 말씀 드리죠. 사실 제 어머니는 『길 잃은 사람』이었습니다."

마논이 말한 진실은, 기습공격처럼 아카리의 움직임을 멈추게 했다.

"당신, 어머니가……?"

"예. 당신처럼 소환된 것이 아니고 별의 인도에 따라 찾아온, 진정한 의미의 『길 잃은 사람』입니다."

누군가가 소환한 게 아니라, 말 그대로 우연히 이세계에 오게 된 여성이 마논의 어머니였다.

"근처에 있는 『무마전』의 영향 때문인지, 이 주변은 천맥과 지맥의 흐트러짐을 감지하기 힘들다는 것 같아서, 당시의 제1신분은 어머니가 오신 것을 알아차리지 못했습니다. 『제4』의 멤버들은 그야말로 좋아서 미칠 지경이었다고 하더군요. 제1신분보다 먼저 이세계 사람을 확보하는 일은 거의 없으니까요."

온화한 말투에서는 아무런 감개도 느껴지지 않았다.

아무래도 이세계 사람이라고 하면 초상적인 【힘】을 지닌 사람이다. 우연히도 『제4』의 전성기. 자기 편으로 끌어들이면 비장의 카드 중에 하나로서 충분한 위력을 발휘하는 존재가 된다. 당시의 리벨 백은 제1신분 몰래 어머니를 보호했고, 위장 신분을 준비해서 결혼까지 했다.

"즉, 저는 이쪽 세계 사람인 아버지 리벨 백과 『길 잃은 사람』을 어머니로 둔 아이입니다."

하지만 결국 마논의 아버지가 어머니에게 【힘】을 행사하도록 하는 일은 없었다.

어째서일까. 단순하다.

순수 개념을 행사하면 기억이 깎여나간다.

아버지는 그것을 두려워했다. 어머니의 기억이 소비되는 것을 원치 않았다. 자신과 보낸 시간이 사라져버릴 가능성을 두려워했다.

리벨 백은 어느 샌가 어머니를 사랑하고 말았다. 말로 표현하지 못할 정도로 사랑한 것이다.

마논이 일본의 기모노를 입고 있는 것도 아버지의 영향이다. 어머니를 위해서, 아버지는 고대 문명의 물건들을 닥치는 대로 사들였다. 여기 리벨의 시장에서 고물에 가까운 고대 문명의 물건들의 거래가 활발한 것은, 그가 그런 것들을 사들였기 때문이다.

그래서 【힘】의 역할을 마논에게 떠넘겼다.

만약에 이세계 사람의 자식이 【힘】을 이어받을 수 있다면, 마논의 어머니에게 순수 개념을 쓰게 할 필요가 없다고 주위 사람들을 구슬렀다.

"제게도 어머니와 같은 【힘】이 깃들기를 기대받았지만, 결론만 말하자면 답은 아니다, 입니다. 순수 개념까지는 아니더라도, 하다못해 유사 개념이라도 깃들었다면 모를까…… 저는, 거의 평범한 아이였습니다."

그래서 주위 사람들이 실망했고, 가끔 속삭였다.

뭐야, 기대가 어긋났잖아. 그냥 보통 아이라는 건가, 라고.

부모들의 험담은 아이에게도 전해지는 법이라서, 마논은 순식간에 아이들 집단에서 따돌림당하게 됐다. 리벨 일족이 과반수를 차지하는 좁은 섬이다. 그렇다고 인식된 뒤에는 계속 무시당했다.

사실 시대에 뒤처진 『제4』 따위를 주최하고 있는 부모님께 반발해서 항구 도시로 나온 그들이, 마논을 부르는 일은 없었다.

"그리고 약 10년쯤 전, 이 땅에 찾아온 『양염』이 어머니를 죽였습니다. 이유는 어머니가 이세계 사람이었기 때문입니다."

"……메노우가 어머니 원수의 제자라서, 끌어들이려고 이런 짓을 한 거야?"

"그 일 자체는 어쩔 수 없는 일이었다고도 생각합니다. 어머니를 좋아하기는 했지만, 이세계 사람의 순수 개념이 위험하다는 교회의 주장도 이해하니까요. 죽어도 어쩔 수 없다는 논리 자체는, 납득하고 있습니다."

오히려 어머니의 죽음 때문에 슬퍼한 것은 마논의 아버지였다.

어머니가 죽었을 때 아버지가 보여준 비탄은 똑똑히 기억하고 있다. 그의 정신 상태가 서서히 무너져간 것도, 어머니가 죽은 때부터였다. 외동딸인 마논은 서서히 리벨 백의 업무를 대신할 준비를 시작했다.

아버지가 쓰러졌을 때도 그런 거겠지, 라고 생각하면서 받아들였다. 슬퍼하지 않았던 게 슬프다는 생각조차도, 단 한 번도 해본 적이 없다.

없는 것을 계속 기대받아온 마논은, 뭔가를 기대하는 행위 자체를 이미 오래전에 그만뒀다.

"그래서, 복수를 한다고 해도 그 대상은 메노우 양이 아닙니다. 『제4』의, 이들에게 해야겠죠."

마논은 정지해 있는 『제4』의 멤버들을 가리켰다.

"그들이 자신의 무력함을 뼈저리게 깨닫기를 바랐습니다. 자신의 존재가 얼마나 한심한지, 궁지에 몰려서 자각했으면 싶었습니다. 그리고…… 그렇군요. 저는, 금기가 되고 싶었습니다."

시원시원한 고백에 아카리가 눈살을 찌푸렸다.

"그건, 이상해."

"어머나. 뭐가 말인가요."

"뭐기는……."

금기가 되고 싶다는 마논의 발언이 왜 이상한지는, 굳이 물을 필요도 없다.

"금기는 그냥 수단일 뿐이잖아."

대사교였던 오웰이 노화에서 도망치기 위해 금기에 손을 댄 것처럼. 또는 그리잘리카 왕국의 왕이 제1신분에 대한 대항심 때문에 아카리 같은 이세계 사람을 소환한 것처럼.

금기는 목적을 이루기 위한 수단일 뿐이다.

"……후후. 그렇군요."

마논이 품위 있게 웃었다. 정말로, 진심으로 우습다는 것처럼, 너무나 자신에게 상처를 주는 조소였다.

"하지만, 제 개인이 바라는 것은, 정말로, 그것뿐입니다."

아카리를 가만히 바라보는 마논의 목소리에는 표현하기 힘든 허무가 담겨 있었다.

마논의 입가는 빈정대는 것처럼 일그러져 있었다.

"어른의 기대라는 것은 너무나 부조리하거든요. 뭘 하건 간에 그자들이 기대하는 대로 하지 않으면 인정해주질 않아요."

어린 마논으로서는 도무지 의미를 이해할 수가 없었다.

배운 것 이상의 결과를 냈다. 다른 아이보다 우수한 결과를 냈다. 그런데 돌아오는 것은 실망이다. 뭔가가 잘못된 걸까 싶어서 더 노력을 하고 결과를 내도, 배워서 얻은 것과 또 다른 뭔가를 계속 요구했다.

마논의 마음이 삐걱거리고, 일그러지고, 뭉개질 때까지, 계속.

"사실은, 반발이라도 할 수 있었으면 좋았을 텐데 말이죠. 저는 그들의 기대에 응하고 싶었어요. 그들이 바라는 것을 꼭 이뤄주고 싶었어요. 솔직히 그렇잖아요?"

마논이 일어났다. 뭘 하려는 건가 싶었더니, 소매에서 빨간 알약을 꺼내서 부수고, 가루로 만든 그것을 손끝에 묻혔다.

"아이란 주위 어른의 기대에 응하기 위해서 행동하는 법이니까요."

바닥에 손가락을 대로 문질렀다. 그녀가 그리는 것은 문장 마도진이었다. 빨갛고 일그러진 문자열이 그녀의 삐걱거리는 마음속을 표현하는 것만 같았다.

"그들의 기대에 응한 뒤에, 그게 얼마나 한심한 기대였는지를 깨닫게 해주는 것이 제 복수입니다. 제가 마침 반항기거든요."

바닥에 진을 그린 뒤에는 정지해 있는 사람에게 문장을 연결했다. 아카리는 눈살을 찌푸렸다. 그들은 지금 아카리의 마도에 의해 정지해 있다. 어떤 마도라고 해도 그들에게 간섭할 수 없을 텐데.

"제가 생각하기에, 사람은 두 번 태어납니다. 첫 번째는 어머니 배 속에서 나왔을 때. 울음소리를 내면서 이 세상에 태어나죠. 그리고 두 번째는 부모 곁을 떠나서 자립할 때예요. 어린애였던 저희는 어른이 되면서 지금까지 알던 주위 사람들을 통해서 자존심을 확립합니다. 하지만…… 두 번째 탄생을 못 하는 사람이, 의외로 많거든요."

되고 싶은 자신이, 결코 될 수가 없다. 기대를 받고, 이래야만 한다고 생각하는 사람에 도달하지 못한다. 자신을 연마하고, 주위 사람을 쓰러트려서 이기고, 누구보다 뛰어난 사람이 되어봤자, 마논은 결코 손에 넣을 수가 없다.

"지금의 저로 있는 한은, 어떻게도 할 수가 없어요. 그래서 저는, 금기가 되겠습니다."

『도력 : 산 제물 공양— 혼돈 유착 · 순수 개념【마(魔)】— 소환【작은 그림자 찾았다】』

그려진 마법진을 표식으로, 원죄 마도가 발동했다.

마논의 그림자 모양이 무너졌다. 떠오른 그림자가 회의실에 있는 사람들을 삼킨다.

마논의 그림자가 조금씩【정지】해 있는 사람들을 삼키고, 부숴버렸다. 마치 포식이라도 하는 것처럼. 아니, 실제로 먹고 있다. 그들의 육체와 정신, 영혼까지 잡아먹어서【힘】을 얻고 있는 것이다.

그 광경을 보고 아카리의 눈이 휘둥그레졌다.

"어, 째서……."

【정지】는 대상을 보호하는 마도이기도 했다. 아카리의 마도에 의해 시간이 정지된 대상은, 외부의 간섭을 받지 않기 때문이다.

그런데 지금 발동한 마도는 아카리의 순수 개념에서 유래한【힘】을 침식해서 그들을 산 제물로 삼고 있다.

아카리는 바로 움직이지 못했다. 원래 아카리는 모르는 일에 재빨리 대응할 수 있는 성격이 아니다. 예를 들자면 가름에서의 사건 때, 아카리가 여유 있게 행동한 것은 알고 있었기 때문이다. 그야말로 몇 번이나 체험했기 때문에, 자신의【시간】순수 개념을 행사하면 헤쳐나갈 수 있다고 확신했다.

하지만, 이번 현상은 처음이었다.

모르는 광경을 보고 사고가 저려 와서 둔해졌다. 모르는 일이기만 하면 다행인데, 이건 자신의 마도를 깨트리고 있는 광경이다. 상당한 충격이었다.

【정지】마도를 신경도 쓰지 않고, 마논의 그림자가 회의장에 있는 사람들을 삼켜버렸다.

"역시【힘】은 이쪽이 더 위인 것 같네요."

발동한 마도의 결과를 보고, 마논이 미소를 지었다.

아카리도【시간】마도의 간섭을 받지 않는 존재를 전혀 모르는 건 아니다. 가름의 의식장에서 아카리가【정지】를 걸었는데도 멈추지 않았던 하얀 물방울도 존재했으니까.

4대 인재의 흔적인【성해】에서 채취한 하얗고 탁한 액체.

즉, 조금 전에 일어난 현상은 그와 동등한【힘】의 발로인 것이다.

"자, 아카리 양."

마논의 그림자가 질량을 지니고 떠올랐다. 이 회의실에 있던 사람들을 제물로 삼아서, 그녀의 그림자는 금기의【힘】을 얻었다. 꿈틀거리는 그림자가 아카리의 발밑에 와서 감겼다. 아카리는 움직이지 못했다. 예상치 못한 전개에 사고가 굳어져 버렸기 때문이다.

마논은 빙긋 웃고, 부채를 펼쳤다.

"시간이 다 됐군요."

마논의 목을 노리고, 단검이 날아왔다.


아카리를 잡고 있는 마논을 본 순간, 메노우는 제일 먼저 단검을 투척했다.

어젯밤 파티 때 와본 덕분에, 성에 침입하는 자체는 간단했다. 하지만 이미 늦은 것 같았다.

회의실 상황을 보고 무슨 일이 일어났는지 바로 간파했다. 마논 리벨은 여기에 있던 제4 멤버들을 제물로 바쳐서 자신의 그림자에 【힘】을 담았다. 게다가 계속해서 마도 의식을 행할 생각인지, 유괴한 아카리를 향해서 그림자를 뻗고 있다.

육체가 아니라 영혼부터 원죄 개념으로 물들여버리는 금기 개념. 이미 마논은 인간보다 악마에 가깝다. 더 이상 살려둘 필요가 없는 금기다.

메노우는 순식간의 의식을 전환했다.

투척한 단검이 노린 곳은, 목.

경고도 없고, 주저하지도 않은 상태로 던진 단검에 마논은 멋지게 반응했다. 손에 쥐고 있던 부채를 펼쳐서 단검을 쳐냈다.

철 부채.

손에 들고 있어도 이상하게 여기지 않는 호신구다. 저런 것을 가지고 다니는 걸 보면, 주위에 있는 사람을 누구도 믿지 않았 겠지. 냉정하게 상대를 분석하며, 메노우는 마논에게 접근했다.

단검을 투척한 것과 동시에 뛰쳐나간 메노우의 부츠가 그림자 를 짓밟았다. 일어나서 메노우의 첫 움직임을 제압하려고 하던 그림자가 짓밟혔다. 두려워하지도 않고 짓밟은 기세를 이용해 서 튕겨 나온 단검을 공중에서 잡고, 상대의 가슴을 향해서 날 끝을 찔러 넣었다.

마논은 올바르게 반응했다. 철 부채로 단검을 쳐내고, 다시 자신의 그림자를 움직였다. 이미 그녀의 발밑에 있는 그림자는 광원 따위와는 상관없이 자유자재로 움직이며 존재하는 마논의 일부다.

메노우는 창처럼 뾰족한 그림자의 일격을 간파했다. 몸을 돌 려서 피하며, 손에 쥔 단검으로 찌르기를 하는 척하며 몸을 빙 글 돌렸다.

돌려차기.

부츠 바닥으로 후려치려는 것 같은 강렬한 발차기를 마논은 그림자를 방패로 삼아서 막아냈다.

첫 공방이 끝나고, 양쪽 모두 대미지는 없다.

하지만 메노우는 목적을 달성했다.

발차기를 날린 반동을 이용해서 뒤로 물러난 메노우의 품에는 아카리를 안고 있었다. 발차기의 일격을 막기 위해, 마논이 아 카리 쪽으로 뻗고 있던 그림자를 이용했기 때문이다. 구속이 풀 린 것을 보고 바로 탈취했다.

"메, 노우······."

놀란 목소리를 흘린 것과 동시에, 아카리가 눈물을 흘렸다. 메노우는 자기도 모르게 깜짝 놀랐다.

"아, 이, 건······ 그게, 아니고······. 이, 이상하게, 생각하지······ 않았으면······."

"알았어. 미안해, 아카리. 눈을 뗀 내 실수였어. 네가 이 정도로 쉽게 유괴 당하진 않을 거라고. 너무 우습게 봤어."

그렇게 무서웠던 걸까. 지리멸렬한 소리를 하는 아카리에게 사과하며, 방 출구를 향해서 떠밀었다.

"빨리 도망쳐. 성에서 나간 뒤에 섬 바깥쪽으로 가면, 기사나 시실리아 사제가 널 보호해줄 거야."

"으, 응."

유난히 얌전했다. 오웰한테 잡혔을 때처럼 자기도 이 수라장 한복판에 있겠다는 소리를 할지도 모른다고 생각했는데, 그것도 아니다. 손바닥으로 눈물을 닦으며, 아카리가 달려갔다.

오히려 메노우한테서 도망치려는 것처럼.

조금 이상하기는 했지만, 눈앞에 적이 있다. 아카리만 신경 쓰고 있을 여유는 없다.

아카리가 도망친 걸 확인하고, 메노우는 마논 쪽을 노려봤다.

남색 머리카락을 땋은, 온화한 얼굴의 소녀다. 그녀의 표정은 적지 않은 숫자의 사람들을 살해한 직후라는 걸 믿을 수 없을 만큼 평정했다. 흥분도, 죄악감도, 공포도 보이지 않는다. 감정을 숨기는 것도 아니라, 오히려 공허하다는 생각이 들 정도로

고요했다.

기모노를 입은 소녀를 향해, 메노우는 단검을 겨눴다.

"마논 리벨. 당신을 처형하겠어."

마논은 이미 금기에 발을 들였다. 여기 있는 사람들을 산 제물로 바치고 원죄 마도를 발동시켜서, 자신을 사람이 아닌 존재로 바꿔버렸다.

"좋군요, 메노우 양."

처형인이 칼을 들이댔지만, 이번 사건의 흑막은 어째서인지 개운하다는 표정을 지었다.

"당신의 선고를 듣고, 확실하게 느꼈어요. 전 지금, 진정한 의미로 자유로워졌어요. 속박을 속박이라 여기지 않으며 타인을 옭매는 사람들에게서 벗어나, 겨우 홀로 섰어요. 예, 맞아요, 그래요. 당신의 칼날을 보고, 겨우 확신했어요."

처형인 메노우를 앞에 두고 당당하게 선언했다.

"지금의 제가 바로 『제4』 그 자체입니다."

마논의 얼굴에는 그늘이 보이지 않았다.

"여기 있던, 권익에 달라붙어 있던 해로운 노인들과는 다릅니다. 바로 제가 자유와 자립을 위해, 세상의 해방을 추구하는 『제4』입니다."

살며시, 가슴에 손을 얹고서 선언했다.

"제2신분으로 태어난 게 다 뭔가요. 평온한 세상이 다 뭔가요. 당신들 제1신분이 다스리는 평온이, 어머니를 금기로 규정하고 죽였습니다. 제2신분은 기대에 벗어났다고 욕하고 침을 뱉었습니다. 제3신분의 무관심은 제게 눈을 돌리지 않았습니다. 이 세상은, 제 인생을 계속 가둬놓기만 했습니다."

마논의 인생이야말로 제2신분의 어리석음 그 자체다.

제1신분의 오만함이기도 하고, 제3신분의 태평함이기도 하다. 지금 있는 이 세계에 존재하는 세 개의 신분 제도가 만들어낸 올바르지 못한 무언가의 피해자가 마논이었다.

"그렇기에, 저는 금기가 돼서 이 세상에 저항하겠습니다."

마논은 키우는 대로 자랐다. 그녀에게서 자립을 빼앗았던 것은 다름 아닌 주위에 있는 사람들이었고, 천 년 동안 지켜온 시스템이었다.

거기에 반역하기 위해, 마논 리벨은 틀림없이, 그렇게 되기를 바라서 금기가 돼버린 것이다.

"금기를 지니고, 세상과 싸운다. 틀림없이, 그것이야말로 자유와 자립을 표방하는『제4』가 지녀야 마땅한 모습입니다."

이 리벨에서 가장『제4』라는 이름을 주장하기에 걸맞은 소녀가, 요염하게 웃었다.


처형인『양염의 후계자』메노우.

그녀가 겨누고 있는 둔한 빛을 보고, 마논은 과거의 환상을 떠올렸다.

―너한테는 언니가 있단다.

어머니가 안 계실 때, 마논의 귓가에 입을 대고 그렇게 속삭이는 것이 어머니의 버릇이었다.

자신에게는 피가 절반만 이어진 언니가 있었던 것 같다. 아버지와 만나기도 전에, 어머니가 일본에 있던 시절의 자식이었다는 것 같다.

세계를 뛰어넘은 곳에 언니가 있다고 해서, 마논과 뭔가 관계가 있는 것도 아니다. 하지만 어머니는 두고 온 것이 있었고, 종종 쓸쓸한 표정을 지은 것이 인상적이었다.

—네 언니는 밝고, 활발하고, 힘차고 착한 아이였단다.

단둘이 있으면, 어머니는 종종 그런 말을 하셨다.

어머니는 주위의 다른 어른들과 달라서, 마논에게 뭔지 알 수도 없는 것을 바라지 않았다.

어머니는 그저 자신의 딸을 잃은 쓸쓸함을 메우기 위해서 마논을 사랑해줬다. 마논은 항상 어머니의 눈동자가 자신을 지나쳐서 저 멀리에 있는 뭔가를 보고 있는 것 같다고 생각했다.

어머니가 살해당했을 때의 일을 마논은 잘 기억하고 있었다.

아무런 조짐도 없었다. 단둘이 이야기 하고 있던 때였다.

갑자기 어머니의 가슴에서 칼날이 생겨났다.

살짝 튄 피가 마논의 볼에 묻었다. 미끈하고 따뜻한 감촉. 동시에, 어머니의 그림자가 꿈틀거렸다.

『도력 : 접속—금?조i?기?? · 순수 개념【식(蝕)】—』

보라색 도력광이 흘러나오고, 어떤 마도가 숨이 끊어지는 어머니한테서 나오려고 할 때였다.

—죽을 각오로 버텨라.

어느새 거기에 와 있었는지. 등에서 가슴까지 관통한 칼을 쥐고 있는 신관이, 어머니의 귓가에서 속삭였다.

—여기서 그걸 발동하면, 애가 죽거든?

어머니가 눈을 크게 떴다. 입가가 떨리고, 바로 입술을 꽉 깨물었다. 의식을 잃어가던 눈동자에 빛이 돌아오고, 마논을 바라봤다.

처음으로, 마논만을 봐준 것 같은 감각이었다.

발동 직전이었던 마도 구성이 흩어졌다. 검붉은 신관이 심장을 찌르고 있던 칼을 뽑았다.

어머니가 무릎을 꿇고 쓰러졌다. 마논은 쭈뼛쭈뼛 어머니를 향해 손을 뻗었다.

죽어 있다. 어머니의 유체에서, 피가 천천히 퍼져 나오고 있었다. 피 웅덩이가 점점 퍼져나가는 데 비례해서 어머니의 체온이 내려갔다. 영문도 모른 채, 눈물이 흘러나왔다. 검붉은 신관은 한 번 흘끗 보기만 하고는 발을 돌렸다.

—……찾았, 습니다.

이것이었다.

어머니가 죽는 순간에 사용하려고 했던 마도. 그것이 주위의 어른들이 마논에게 원했던 것이라는 사실을 알았다.

다음은 내 차례일 것이다. 저 칼날이 날 꿰뚫어줄 것이다. 그리고 죽는 순간에, 틀림없이 내 몸에서도 흘러나올 무언가다. 태어난 뒤로 계속 바랐고, 찾지 못해서, 사람들을 실망하게 만든 원인을 겨우 찾아냈다.

—기다려주세요.

그래서 필사적으로 붙잡았다. 아마도, 그 순간, 마논은 죽고 싶었다.

—……정말이지, 요즘 들어 애들하고 인연이 있네.

검붉은 신관은 한숨을 쉬었다.

—내가 살인자이기는 해도 학살자는 아니다. 맑고 올바르고, 강한 신관이거든? 내가 왜 너 같은 어린애를 죽여야 하는 건데.

—저, 저는 어머니의 자식입니다!

자기 자신도 전혀 믿지 않고 한 것 같은 말이다. 납득할 수가 없었다. 어머니가, 그저 여기 있다는 이유만으로 죽어야 할 금기라면, 사람들이 어머니처럼 되기를 바라는 나 또한 그래야 할 것이다.

나는, 어머니의 자식이니까, 틀림없이 이 세상에 있어서는 안 된다. 그러니까, 주위 사람들이 자신에게 차갑게 대하는 것이다.

—넌, 금기가 아니다.

그렇게 믿는 마논에게, 검붉은 신관은 단검을 부츠에 달아둔 칼집에 집어넣으면서 말했다.

—좋은 걸 가르쳐주지. 이세계 사람이 지닌 순수 개념은 영혼에 정착한다. 그리고 영혼은 육체와 달라서 단 한 조각도 유전으로 물려주지 않는다. 어디까지나 개인의 것이다. 그러니까 네가 일본인의 피를 물려받았거나 말거나, 네 영혼에는 순수 개념은 고사하고 유사 개념조차도 정착하지 않아.

—아.

그때 일을, 뭐라고 말해야 좋을까.

말로 표현할 수는 없다. 하지만 앞으로 이대로 계속 자라도, 주위 사람들의 실망이 사라지지 않으리라는 것은 깨닫고 말았다.

그때의 허무함은, 그 누구에게 말해도 이해해주지 못할 것이다. 그때의 마논은 허무에 직면했다. 태어난 순간부터 타인이 자신에게 바랐던 것들을, 어린 마음에도 어른들의 기대에 응하기 위해서 계속 찾아다녔던 무언가. 그것이 자신의 안에 있다고, 믿어 의심치 않았다.

없었다.

마논은 지금껏, 없는 것을 찾아다니면서 자라온 것이다.

자신의 허무를 자각한 순간, 뭔가가 뚝, 하고 끊어졌다. 눈에서 빛이 사라진 마논을 보고, 검붉은 신관이 눈이 가늘어졌다.

검붉은 신관이 가버렸다. 두 번 다시 모습을 보이지 않았다. 남겨진 마논의 마음에선 허무가 생겨나 있었다. 자신을 찌를 거라고 생각했던 칼날이 새긴 상처가 휑하니 뚫려 있었다.

어머니가 죽으면서 사용한 도력광의 빛을 받았을 때부터, 계속.

그때를, 바꾸고 싶었다.

그래서 10년의 세월이 지나서 찾아온 처형인의 칼날을 보고 마논의 가슴이 뛰었다.

"갑니다, 메노우 양."

마논의 그림자가 떠올랐다.

물리적인 힘을 얻은 그림자는, 여러 개의 칼날로 변해서 메노우를 덮쳤다. 메노우만이 아니다. 주위 모든 것을 끌어들이려는 것처럼, 거의 무차별적인 파괴를 펼치며 실내를 부숴나갔다.

바닥이, 무너졌다.

메노우와 마논이 둘 다 낙하했다.

착지한 곳은 드넓은 댄스홀이다. 어제 파티를 했던 장소다. 아무런 장식도 꾸며놓지 않은 홀은, 썰렁할 정도로 휑했다.

"자, 실컷 싸워보죠."

메노우는 말없이 칼을 휘둘렀다. 마논은 활짝 웃으면서 그녀의 공격을 환영했다.

『양염의 후계자』가 이 리벨에 왔다고 들었을 때부터, 직감했다. 어머니를 죽인 『양염』처럼, 『양염의 후계자』가 반드시 자신을 죽이러 와줄 거라고 믿었다.

겨우 만난 소녀는 마논의 예상과 달랐고, 그러면서도 기대를 훨씬 웃도는 매력을 지니고 있었다.

이 얼마나 불안정한 소녀인가. 어떤 아파하는 표정을 지을까. 의연한 것 같고, 확고한 신념을 가진 것 같으면서도, 그녀는 항상 망설이고 있다. 마음속에서 갈등과 싸우고 있으면서도 망설이지 않고 칼을 똑바로 겨누고 있다. 마논 자신에게서는 닳아서 없어져 버린, 그런 무언가를 품고서 살아가고 있다.

날카롭고, 얇고, 항상 잘 연마해서 한 점의 얼룩도 없는 예리함을 자랑하지만, 그렇기 때문에 때리면 부러져버리는 약한 칼날과도 같다.

메노우의 움직임은 빠르고, 합리적이며, 정확하게 마논을 몰아붙였다. 그녀에 의해 몰리면서, 신기하게도 마음이 가벼워지는 기분이 들었다.

메노우라는 칼날은 틀림없이 마논의 심장을 찔러줄 것이다.

그 순간, 마논은 틀림없이, 누구보다 자유롭게 될 것이다.

"흡."

채앵, 금속이 부딪치는 소리가 났다. 메노우가 날카로운 날숨과 함께 투척한 단검에 철 부채가 튕겨 나갔다. 도력 실로 단검을 거둔 메노우가, 사정없이 추가 공격을 가해왔다. 좋다, 고 생각했다. 더. 계속. 아직, 끝날 순 없다.

이제는 자신의 수족처럼 부릴 수 있는 그림자를 움직였다. 제대로 노리지도 않고 무차별적으로, 그림자의 칼날이 주위를 유린했다.

노리는 것을 읽히지 않기 위해서, 노리지 않는 공격이다.

메노우가 싫다는 표정을 지었다. 성격이 못됐다고, 그렇게 생각하는 게 얼굴에 어렴풋이 드러냈다. 마논은 짓궂게 미소를 지었다. 상대가 싫어하는 짓을 하는 것이 전술의 핵심입니다, 라는 뜻을 미소에 담아서 전했다.

마논의 무차별 공격 때문에 댄스홀 벽이 무너졌다. 벽이 요란하게 무너지자 바깥의 햇살이 들어와서 마논을 비췄다.

햇살을 싫어하는 건 아니지만, 메노우는 그림자가 진 장소에서 거리를 벌렸다.

메노우가 마논을 똑바로 바라봤다. 저 눈동자가 정말 참을 수가 없다. 색소가 희박한 그녀의 눈동자에 깃든 광채를 보고 있으면 오싹오싹한 기분이 든다. 자, 다음을 어떻게 해줄까. 더욱 뜨거워지는 사고로 생각한 순간이었다.

마논은 이상한 현상을 목격했다.

시야에 비치고 있던 메노우의 몸 윤곽이 무너지고, 갑자기 잘 보이지 않게 돼버린 것이다.

"—어라?"

뭐지, 라고 눈을 가늘게 떠보고, 시야가 불량해진 이유를 판명했다.

메노우의 색이 배경에 녹아들었다.

도력 위장. 도력 강화 때에 발생하는 도력광의 색을 술자가 임의로 변화시켜서 허상을 비추는 기술이다. 문장, 교전에 의존하지 않고 상대의 눈을 속이는, 비전(祕傳)이라고도 할 수 있는 메노우의 비장의 카드다.

도력 위장의 자세한 원리는 모르더라도, 도력광의 색채 변화에 의한 시각 오인이라는 정도는 알아차릴 수 있었다.

재빨리 대응하려고 했지만, 이미 늦었다. 배경에 녹아든 메노우의 첫 움직임을, 마논은 완전히 놓쳐버렸다. 메노우를 발견했을 땐 이미 메노우가 눈앞까지 다가와 있는 상태였다.

단검 칼날이 어깨에 깊이 박혔다.

『도력 : 접속— 단검 · 문장—』

찌른 것과 동시에 단검의 문장으로 도력이 흘러 들어갔다. 무슨 수를 써도 발동을 막을 방법이 없다는 사실을, 마논은 깨달았다.

"끝이야."

『발동【질풍】』

메노우의 단검에 새겨진 마도의 바람은, 마논의 몸 안으로 파고든 칼날에서 발생했다.

"—으어, 푸우!"

풍선에, 단숨에 바람을 불어넣은 것 같은 팽창이다. 몸 내부에서 휘몰아친 바람의 압력을 견디지 못하고, 어깨가 통째로 터져서 날아가 버렸다.

"어, 어머나— 으윽."

팔이 없어진 마논의 옷깃을, 메노우가 사정없이 움켜쥐고 들어 올렸다.

목이 메인다. 메노우의 몸은 도력 강화의 빛에 감싸여 있다. 마논의 몸이 허공에 매달리고, 그림자와 떨어졌다. 이래서는 그림자를 움직일 수도 없다. 경로가 끊어졌기 때문이다.

결판이 났다.

제대로 된 승부도 아니었다. 하지만 뭐, 이런 거겠지, 라는 것도 거짓 없는 속내였다. 마논은 나름대로 자신의 결과에 만족했다.

적어도 그대로 아무것도 못 하고 인생을 보내는 것보다는 훨씬 좋았다.

조금이나마 미련이 있다면, 메노우랑 좀 더 놓고 싶었다는 생각뿐이다.

목을 조이는 탓에 숨이 막혀서 얼굴을 찌푸리면서도, 마논은 웃었다.

"즐거웠어요, 메노우 양."

"난, 즐겁지 않았어."

"……그런 표정, 하지 마세요."

마논은 곤란하다는 것처럼 씁쓸하게 웃었다. 옷깃을 쥔 손의 힘에는 인정사정이 없는데, 어째선지 메노우는 상처받은 표정을 짓고 있었다. 그것을 보고, 왠지 알 수 있었다.

메노우는 사람을 죽이는 걸 싫어한다.

"저기, 메노우 양. 이런 생각해보신 적 있나요? 부모도, 주위에 있는 어른들도, 너무너무 싫다고. 왜 이 사람들은 잘난 척 명령하는 걸까, 라고. 왜 자꾸만 날 방해만 하는 걸까, 그렇게 싫어진 적이, 없나요?"

리벨에서 벌어진 소동의 주모자가, 바보 같은 동기를 밝혔다.

마치 가출했다가 발견된 사춘기 소녀 같은 고백이다. 하지만, 결국은 그런 수준의 일이었다.

"저는, 생각했어요. 제가 태어나기 전부터 있던 것 때문에, 제 인생이 정해진다. 그건 정말 싫다고. 왜냐하면 저는, 저니까요. 저는 어머니를 정말 좋아했지만, 그래도 저는 어머니가 아닙니다."

도망칠 곳도 없고, 저항할 힘도 없는데, 마논은 말이 많았다.

"그런데 저는 주위 사람들의 기대에 얽매여서, 내가 뭘 하고 싶은지도, 잘 몰랐어요. 주위 사람들의 『이렇게 됐으면 좋겠다』에 나 자신이 정해지다니, 너무 재미없지 않은가요. 그래서 마가 끼었죠."

금기가 되는 것과 자유로워지는 것.

마논에게, 그 둘은 같은 뜻이었다.

"역할, 이라는 것은 참으로 끔찍한 것이잖아요. 그래서, 어떠한 속박에서 자유롭게 되고 싶을 때, 이 세상 사람들은 금기에 손을 대는 겁니다."

그리고, 무엇을 위한 금기인지, 그녀는 이 짧은 시간 동안에 답을 찾아냈다.

"제 어머니가 그랬던 것처럼, 이 세계에는 가끔씩 이세계에서 사람이 찾아옵니다. 그것은, 그들은 인류의 역사에 변화라는 역할을 부여하는 이들이 아닐까요?"

생명이 흘러나간다. 확실한 죽음을 앞두고, 마논은 하늘의 계시를 받은 신자를 연상케 할 정도로 뜨겁게 말했다.

"그들에게 주어진 순수 개념은 이 별의, 개념의 일부입니다. 별의 용맥과 인간의 역사가 만든【힘】이죠. 아시겠나요?『길 잃은 사람』이 찾아올 때, 이 별의 인류가 항상 기폭제로서의 역할을 바라고, 방향성을 정한 능력을 그들에게 주고 있다고, 저는, 그렇게 생각합니다."

엉뚱한 의견이다. 메노우는 생각도 해본 적이 없는 시점을 말하는 질문에, 상대를 허공에 매달고 있는 힘은 조금도 풀지 않은 채로 눈살을 찌푸렸다.

"누군가가 원해서 소환되는 사람도 있어. 이쪽 세계로 오는 전이는, 당신 어머니처럼 자연현상만으로 발생하는 게 아니야."

"그렇다고 해도, 이세계 사람을 소환한 그들에게는, 현재 상황을 바꾸려고 하는 의지가 있습니다."

반론에 거침이 없다. 날아가 버린 어깨에서 계속 피가 흐르고 있다. 생명력을 잃어가는 것에 반비례해서, 그녀의 말은 강해졌다.

"이 세계에는, 아무리 강대한 권세가 있어도, 그것을 타파할 수 있는 힘을 불러올 수단이 남아 있습니다. 바뀌기 위해서는, 밖에서 오는 힘이 필요합니다. 당연한 것을 당연하다고 생각하지 않게 해주는 만남이 필요합니다. 제가 금기가 되어서까지 달라져야만 했던 것처럼, 이 세상에도, 금기가 아니면 바꿀 수 없는 것이 있습니다."

마논만 봐도 분명하다. 일본인이 이쪽 세계의 누군가와 자식을 만든다고 해도, 태어난 아이는 이쪽 세계의 사람과 다를 바가 없다. 이세계 사람이 지닌 순수 개념을 물려받은 일은 없다.

"힘, 지식, 사상이 갖춰진 이세계 사람은, 원래는 이 별이 불러온 혁명자입니다."

같은 인간이면서도, 해야 할 역할이, 다르다.

"그런데 천 년 동안, 세계는 계속 억압해왔습니다. 이세계 사람이 형성한 고대 문명이 붕괴한 뒤로, 세계의 정점에 선 제1신분이 계속 억압해왔죠. 이세계 사람이라는 별이 가져다준 외압에까지 대처해서, 세계는 평온을 손에 넣었습니다. 그렇기 때문에, 달라질 필요가 있습니다."

"당신은…… 이 세계에 불만이 있는 거야?"

"있습니다. 평온은, 당연하다는 것처럼 자유와 자립을 빼앗아 갑니다. 저 같은 사람을 계속 만들어냅니다. 평온하면 할수록, 세상은 고이고, 썩어가는 법입니다."

피를 많이 흘린 탓인지 눈의 초점이 풀어졌다.

"이 세계의 지배자는 틀림없이 제1신분입니다. 제1신분이 당연하다는 것처럼 덮어놓은 뚜껑을, 밖에서 열어줄 자극이 필요합니다. 메노우 양이 이 리벨의 『제4』를 외부에서 자극한 것처럼, 지금의 세계라는 커다란 범주에 압력을 줄 정도의 자극이, 필요합니다. 아무리 큰 피해가 나더라도, 설령 섬을 먹어 치우고, 대지를 도려내고, 대륙을 바다에 녹여버리더라도, 말이죠."

"그런 일은 없어."

마논의 말을, 딱 잘라서 부정했다.

"어떤 금기라고 해도, 우리 처형인이 계속 처리할 테니까. 달라지고 싶다면 정해진 수단으로, 마땅한 대가를 치르도록 해. 다른 사람을 해치는데, 정당한 이유 따위는 없어."

"메노우 씨도, 다른 사람을 해치는 것이 일이 아니던가요?"

"난, 악인이니까."

"……후후. 그렇군요."

의연하게, 그러면서도 자신의 발언에 상처를 입는 메노우를 보고, 피식 웃었다.

"하지만, 천 년 전에는 달라지지 않았던가요. 천 년 전에도, 바꾼 것은 이세계 사람이었습니다. 그래서 메노우 양도, 달라지는 게 좋다고 생각합니다. 당신 곁에도, 있으니까. 당신에게도, 세상에 저항할 권리는 있습니다."

자신의 역할을 말하는 메노우에게, 제2신분으로서의 역할을 버리고 금기로 타락해버린 마논이 말했다.

"지금 당신 곁에 있는 사람은, 당신이 달라지고 싶어 한다면, 언제든【힘】이 되어줄 겁니다."

"헛소리하지 마!"

"……뭐야, 의외로 알기 쉽네요, 메노우 씨는."

처음으로 큰 소리를 지른 메노우의 반응에 마논의 눈이 휘둥그레졌고, 이어서 웃었다.

"아카리 양한테도 말했지만, 사람은 두 번 태어납니다. 그러니까, 메노우 양이 다시 태어나기 위해서라도, 쓰러트려야 할 것이…… 아아, 하지만, 몇 번이나 들었으니까…… 의외로, 메노우 양이 아카리 양을 바꿔야 하는지도 모르겠네요. 그렇지 않으면, 아무것도, 달라지지 않을지도 몰라요."

"아까부터 무슨 소리를 하는 거야."

"비밀입니다. 이래봬도 제가, 의외로 의리가 있어서요. 여자의 비밀은 지키자는 주의입니다. 그리고, 아미 늦었습니다, 메노우 양. 왜냐하면요, 메노우 양. 당신은 쫓을 상대를 잘못 선택했으니까요."

짓궂게 입 꼬리를 끌어 올린 마논은, 메노우가 아닌 누군가에게 말했다.

"이제, 나와도 돼요. 나 자신이, 당신에게 바치는 마지막 제물입니다."

주위에는 메노우와 마논 외에 아무도 없다. 무슨 소리를 하는 거지. 아니면, 죽는 순간에 착란을 일으킨 걸까. 그렇게 생각한 메노우가 눈살을 찌푸린 때였다.

『도력 : 산 제물 공양― 혼돈 유착 · 순수 개념【마】― 소환【해피 버스데이 투 미】』

빨간색보다 붉은 도력광이, 빛났다.

"――어."

심홍색 도력광이 나온 장소를 보고, 메노우는 눈을 크게 떴다.

온몸의 털이 곤두서는 것 같은 혐오감이 온몸을 꿰뚫었다. 시선을, 웃고 있던 마논의 얼굴에서 복부 쪽으로 옮겼다.

손이, 나와 있었다.

마논의 배를 뚫고, 몸속에서 작은 팔이 튀어나와 있었다.

"처음부터 늦은 상태였어요. 당신이 이 리벨에 오기 한참 전부터, 시작돼 있었으니까요."

배를 찢고, 기모노를 고정하는 허리띠를 갈라버린 작은 손이 미끌, 하고 메노우를 향해 뻗어왔다.

아래팔에서, 위팔까지. 빨갛게 물든 손끝이 닿기 직전, 메노우는 재빨리 마논의 몸을 던져버렸다.

바닥에 떨어진 마논의 몸은 배에서 뻗어 나온 팔이 걸려서 데굴데굴 구르지도 않고 똑바로 누웠다. 그 정도 충격에 신음소리도 내지도 않고, 마논은 조용히 미소만 지었다.

"제가 『마약』을 뿌릴 수 있었던 건, 이 아이가 있었던 덕분이에요. 냉정하게 생각해보세요. 평범한 계집애에 불과한 제가, 혼자서 제1신분의 눈을 피해서 『마약』 같은 걸 만들 수 있겠나요."

마논이 자신의 배에서 튀어나온 손을 잡았다.

작은 손이, 그 손을 맞잡았다.

"후후. 바보 같은 이야기 같지 않으신가요?『제4』의 연구 따위는 상관도 없이, 이 아이는 제멋대로 나왔어요. 그리고, 하필이면 저와 만나다니, 뭔가 운명이 느껴져요."

마논의 손을 맞잡은 작은 팔이, 힘차게 위아래로 흔들렸다.

"힘내세요, 메노우 양. 저 같은 것과 달라서— 이 아이는, 감당할 수 없어요."

그것이 최후의 말이었다.

다른 팔이, 갈비뼈를 뚫고 몸 밖으로 튀어나왔다.

그녀의 배를, 작은 두 팔이 사정없이 갈라버렸다. 갈비뼈가 깨져서 벌어지고, 내장이 쏟아지고, 선혈 냄새가 단숨에 확 퍼졌다.

마치 아이언 메이든을 여는 것처럼, 마논의 몸이 안쪽에서부터 양쪽으로 벌어졌다.

"푸하아!"

마논의 몸을 갈라버리고 얼굴을 내민 것은, 천진난만한 어린 여자아이였다.

다른 사람의 배 속에서 기어 나온 그 아이는, 갓 태어난 새끼 사슴처럼 숨을 쉬면서 쭈욱 기지개를 켰다.

갓 태어난 갓난아기처럼 무구해 보였다. 악의라고는 한 조각도 찾아볼 수 없는 순진한 모습으로, 쏟아지는 빛 때문에 눈이 부시다는 것처럼 눈을 살짝 감았다.

"아아, 하늘이 파래, 정말 커! 오늘 날씨 정말 좋다!"

그 아이는 두 팔을 쭈욱 뻗고 환하게 웃는 얼굴로 오늘을 축복

했다.

어리면서도 기품 있는 얼굴을 보면, 좋은 집안에서 자란 것 같은 느낌이다. 원래는 하얀색이었던 것 같은 원피스가 마논의 피와 살 때문에 새빨갛게 물들어 있는 어린아이는, 훌륭하고 천진난만한 웃는 얼굴로 하늘을 향해 손을 뻗었다.

"이렇게 화창한 날이잖아. 틀림없이 멋진 하루가 될 거야! 저기, 당신도— 아, 그렇구나. 죽어버렸지."

아직 열 살도 안 된 것 같은 어린아이의 머리카락은 까만색이고, 눈동자도 같은 색이었다.

칠흑의 머리카락과 눈동자 색은 무엇을 의미하는 걸까. 작은 체구와 피와 살로 물들인 채로 기어 나온 여자아이는, 자신이 나온 탓에 죽어버린 마논의 유체를 보면서 친애가 담긴 말투로 위로했다.

"오늘까지, 수고했어. 그냥저냥한 숫자의 제물을 바쳐줘서 고마웠고."

그리고 여자아이는, 메노우의 모습을 보면서 입가에 손을 댔다.

"어머나! 처음 보는 사람이 있네!"

우아하면서도 어딘가 과장된 것 같은 동작으로 놀라움을 표명한 여자아이의 얼굴은 메노우도 본 적이 있었다.

모모가 촬영한 교전 마도에서 나왔던 얼굴이다.

그 아이는 아이언 메이든 안에 들어 있던 어린아이와 완전히 똑같은 용모였다. 강철의 처녀에게 안겨서 죽었어야 할 그 아이가, 밝은 얼굴로 메노우에게 손을 흔들었다.

"안녕, 언니~. 어제 그 분홍색 머리 애는 잘 있어?"

천진난만한 얼굴로, 피로 물든 여자아이가 순진하게 말했다.

처형소녀의 살아가는길
— 화이트 아웃 —

# 5 장　　　선혈로 물든
　　　　　소녀

　피로 물든 여자아이가 출현한 것과 동시에, 메노우도 움직이고 있었다.

　망설이지 않았다. 상대의 정체를 알아보기도 전에 선수를 쳤다.

　도력 강화를 발동하고, 도력광을 띤 메노우는 단숨에 거리를 좁히고 단검으로 목을 벴다.

　"――마?"

　목이 잘린 여자아이는 얼빠진 표정을 지은 채 뒤로 쓰러졌다.

　선혈이, 뿜어져 나왔다.

　여자아이의 몸이 바닥으로 쓰러진다. 단검으로 베어버린 목에서 흘러나온 피가 바닥을 적신다. 치명상이다. 물론, 메노우는 방심하지 않았다. 이상한 방법으로 출현한 것 치고는 너무나 쉽게 당했다. 이 정도로 죽일 수 있으리라고는 생각하지 않았다.

　분명히, 그렇게 간단한 상대가 아니다.

　처음부터 망설이지 않고 죽이려고 든 것은, 잡아야겠다는 선택지 자체를 생각할 수도 없었기 때문이다. 사람 몸속에서 기어나온 것이, 제대로 된 사람일 리가 없다. 생긴다고 무해한 여자아이일 리가 없기 때문이다.

　메노우의 판단을 옳았다.

　어린아이의 목은 크게 벌어져 있다. 메노우가 베어서 만든 상처다. 폐와 이어지는 목구멍에서 부글부글 거품이 나는 피가 흘러 떨어진다.

상처 단면에서, 갑자기, 팔이 나왔다.

"윽."

깜짝 놀란 메노우 앞에서, 다른 팔이 목의 기도를 억지로 비틀어 여는 것처럼 튀어나왔다. 목구멍에서 튀어나온 두 팔이, 좁은 출구를 억지로 열려는 것처럼 양쪽으로 벌어졌다.

뿌득뿌득하는 이상한 소리를 내면서 상처를 벌리고, 살을 헤치고, 뼈를 발라내려는 것처럼 시체를 찢어버리며, 조금 전과 하나도 다를 게 없는 여자아이가 기어 나왔다.

"자, 자, 서두르지 말고~. 아직 시작도 안 했거든?"

자기 시체의 상처에서 기어 나온 여자아이가, 싱글싱글 웃으며 메노우를 달랬다.

빈 껍질, 이라고 해야 할까. 여자아이의 발밑에는 자신의 시체가 있다. 틀림없이, 조금 전까지 살아 있던 몸이다. 자기 할 일을 다 마쳤다는 것인지, 흐물흐물 녹아버리기 시작했다.

녹아버리고 있는 시체와 달리, 완전히 똑같이 생긴 여자아이의 몸에는 상처 하나 찾아볼 수 없다.

현실감이 상실돼버릴 정도로 그로테스크하고 의미를 알 수 없는 현상이다. 이상한 사태 때문에 얼굴에서 핏기가 가시고, 메노우의 의식이 흔들리려고 했다.

하지만, 현실이다.

빠르게 뛰는 심장 소리, 시야가 갑자기 좁아지려고 하는 것을 자각한 메노우는 입술에 침을 발랐다. 숨을 짧게 들이쉬고, 길게 내쉬었다.

호흡 한 번으로 정신의 균형을 되찾았다. 투덜대는 것처럼, 한 마디.

"정신이 이상해질 것 같네…….''

"뭐야, 성급하기는. 진짜로 재미있는 건 이제 시작이거든? 시작한다는 벨도 안 울렸잖아."

정신을 통제해서 의도적으로 평정을 유지하고 있는 메노우를 보고, 자기 피를 뒤집어써서 새빨갛게 물든 여자아이가 쿡쿡하고 웃었다.

"마논이 소환한 악마…… 는 아닌 것 같은데."

"당연하지! 난 머리부터 발끝까지 사람이거든?"

웃는 얼굴로 그런 소리를 하고 있는데, 저 아이가 제대로 된 인간일 리가 없다.

"그래…… 분명히, 인간이기는 하겠지."

신중하게 말을 선택하면서도 마음속으로는 혀를 찼다.

좀 더 빨리, 모모가 가지고 온 영상에서 위화감을 느꼈어야 했다.

모모가 걸렸던 함정, 아이언 메이든의 바늘에는 독이 발라져 있었다. 즉, 평범하게 생각해보면 안에 있는 아이가 살아 있을 리가 없다.

철제 바늘에 꿰뚫리고 독에 절은 상태에서도 생존해 있었던 것은, 안에 갇혀 있던 아이가 처음부터 답이 없을 정도로 【마(魔)】에 가까운 존재였기 때문이다.

눈앞에 있는 아이는 분명히 사람이 아닐지도 모른다. 하지만 사람이라고 해도 마인이나 악마 따위는 상대도 안 될 정도로 금기 중의 금기라는 것은 틀림없다.

조금 전부터 보여주고 있는, 말도 안 될 정도로 끔찍한 마도 행사.

의심할 여지가 없다. 틀림없이, 순수 개념이 깃든 이세계 사람이다. 그리고 이 아이는 그중에서도 최악의 부류다.

『길 잃은 사람』이라는 호칭과 차원이 다른, 불길한 존재. 메노우는 신음하는 것처럼, 세상에 해를 불러온 재해의 이름을 입에 담았다.

"인재……!"

<small>휴먼 에러</small>

눈앞에 있는 것은 이세계 사람이었던 것이 영락한 존재다.

예전에 지니고 있었던 기억을 다 써버리고, 이젠 인간성 자체가 못 쓰게 돼버려서 내다 버린 개념의 권화일 뿐이다.

천진난만한 겉모습 따위는 의미가 없다. 이 아이는 내면조차도 그저 모양만 존재하는 허상이다. 이 아이는 뼛속까지 순수 개념이 돼버렸다.

여자아이가 행사하는 순수 개념은 아마도 산 제물 소환 계통의 마도다. 자신의 죽음을 제물로 바쳐서 자신을 소환했다고 추측할 수 있다. 이 아이를 죽인다는 것은, 이 아이를 제물로 바친다는 것과 같은 뜻이다.

한마디로 이 아이는 죽여도 죽지 않는다. 아카리와 또 다른 방법으로 불사의 몸을 체현하고 있다.

"……최악이네."

메노우는 단검 자루를 꽉 쥐었다.

솔직히 말해서, 이세계에서 넘어온 지 얼마 지나지 않은 아카리와는 비교하는 자체가 말도 안 될 정도로 순수 개념을 깊게 활용하고 있다. 이 아이가 어떤 인재인지, 이 아이의 정체를 예상하기는 했지만 메노우는 굳이 입에 담고 싶지 않았다.

어떤 한 구절이, 머릿속에 떠올랐다.

원죄 개념은 단 한 사람의 소녀의 망상에서 태어났고, 피와 살에서 떨어져서 퍼져나갔다.

금기에 대해 아는 자라면 누구나 알고 있는 그 말이, 지금 눈앞에 있는 여자아이와 연결되고 말았다. 만약 이 예상이 맞는다면, 최악 중에서도 최악이다.

"그렇게 살기를 피우고, 왜 그러는 거야? 좀 더 편하게 즐기면 안 돼?"

"뭘 즐기자는 거야, 이 괴물아."

"어머나~ 괴물이라니, 너무해. 난 말이야, 저 아이 안에서 꽤 많이 연습해서, 겨우 말할 수 있게 됐어. 그러니까, 더 많이 얘기하고 싶거든?"

한 걸음, 두 걸음, 세 걸음.

메노우의 공격 범위 안에 들어왔으면서도 경계심이라고는 찾아볼 수도 없는 걸음걸이로 다가온 여자아이가, 몸을 쑤욱 내밀었다.

"저기, 당신은 취미가 뭐야? 난 말이야, 노래랑 춤이랑, 영화감상! 노래랑 춤 연습은 혼자서도 어떻게든 할 수 있지만, 영화를 볼 수 없는 건, 정말 아쉽거든. 언니 취미는 뭐야?"

"내 취미 말이지. 딱히 없어."

정말로 시시한 잡담을 시작한 여자아이에게, 메노우는 쌀쌀맞게 대답했다.

놀랍게도 눈앞에 있는 상대에게서는 적개심이 느껴지지 않는다. 살의는 고사하고 전의도, 악의도 없다. 정말로 그저 잡담을 나누기 위해서 다가온 여자아이처럼 보일 정도다.

"어머나, 아깝다. 취미는 삶의 보람이거든? 인생을 더 즐겁게 살아야지."

"취미에 허비할 시간 따위는 없어. 너 같은 걸 죽이는 게, 내 일이니까."

"어머나! 죽여? 날?"

"그래. 없애버릴 거야. 네 순수 개념을. 그게 내가 살아 있는 의미니까."

"어머어머, 없앤다고? 내 순수 개념을!"

손을 뻗으면 머리를 쓰다듬어줄 수도 있는 가까운 거리에서, 해치겠다는 기색도 보이지 않는 여자아이가 메노우의 말을 듣고 눈이 휘둥그레졌다.

이어서 신이 나서 법석을 떨었다. 죽이겠다는 말을 듣고, 여자아이는 정말 기뻐하는 것 같다.

"또, 엄청난 소리를 다 하네! 날 죽이는 건, 괜찮거든? 흔히 있는 일이니까. 나 말이야, 정말 약해서, 쉽게 죽어. 그런데 말이야, 없애버리는 건, 아마도 무리겠지."

마치 장난감을 받은 어린아이 같다. 메노우의 살의를, 장난감이라도 받는 것처럼 환희하며 받아들인다. 엉망진창인 반응을 보며, 메노우의 경계심은 점점 커져만 갔다.

"날 없애는 걸, 당신이 할 수 있는지 한번 해 볼래? 이 세상 그 누구도, 【백(白)】의 용사조차도 못 했던 일을, 한 번 해봐!"

"【백】의 용사?"

"어머나, 모르는구나!"

들어본 적이 없는 호칭 때문에 눈살을 찌푸린 메노우의 반응을 보고, 여자아이는 입가에 댄 손을 활짝 펼치고는 거창할 정도로 놀라는 척을 했다.

"그렇게 대단했었는데! 인류 최강, 사상 최고, 행성에서 가장 정정인 순수 개념! 이 세상의 청정의, 정상의, 별의 성(城)의 【백】!"

여자아이는 메노우에게 보라는 것처럼 두 팔을 활짝 벌리고 큰 소리로 말했다.

"북쪽에서 【별(星)】을 하얗고 탁하게 만들고, 서쪽에서 【용】을 하얀 소금으로 바꿔버리고! 동쪽에서 【그릇(器)】을 하얀 액체 저 너머로 쫓아버리고, 남쪽에서 하얀 이슬로 나를 봉인해버린 【백】! 우리를 멸하고 봉하고, 이 세상을 구한 용사 【백】! 이 별을 버리려고 했던 우리를 배신한, 그 사람! 아아, 하지만 어쩔 수 없어!"

엉뚱할 정도로 거창한 동작과 연기하는 것 같은 말투다. 무대에서 비극의 여주인공을 연기하는 소녀의 일막을 보고 있는 것 같은 착각이 들 정도로 거창하게, 여자아이가 말했다.

"그 사람은 우리 친구이자 동료이고 희망이었지만, 세계의 수호자이기도 했으니까! 이런 시시한 세계를 수호하는 역할을 떠맡은 게 순수 개념 【백】이었으니까! 그 사람의 의도 따위는, 상관없게 돼버렸으니까……!"

비통한 감정 때문에 떨리는 목소리로 말하며 고개를 숙인 여자아이가, 갑자기 고개를 들었다.

천진난만한 얼굴에 드리운 것은 비애 따위는 전혀 찾아볼 수 없는 활짝 웃는 표정이었다.

"하지만, 그렇구나. 잊어버렸구나. 그렇게 열심히 했는데! 실컷 이용해먹었는데! 그런 사람조차도, 잊히는구나!! ……그래서 난, 너희가 싫었던 것 같아."

메노우는 상대의 말을 음미했다.

북쪽의 【별】, 서쪽의 【용】, 동쪽의 【그릇】. 아마도 4대 인재를 뜻한다.

북쪽의 【별】은 『성해』. 동쪽의 【그릇】은 『기계장치 세상』. 서쪽이 『소금 검』이 아니라 【용】이라는 게 마음에 걸리지만, 벌써 천년이나 지난 일이다. 메노우의 인식과 차이가 나는 건 당연한 일이라고 할 수 있다.

무엇보다 여자아이의 말이 진실이라고 한다면, 세계를 멸망시킬 수도 있다고 두려워하던 네 순수 개념의 위협을 해결한 것이 같은 순수 개념의 소유자인 【백】— 즉 이세계 사람이 이쪽 세계를 구해줬다는 뜻이 된다.

그런 정보는, 메노우조차도 몰랐다. 교회의 기록에는 4대 인재를 벌, 또는 봉인한 것은 당시의 교회라고 전해지고 있다.

하지만 그것 이상으로, 지금 들은 이야기의 내용에는 눈앞에 있는 여자아이의 정체에 관한 중대한 단어가 하나 섞여 있었다.

"『남쪽의 나』라는 건, 역시, 너는……."

"자, 자, 진정하자? 날 없애준다고 했잖아? 정말 기쁘다! 진심으로 날 없애려고 하는 사람, 정말 오랜만이야. 할 마음이 있다면, 자극적이고 매혹적인, 정말 즐거운 죽고 죽이는 싸움을 해볼까? 요즘 말이야, 서로 잡아먹는 것만 해서, 완전히 질려 있었거든!"

메노우의 질문을 자르고, 여자아이는 원피스 치맛자락을 손으로 잡고서 우아하게 인사했다.

"오늘은 날씨도 정말 좋고, 여러분들이 더욱더 번창하기를 바라며, 무엇보다 이렇게 와주셔서 감사합니다! 마음 가는대로 저를 때리고 부수고 뭉개주세요? 아직도 많이 있으니까 사양하지 마시고! 더욱 정신없이 당황해주세요!"

숙녀의 인사를 한 뒤에 고개를 들고, 허리를 똑바로 세웠다.

무대 위에 올라온 연기자 같은 개막 인사다. 메노우에게는 낯설고 이상한 인사말을 늘어놓은 뒤에, 여자아이는 자기 목을 들어 올리려는 것처럼 힘을 줬다. 턱 밑에 손을 대고, 천천히 들어 올렸다.

"지금부터 시작되는 것은, B급 영화 상영회. 주사위를 굴리는 신마의 유희."

당연히, 몸과 이어져 있는 머리는 더 이상 올라가지 않는다. 그래도 더 힘을 주면 어떻게 될까.

뿌득뿌득, 근육 섬유가 늘어나는 소리가 난다. 웃고 있는 여자아이의 머리가, 억지로 들어 올려져서 일반적으로는 있을 수 없는 길이까지 늘어났다. 근육 섬유에는 어느 정도 탄성이 있다. 마치 목이 매달린 시체처럼, 천천히, 목이 길어진다.

그래도, 더 위로.

"악마! 마물! 마왕! 천마와 신마의 신기한 이야기. 주사위를 던져볼까요, 뭐가 나올지 기대하세요!"

피부가, 혈관이, 살이, 한계를 넘어서, 와드득 뜯어지고 떨어져 나갔다. 몸과 머리가, 아주 조금씩 분리됐다.

퍽, 하고 뼈가 빠지는 결정적인 소리가 났다.

그 순간에 맞춰서, 여자아이가 자신의 목을 비틀어 돌렸다.

머리가, 완전히, 뜯겼다.

억지로 뜯어낸 머리의 단면에서 선혈이 뿌려졌다.

머리를 잃은 몸이, 쓰러진다. 웃는 채로 숨이 끊어진 머리가, 주사위라도 굴리는 것처럼 데굴데굴 굴러갔다.

의미를, 도무지 모르겠다. 이상할 정도로 이상한 자살이다.

분수처럼 뿜겨져 나오는 피를, 메노우는 말도 못 하고 지켜봤다.

방심하고 있는 메노우의 시야 바깥까지 굴러간 머리가, 하늘을 올려다보는 모양으로 움직임을 멈춘 순간이었다.

메노우의 시선 저편에서, 마구 튀던 선혈에 빨간 도력광이 깃들었다.

『도력 : 산 제물 공양— 혼돈 유착 · 순수 개념【마】— 소환【친구 백 명을 부를 수 있을까?】』

분출되는 피가, 공간을 갈랐다.

갈라진 공간 너머에는 심연이 있다. 여자아이의 목에서 분출된 이상한 양의 피가 흘러서, 심연으로 이어지는 공허한 늪으로 변했다.

열린 것은, 원죄 개념 이계로 가는 입구 그 자체였다.

피가, 살이, 묻은 부분의 공간이 갈라지고, 심연에서 마물이 기어 나온다.

몇 마리나, 몇 마리나, 몇 마리나. 똑같이 생긴 마물은 단 한 마리도 없다. 처형인인 메노우조차도 본 적이 없는 마물들이 속속 나타났다.

소환된 마물들은 제일 먼저 여자아이의 몸을 먹어 치웠다. 여자아이의 피와 살을 제물로서 바쳤으니까. 깨끗한 처녀인 여자아이의 몸은, 그들에게 주어진 정당한 산 제물이니까.

무구한 여자아이의 몸을, 이형의 마물들이 모조리 먹어 치웠다.

이형의 마물 한 마리가 갑자기 떨기 시작했다. 부들부들 떨고, 뭔가를 토해내려는 것처럼 입을 크게 벌렸다.

미끌, 하고 마물의 입 안에서 기어 나온 것은 상처 하나 없는 여자아이였다.

하얀 원피스를 입은, 어딘가 모르게 품위 있는 얼굴의 열 살도 안 되는 소녀다. 조금 전에 마물들이 전부 먹어 치운 여자아이와 하나도 다를 게 없는 모습이다.

흑막조차도 찢어발기는 진정한 위협. 마물의 몸속에서 다시 태어나 바닥에 내려선 여자아이는, 두 팔을 벌리고 활짝 웃으면서 자신의 정체를 밝혔다.

"공포, 흥분, 스릴이 한 자리에! 노래하며 춤추는 패닉 영화를 체현하는 자! 제가 바로 『만마전』입니다!"

예전에 세계를 멸망시킬 뻔했던 인재가, 지금 리벨에서 다시 태어났다.


"흐음……."

리벨의 기사 대기소에서, 아슈나는 한숨을 쉬었다.

나른하게, 아무리 봐도 아슈나답지 않게 우울함이 담긴 한숨이다. 『마약』과 관련된 사건은 해결되는 방향으로 움직이고 있다. 리벨 성 주변은 봉쇄됐다. 어제 모모가 본거지를 습격한 성과겠지. 강하게 나서는 것이 가능할 만큼의 증거를 확보했다.

하지만, 약속 시간이 지났는데도 모모가 오지 않았다.

기사 대기소에서는 『제4』 멤버들이 취조를 받고 있다. 섬이 봉쇄되자마자 제일 먼저 투항한 중추 멤버 노인이다.

"그러니까, 지금 『제4』의 주모자는 마논 리벨이다! 우리는 피해자라고! 그 계집애가 『마약』을 먹이고서, 억지로 자기 말을 듣게 했단 말이다!"

그는 마논 리벨이 주범이라고, 큰소리로 주장하고 있다.

아슈나는 조사에 적극적으로 협력하지도 않고, 자신이 해야 할 행동에 대해서만 열심히 생각하고 있었다.

"어찌 된 일인지."

아슈나의 생각은 사건의 추이보다 모모의 안부 쪽으로 향해 있었다.

모모의 성격을 생각해보면, 어쨌든 자기 성과를 자랑하러 왔어야 했다. 꼭, 자기가 주도권을 잡고 싶어 하는 성격이다.

그런데 나타나지 않았다는 것은, 어젯밤에 모모한테 무슨 일이 일어났을 가능성이 크다.

하지만 누군가가 싸우다가 어떤 일을 당했다는 이유로 움직이는 것은, 너무나도 아슈나 그리잘리카답지 않은 일이다.

아슈나는 강함을 신봉한다. 그것도 무리로서의 강함이 아니라 어디까지나 개인으로서의 강함을 추구한다.

어젯밤 습격에 실패했다면, 그것은 모모가 약하기 때문이다. 기대에 어긋났다는 증거이기도 하고, 어젯밤에 모모와 동등하거나 그 이상의 재미있는 인물에게 눈독을 들이기도 했다.

하지만, 아슈나는 모모가 너무나도 신경이 쓰였다.

―아슈나, 이리 오너라.

문득, 머릿속에 모모와 비슷한 체격인 언니의 모습이 떠올랐다.

지금의 아슈나만 알고 있는 사람들은 믿지 못하겠지만, 어린 시절의 아슈나는 그림 그리는 걸 좋아하는 아이였다.

아슈나는 아름다운 것을 좋아한다. 항상 아름다운 것을 찾아다녔다. 그림의 소재가 될 만한 것을, 자신의 심금을 울리는 풍경을 찾기 위해서, 성안은 물론이고 다른 곳까지 이리저리 돌아다니는 공주였다.

지금과는 또 다른 귀여운 문제아였던 아슈나에게 관심을 보인 사람이, 큰언니였다. 언니는 어린 아슈나의 손을 잡고서 한 기사를 소개해줬다.

—저것보다 아름다운 존재를 본 적이 있나?

대륙 최강의 기사.

그가 검을 휘두르는 모습을 본 아슈나는 붓을 버리고 기사가 되기로 했다. 강함의 아름다움을 캔버스 위에 표현하는 것보다, 자신이 그렇게 되는 쪽을 선택했다.

아슈나에게는 재능이 있었다. 급격하게 기사로서의 재능을 꽃피웠고, 무사히 서훈 시련을 돌파했다. 그것을 보고 언니가 해준 말을 똑똑히 기억하고 있다.

—봐라, 너한테는 재능이 있다. 하지만 너 혼자가 강해봤자 아무 소용이 없다고 할 수도 있다. 사람의 진가는 무리를 지었을 때 발휘된다. 잘 통솔된 사람의 무리는 온갖 재해에 대항할 수 있다. 그러니까, 아슈나.

아슈나보다 머리 하나만큼 작은 언니가 오만하게 웃었다.

—네놈에게, 이 몸이 통솔하는 수족 중에 하나가 되는 영광을 내려주겠다.

결국, 왠지 화가 나서 아슈나는 왕가에서 가출해버렸다.

완전한 동족혐오였다. 하지만 아슈나와 언니는 전혀 닮지 않은 성격이었다.

아슈나는 개인의 아름다움에 매료됐지만, 언니는 무리의 통솔

자였다.

어쩌면 왕족으로서 어울리는 것은 언니 쪽이었을 것이다. 그런 언니에 대한 반발심도 있어서, 아슈나는 성으로 돌아가지 않고 국내를 방랑하면서 세상을 바로잡는 공주라고 불리게 되는 수많은 활약을 했다.

화려하게 활약하는 중에 아슈나는 위화감을 느꼈다.

어디를 가도 언니의 악행은 전혀 존재하지 않았다.

언니가 부정과 금기로 손을 물들이지 않았을 리가 없다. 그렇게 확실할 정도로, 아슈나의 눈으로 본 언니는 뒤틀린 제2신분이었고, 아주 우수한 조정자였다. 아슈나는 언니가 나라의 어두운 부분에 깊게 뿌리내리고 있는 것을 봐왔다.

그런데, 어두운 부분의 증거가 전혀 보이질 않았다. 숨겨진 게 아니라 완전히 말소됐다고밖에 생각할 수가 없었다.

작은 단서가, 마침내 무시할 수 없을 정도로 부풀어 올랐다.

그리고, 약 한 달 전.

이세계 소환 사건 때에 이단 심문을 받은 것은 언니가 아니라 아버지였다. 게다가 고도 가름에서 대사교가 단죄된 뒤에도 언니는 여전히 결백했다. 적어도 언니가 금기에 관여한 사실은 없다고, 제1신분의 이단 심문관은 그렇게 판단했다.

"어떤 꿍꿍이에 넘어간 것인지는 모르겠지만, 내 아버님이지만 참으로 어리석고 불쌍하군…… 정말이지. 언니가 그 모양이라서, 나도 예전부터 동생이 있었으면 싶었는데."

유난히 패기가 없는 아슈나는, 모모가 들으면 엄청나게 화를

낼 것 같은 말을 중얼거렸다.

턱을 괴고 앉아서, 교회에 가면 모모의 안부를 알 수 있을지도 모른다고 생각한 때였다.

거대하고, 무엇보다 일그러진 마도 행사를 느꼈다.

"——!"

온몸의 모공이 활짝 열렸다. 털이 곤두서면서 소름이 돋았다. 아슈나의 민감한 감각이 구역질이 날 것 같은 기척을 느꼈고, 참을 수 없을 만큼 불쾌한 느낌이 덮쳐왔다.

이것과 가장 비슷한 감각은, 그리잘리카 왕국에서 모모와 싸우다가 열차에서 떨어진 뒤에 느꼈던 것이다.

그때는 말로 표현할 수 없는 어긋남이 느껴졌다. 세상이 존재해 마땅한 모습, 자신이 있는 위치가 별 전체 수준으로 어긋난 것 같은 위화감이었다.

그리고 괴물이 별의 배를 찢고서 태어난 순간을 마주한 것 같은, 끔찍한 감각이 온몸을 꿰뚫었다.

그리고, 그것은, 기분 탓이 아니었다.

"마논 리벨을 방치하면 나도 마물로 변해버린다. 내가 이렇게 증언하지 않는가! 그 계집애를 빨리 붙잡아서—— 어?"

위세를 부리며 마논 리벨에 대한 험담을 외쳐대던 노인의 목소리가, 중단됐다.

이변이, 시작됐다. 그의 나이 든 육체가 표면부터 녹기 시작한 것이다.

"뭐, 뭐지……?"

기사 하나가 당황한 목소리를 냈다.

노인만이 아니다. 일시적으로 구속해둔 『제4』의 멤버들에게 같은 현상이 일어나고 있었다. 수용된 인간 대부분이, 뼈부터 흐물흐물하게 녹아서 모양이 무너졌다.

이상 사태 때문에 기사 대기소가 소란스러워진 와중에, 아슈나는 날카로운 눈빛으로 리벨 성을 노려봤다.

"……조금 전에 그 마도 기척은, 저쪽이었지."

세상을 바로잡는 공주는 자신의 검을 들고 전장으로 향했다.


농담이 아니었다.

마논의 배를 뚫고 나타난 순수개념. 그 위협의 정체가 밝혀지자, 메노우는 전율했다.

"무마전……!"

세상을 멸망시켰다고 전해지는, 네 가지 인재 중에 하나. 남쪽의 전설『무마전』이, 해방돼 있었다.

거짓말이 아니다. 이 존재를 직접 눈으로 보면, 아무리 싫어도 알게 된다.

눈앞에 있는 여자아이는 순수 개념에 완전히 삼켜져 버린 괴물이다. 더 이상 인간이라고 말할 수도 없다.

"어머나? 뭔가 뉘앙스가 이상하네. 난 만마전. 안개를 만든 건 내가 아니라 그 사람, 【백】이었어. 그건 틀리면 싫거든?"

"……그게, 아까 당신이 말했던 【백】의 용사?"

"정답!"

참 잘했어요, 라면서 엄지손가락과 집게손가락을 붙여서 고리를 만들어 보였다. 원피스 차림의 어린 여자아이, 만마전이 말하는 정보는 메노우로서는 처음 듣는 것투성이다.

메노우는 『【백】의 용사』라는 이름을 모른다. 【백】이라는 단어를 듣고 자신의 고향이 잠깐 뇌리를 스쳤지만, 그건 10년 전의 일이다. 천 년 전의 사건과 관계가 있을 리가 없다.

다시 한번, 여자아이 쪽을 봤다.

일단 들어가면 다시는 나올 수 없는 마의 영역. 『무마전』이라고 불리는 해상에 떠 있는 안개가 사실은 『만마전』을 봉인하는 결계이고, 재해 흔적의 명칭일 뿐이다.

『만마전』.

안개 결계 중심에 있는 그녀가, 바로 4대 인재 그 자체였다.

그녀는 자기 입으로 말한 대로 【마】 그 자체. 이름도 지을 수 없는 괴물이다.

무시무시한 위협을 앞두고, 이를 악물었다.

"액이 낀 날이네, 오늘은."

사건의 흑막이었던 마논을 몰아붙였다 싶었더니, 이 꼴이 됐다. 그녀의 유체는 이미 흔적조차 남지 않았다. 마물이 먹어치웠겠지.

만마전이 열어놓은 공간의 틈새에서는 아직도 마물들이 기어 나오고 있다. 미개척 영역에서도 쉽게 볼 수 없을 정도의 종류와 양이다.

"그런가? 하얀 구름도 한 점 없는 최고의 날씨잖아. 파란색은 정말 멋진 색이야. 하얀색은 이제 질렸어."

마논과 싸우면서 무너진 벽 너머로 하늘을 바라본 만마전은 탁, 하고 스텝을 밟으며 뒤로 물러났다.

"천 년이나 지났으니까. 신관복을 입고 있는 당신조차 그【백】을 모르는 건 그렇다 치고…… 왠지, 아주 조금 그 사람의 기척이 느껴지네. 신기해."

메노우는 그 말에 대답할 여유도 없었다.

만마전이 뒤로 움직이자, 마물들이 앞으로 나섰다. 시체가 없어지면 그것을 먹어치우던 마물들의 다음 목표는 살아있는 사람이 된다.

덤벼온 한 마리에게, 단검을 꽂아 넣었다.

메노우의 온몸에 도력광이 감돌았다. 두개골을 관통시켜서 목숨이 끊어진 마물을 방패로 삼으며, 몸을 낮춰서 다음 마물의 등 뒤로 파고들었다. 심장이 어디에 있는지도 모르는 육체다. 목으로 보이는 곳을 자루로 때려서 경추를 부러뜨려버렸다.

소환된 적은 그다지 강하지 않았다. 마논이 더 상대하기 버거 웠다고 해야 할 정도다. 적어도 전설로 일컬어질 만큼 강한 마물 무리는 아니다.

문제는 그 양이다. 괴물이 기어 나오는 시공의 틈새가 계속 열려 있어서, 다종다양한 마물들이 계속 쏟아져 나오고 있다.

처음에 나왔던 마물은 이미 처리했다. 그런데 마물들이 끝도 없이 기어 나오고 있다.

일단 원죄 개념 이계와 통해 있는 구멍을 막는 게 우선이다.

메노우는 도력 강화를 이용한 단검술로 마물들을 해치우면서, 교전 마도를 전개했다.

『도력 : 접속— 교전 · 12장 1절— 발동【박아라, 박아라, 그저 지탱하기 위해서】』

발동과 동시에 고전에서 뿜어져 나온 도력광이 수많은 거대한 못을 형성했다. 물질보다 성질을 혼백에 깃들인【힘】의 못이다.

메노우 주위에 전개된 빛의 못이 빠른 속도로 발사됐다.

사출된 수많은 못이 마물들을 꿰뚫었다. 육체를 관통하고 정신과 영혼에 치명적인 구멍을 뚫어버렸다. 거기서 끝나지 않고, 갈라진 공간 양쪽 끝에 박힌【힘】의 못이, 공간의 갈라진 틈을 막아서 닫아버렸다.

"어머나!"

마물 소탕과 시공의 틈새 대처를 동시에 해낸 솜씨에 놀라는 만마전에게, 메노우가 말없이 접근. 저항을 용납하지 않고, 작은 몸을 붙잡고 쓰러트려서 제압했다.

『도력 : 접속— 단검 · 문장— 발동【도사】』

불사신이라면 구속하는 것이 상식이다. 순식간에 단검의 문장을 이용해서 도사를 만들어내고, 손목을 뒤로 묶어서 움직이지 못 하게 했다.

보통 사람이라면 절대로 빠져나올 수 없는 포박이다. 가늘고, 강인한 실로 칭칭 동여맨 구속은, 마약으로 육체를 강화한『제4』조차도 풀지 못했다.

잡는 쪽인 메노우는 방심하지 않았다. 상대는 순수 개념으로서 완성된 존재다. 무슨 짓을 할지 모르고, 메노우도 묶어놓는 정도로 경계를 게을리할 만큼 멍청이는 아니다.

그에 비해 만마전은 깜짝 놀라서 눈이 휘둥그레져 있었다. 몇 번 몸을 버둥댔지만 다 큰 어른도 저항해봤자 소용없는 강도의 실은 풀어지지 않았다.

"뭐야, 내가 이렇게 간단히 잡히다니…… 그래도 각오하라고!"

포박당해서 망연자실해진 만마전은, 다부진 눈빛으로 메노우를 노려봤다.

"날 쓰러트려봤자, 세상은 구할 수 없으니까! 나 같은 건, 다른 셋한테는 발밑에도 못 미치거든! 왜냐하면 나는 4대 인재 중에서도 최약——."

이걸로, 끝일까.

구속당하고, 패배자의 발악으로밖에 들리지 않는 말을 토해내는 모습을 보고, 약간이나마 희망이 샘솟았고,

"——인 동시에, 가장 더럽고 최악이라는 평판을 듣는 『만마전』이야!"

그런 희망이 산산이 부서져 버렸다.

지금 그 목소리는, 메노우의 뒤쪽에서 들려왔다.

등줄기가 얼어붙었다. 눈앞에, 만마전이 있다. 메노우에게 구속당한 모습 그대로, 바로 정면에 존재한다. 분명히 살아서, 숨을 쉬며, 말하며, 웃고 있다.

메노우는 신중하게 목소리가 들려온 쪽으로 눈을 돌렸다.

거기에도, 만마전이 있었다.

만마전이 두 명으로 늘어나 있었다.

"……."

메노우는 굳은 얼굴로 둘을 번갈아 가며 봤다.

차이는 없다. 어느 쪽이 가짜 어느 쪽이 진짜가 아니다. 양쪽 모두, 틀림없는 본인이다.

경직된 메노우 옆을 지나, 만마전이 자기 곁으로 향했다.

"이렇게 잡히다니, 정말 글러 먹었네, 나는."

"미안해~. 어쩔 수 없어, 난 약하니까."

"나도 알아아. 왜냐하면 나니까."

똑같이 생긴 두 사람은 사이좋게 이마를 맞대고, 재회를 축하하는 동작을 했다. 두 손을 맞잡고, 목을 끌어안고서 친애의 정을 표현하는 모습은 일란성 쌍둥이처럼 보였다.

하지만, 그 둘의 존재는 결코 흐뭇한 표정을 지으며 지켜봐도 되는 자매가 아니다.

뿌득, 목뼈가 부러지는 소리가 났다.

만마전 하나가, 다른 만마전의 목에 손을 대고 있었다. 좀 전까지 화기애애하게 이야기하던 자신의 목에 두 손을 대고, 가느다란 목뼈를 부러트리고 부숴버린 것이다.

목이 부러진 만마전의 시체가, 녹아서 사라진다. 자신을 죽인 만마전은 웃는 얼굴로 메노우 쪽을 봤다.

"전초전 하느라 고생했어, 언니야~."

아무 말도, 할 수가 없었다.

마물과 악마의 시조『만마전』.

세상에 해악을 뿌리는 원죄 개념의 시조인 순수 개념의【마】.

그녀의 망상이 악마가 되어 원죄 개념을 낳았고, 그녀의 피와 살이 마물이 되어 퍼트려졌다. 천 년 전, 영화의 극에 달했던 문명을 붕괴로 이끈 순수 개념 중에 하나. 인류를 멸망시킬 수 있는 마도의 행사자는 천진난만하게 웃고 있었다.

어지간한 신관이나 기사라면 이 시점에서 마음이 꺾여버리고 착란을 일으켰을 것이다.

메노우는 흔들리지 않았다. 다부진 눈으로 단검 칼날을 겨눴다.

"이번 건, 당신이 마논을 꼬드긴 거지."

"어머나! 그건 억울한 누명이거든? 꼬드기다니, 마치 그 사람한테 의지가 없었다는 것 같잖아! 자신의 출생과 삶의 방식에 대해 아주아주 고민하고 열심히 노력한 사람의 마음을 무시하는 건 좋지 않다고 생각해."

메노우의 지적에 대해 주눅이 든 기색도 없다. 오히려 나무라는 말투로 말한 만마전이 손가락을 세우더니 쯧쯧, 하며 흔들어 댔다.

"난, 협력했거든? 그 사람이 보다 잘 살게 해주기 위해, 손을 내밀어줬을 뿐이야. 그 사람도 마지막에는 자기가 하고 싶은 걸 확실하게 알았잖아? 틀림없이 행복하게 죽었을 거야."

만마전은 빙긋 웃었다.

"분명히 내민 손이 마수이기는 했지만, 그건 내가【마】니까 어

쩔 수 없어. 마가 낀 곳에, 나는 파고들 뿐이야. 그 사람도 말했
잖아? 【마】가 끼었다고. 내가 그 사람 속에 끼어든 거야. 겨우
그것뿐이라고."

"손을 내밀고, 그걸로 만족했어? 『마약』 생성 도기를 봤는데,
빨간 알약은 당신의 피가 원재료였어. 당신의 일부를 섭취하게
해서, 당신은 다른 사람의 몸속으로 들어가서 침식하고, 복용한
인간을 제물로 바쳐서 부활했지. 『마약』 사건은 당신이 대량의
제물을 얻기 위해서 벌인 일이지?"

"반은 정답이고 반은 틀렸어. 난 부활하고 싶었던 게 아니라,
영화를 해보고 싶었을 뿐이야."

"영화를, 해……?"

"응."

영문 모를 욕구에, 메노우는 의식하는 기색을 감출 수가 없었
다. 언동 하나하나가 너무나 이상해서, 프로파일링이 제대로 먹
히질 않는다.

"말했잖아? 내 취미는 노래랑 춤이랑, 영화감상! 그런데 말이
야, 이쪽 세계에는 영화가 없잖아. 영상 기록이나 녹음, 투영 마
도는 교회가 독점. 엔터테인먼트의 손실이야! 너무너무 따분한
이 별에서, 도저히 참지 못한 내가 영화를 하는 거야."

영화를, 한다.

영화라는 매체에 대한 지식 자체는 메노우도 알고 있다. 처형
인으로서, 이쪽 세계에는 없는 일본에 관한 지식을 주입받았기
때문이다.

하지만, 영화는 보는 것이다. 영화를 한다, 는 말의 의미를 모르겠다.

"무슨 소리야?"

"간단하거든? 원래는, 이 항구 도시에서 영화 같은 몬스터 패닉을 일으킬 생각이었어. 『마약』을 시가지까지 유통시켜서 팬데믹 같은 사건을 일으킬 생각이었는데…… 당신들이 중지시켜버렸잖아. 그래서 그 대신에, 언니가 몬스터 패닉의 주인공이 돼 줄 거지? 나라는 괴물한테서 필사적으로, 필사적으로 도망치기만 하면 돼."

자신이 포식자라는 절대적인 자신감과 함께, 기묘한 제안을 떠넘겼다.

메노우는 눈살을 찌푸렸다. 금기가 되고 싶다는 마논도 이상했지만, 만마전의 행동 이유는 그것보다 훨씬 의미를 알 수 없었다.

"정말 모르겠네. 이 도시 사람들을 마물로 만들어서 소동을 일으키고, 날 몰아붙여서…… 당신한테 무슨 이익이 있어?"

"이익?"

만마전이 동그란 눈을 깜박거렸다. 그녀의 표정은 어른에게서 엉뚱한 이야기를 들은 천진난만한 소녀의 반은 그 자체였다.

"나한테는 딱히 이익 같은 건 없거든? 왜냐하면 난, 언니가 어떻게 되건, 아~무 관심도 없으니까. 언니가 죽거나, 살거나, 그냥 사람 한 사람 생사의 결과 따위에는 관심도 없고, 내 손익이랑 관계가 있을 리도 없잖아?"

예전에 세상에 재앙을 뿌려댔던 인재는, 메노우 한 사람 따위는 안중에도 없다고 말했다.

거기서 끝나지 않고, 의기양양한 얼굴로 계속해서 말했다.

"정말이지, 이 언니는…… 자기가 세상의 중심이고 없어서는 안 되는 중요한 사람이라느니, 그런 착각 하면 안 되거든? 아, 혹시, 사람의 목숨은 유일무이하고 소중하다든지, 그런 생각 하는 거야? 더더욱 안 되겠네, 정말이지."

만마전의 말투는 마치 건방지게 구는 아이를 나무라는 사람 같았다.

"사람이라는 건 말이야, 죽건 살건, 열심히 노력하는 모습이 가장 보기 좋고 즐거운 거야. 그러니까, 열심히 노력한 결과로 그 사람이 죽건 살건, 그건 아무 관심도 없거든? 중요한 건 좌정이야! 목숨을 걸 만한, 과정이라고! 열심히 노력해서 살거나 죽는 사람을 보는 게 정~말, 정~말로 재미있어!!"

두 팔을 벌리고, 눈동자에 괴이하게 빛났다.

사람에 대한 공감성이, 전혀 없다. 스크린 한 장을 사이에 두고 세상을 보며 말하고 있다. 하늘에 존재하는 별이 인간 세상을 내려다보는 것만 같은 언동은, 너무나도 무시무시했다.

"이익 문제가 아니야. 난 오락에 굶주려 있어. 감독이 없는, 연기자의 애드리브로만 이루어진 영화를 보고서 웃고 싶어! 아까 그, 그러니까…… 이름은 잊어버렸는데, 그 사람도 말이야. 자기 목숨을 걸고서 살아왔으니까, 죽는 순간이 볼만했거든?"

이 녀석은, 사람을, 대체 뭐로 보는 걸까. 마논을 꼬드기고,

힘을 줘놓고, 이름조차 기억하지 못한다고 했다. 그녀의 인생을 오락이라고 말하면서 웃고 있다.

"자, 자, 화내지 말고? 왜냐하면, B급 영화는 그런 거니까."

말없이 살기를 내뿜는 메노우를 보고도, 만마전은 전혀 주눅 든 기색이 없다.

"그건 말이야, 서론도 없이 갑자기 패닉이 일어나서 희생자가 산더미처럼 발생하고, 가~끔씩 주인공이 전부 죽어버리고, 인류가 멸망하고, 끔찍한 괴물이 이기면서 끝나기도 하거든. 뭘 하려는 건지 모를, 정말 애매한 엔딩이야. 카타르시스라는 걸 전혀 모르는, 그저 만드는 사람의 자기만족 덩어리. 현실의 부조리를 억지로 떠넘기는 건, 엔터테인먼트라고 할 수도 없는 쓰레기 영화의 보물창고 같은 거야."

만마전은 메노우의 반응을 보고도 태도를 바꾸지 않았다. 두 손을 뒤쪽에서 맞잡고, 즐겁게 자신의 생각을 늘어놨다.

"하지만 그것도, 괴물 영화의 진리라고 생각해. 크고, 갑자기, 잔뜩 나와서, 무엇보다 사람은 절대로 이길 수 없다는 부조리! 그게 괴물이야! 그게, 현실에도 있어! 그래서 사람은 현실을 부숴버릴 정도로 커다란 괴물을 바라는 거야!"

만마전은 괴물 위에 올라타고, 손을 크게 흔들면서 빙긋 웃었다.

"왜냐하면 현실이라는 건, 괴물처럼 마음대로 안 되는 거잖아?"

『도력 : 산 제물 공양— 혼돈 유착 · 순수 개념【마(魔)】— 소환【귀신도 있거든!】』

마물들의 시체에서 정신체가 끌려 나왔고, 원혼이 돼서 세계에 고정된다.

"자! 날 즐겁게 해줘, 언니~?"

"……얕보지 말았으면 좋겠거든."

영체 마물이 덤벼든다. 육체라는 족쇄를 벗어난 생명체라고도 부를 수 없는 존재가, 메노우의 정신을 직접 먹어 치우려고 한다.

물리 공격은 거의 통하지 않는, 도력으로 억지로 세계에 고정한 사념 생명체다. 도력 강화까지밖에 쓸 줄 모르는 사람이었다면, 지극히 대처하기 곤란할 것이다.

하지만 메노우는 간단히 대처할 수 있다.

그릇이 없는 정신 덩어리는 물리 간섭을 그냥 통과해버리는 반면, 마도의 【힘】에는 약한 법이다.

『도력 : 접속— 교전 · 9장 3절— 발동 【사악한 것이 있는 곳을 알고, 빛으로 비추라】』

교전의 마도로 정신체를 쓸어버렸다. 저항조차 허락하지 않고, 원혼이 사라져버렸다.

메노우는 모든 일의 원흉인 어린아이를 노려봤다.

제물로 삼는데도, 소재로 삼는데도, 반드시 조건이 있다. 아무리 순수 개념의 행사자라고 해도, 아무런 절차도 거치지 않고 다른 이를 제물로 바치고 소재로 삼을 수는 없다. 실제로 만마전이 발동시키고 있는 마도는 그로테스크하기는 하지만 대처할 수 없는 규모는 아니다.

그녀를 어떻게 멸할 것인가.

문제는, 그것뿐이다.

"만마전. 당신을 막으면, 이번에야말로 끝나겠지."

"막아봐."

만마전의 눈동자에 번쩍, 붉은 도력광으로 빛났다.

『도력 : 산 제물 공양― 혼돈 유착 · 순수 개념【마(魔)】― 소환【여기를 파라 찍찍】』

주위에 뒹굴고 있던 마물들의 시체가 땅속으로 녹아들었다.

이어서, 땅이 울렸다. 땅속에서 온 울림이다.

발밑에서 진동을 느끼고, 메노우는 도력 강화를 발동해서 뒤로 펄쩍 뛰었다. 메노우가 뛴 것과 동시에, 댄스홀 바닥에 종횡무진으로 균열이 발생했다.

"이 세상에 만연하는 만마의 왕. 나라는 괴물을, 막을 수 있으면 막아보든지?"

지하에서 쥐처럼 생긴 마물 무리가 뛰쳐나왔다.

제물로 바친 마물의 육체가 지하의 지맥과 접해서【힘】을 빨아들이고, 유사적인 영혼과 정신을 얻어서 재편성된 것이다.

마치 간헐천이 분출하는 것 같았다. 지면을 먹어 치우고, 땅이 갈라지면서 지상으로 뛰쳐나온 마물들은 눈사태처럼 메노우를 향해 몰려왔다.

『도력 : 접속― 고전 · 2장 5절― 발동【아아, 경건한 양 무리를 둘러싼 벽은 무너지지 않으리니】』

앞니를 번뜩이며 덮쳐온 거대한 쥐는, 전개된 방벽 마도에 부딪쳐서 튕겨 나갔다.

"어머나, 유사 교회! 진짜 짜증 나~!"

『도력 : 산 제물 공양— 혼돈 유착·순수 개념【마(魔)】— 소환 【나 맛있는 그 산】』

또다시, 만마전의 눈동자가 붉게 빛났다. 구성 요소를 보고 제물 마도 소환이 아니라는 것까지만 예측했다.

만마전의 몸에 도력이 감돌았다. 원죄 개념에서 유래한 도력 의 성질은 도력 강화와 다른 것이다.

무슨 짓을 하려는 건지 경계하던 메노우 앞에서, 만마전이 붉 게 빛나는 왼팔을 내밀었다.

소환된 마물이, 만마전의 가느다란 팔을 물었다.

메노우의 눈이 휘둥그레졌다. 산채로, 여자아이의 팔을 먹어 치운다.

여자아이의 팔을 먹은 쥐 마물이 비대해졌다. 만마전은 자기 육체를 마물의 강화 소재로 변환해서 먹이로 준 것이다.

피부가 터져 나가는 게 아닐까 싶을 정도로 근육이 팽창되고 더욱 흉포해진 쥐들이 다시 덮여왔지만, 이번에도 빛의 벽에 튕 겨 나갔다.

"뭐야, 하나로는 무리야? 그럼, 한 개 더."

아쉬워하지도 않고, 웃는 얼굴로 오른발을 내밀었다.

눈 깜박할 사이에 여자아이의 건강한 다리를 먹어 치웠고, 마 물이 더욱 거대해졌다. 몸의 가죽이 찢어질 정도로 급격하게 성 장한 마물의 등에서 발이 한 쌍 자라났다. 급성장에 의한 자기 붕괴를 신경도 쓰지 않고, 쥐 마물은 오로지 메노우가 전개한 방벽을 물어뜯어 댔다.

"……큭"

구역질이 났다. 이 얼마나 그로테스크한 전법인가. 만마전의 마도 행사에는 제정신인 사람은 절대로 행할 수 없는 행위가 수반되고 있다. 아픔을 느끼지 않는 걸까. 아니면 아픔만이 그녀에게 있어 유일한 사람다운 자극으로 남아 있는 걸까. 말도 안되는 자해를 반복하면서 발동되는 마도들은, 보고 있기만 해도 정신이 갈려 나가는 것만 같았다.

하지만, 메노우도 보고만 있을 생각은 없다.

『도력 : 접속— 교전·3장 1절— 발동【덤벼오던 적대자는 들었다, 울려 퍼지는 종소리를】』

벽을 유지한 채로 공성 마도를 발동했다.

메노우 바로 위에, 빛의 종이 형성됐다. 엄청난【힘】의 울림에 쥐떼가 몸부림쳤다.

모든 방향으로 울려 퍼지는 종소리다. 전개한 마도 중심에, 대기 중의【힘】을 울리는 소리에서 도망치는 것은 쉬운 일이 아니다. 실제로 빛의 벽을 물어뜯고 있던 마물들도 벌렁 자빠져서는 팔다리를 버둥대며 괴로워하고 있다.

하지만 만마전에게는 아무런 영향도 없는 것 같다. 아니, 틀림없이 대미지는 입었다.【힘】이 한 번 울릴 때마다 만마전의 작은 몸이 내부에서 터지고, 몸 곳곳에서 피가 뿜어져 나오고 있다.

그런데도, 만마전은 자신의 손상 따위는 전혀 신경 쓰지 않는 것 같다. 싱글싱글 웃으며 자신이 소환한 마물들이 싸우는 모습을 바라보고 있다.

어린 소녀의 몸이 붉은 도력광이 띄었다. 도력 강화로 신체 능력을 끌어올린 만마전은, 종소리에 의한 손상 따위는 우습다는 것처럼, 자신의 남은 다리를 뜯어냈다.

"자, 이걸로 세 개째야."

피가 뚝뚝 떨어지는 자기 다리를, 버둥대는 마물의 입에 던져 넣었다.

살아남았던 마물은 이미 쥐 모양조차 무너지기 시작했다. 몸 곳곳에서 팔다리가 마구 자라나기 시작했다. 찢어진 털가죽을 버리고, 몸 표면의 근육 섬유를 경질로 바꿔서 몸을 지키는 일 그러진 갑옷을 만들었다. 길게 자라난 앞니는 예리한 칼날이 됐고, 자기 아래턱을 뚫고는 두 쪽으로 갈라버렸다.

강화된 마물의, 힘의 음향에도 굴하지 않고 덤벼왔다. 처음에는 주먹 정도 크기였던 체구가 지금은 대형견 정도로 부풀어 있다. 수많은 팔다리를 꿈틀거리며 달라붙어서는 유사 교회의 외벽을 부숴버리기 위해, 긴 앞니로 벽을 때려댔다.

흥분상태를 넘은, 착란에 가까운 행동이다. 상식을 벗어난 기세로 계속해서 벽에 달려들었고, 뒤에서 달려온 마물들이 앞에 있는 마물들을 짓밟았다. 동료를 밟아 뭉개고, 그리고는 자기도 밟혀 뭉개지며, 끝도 없이 벽을 부수기 위해 덤벼들었다.

아무리 봐도 제정신이 아는 난타 끝에, 결국 방벽에 금이 갔다.

메노우는 냉정했다.

『도력 : 접속— 교전 · 8장 12절— 원격 발동【정문 앞에서 무릎을 꿇으라. 문 앞은 주님께로 이어지는 길이나니】』

교회의 외벽, 종루에 이어서 정문이 달린 담장이 만들어졌다. 그러는 동안에도 마물 쥐들이 약간이나마 생긴 금을 향해 몰려들었고, 균열을 더 크게 벌리기 위해서 앞니를 쑤셔 넣었다. 뭉개진 마물의 피와 살이 즙이 돼서, 방벽으로 침투해서 흘러 들어오려고 한다.

그 직전에 빛의 문이 열렸다.

마물 무리가 절규를 질렀다.

열린 문에서 강력한 인력이 발생했다. 담장 안쪽으로 들어온 마물을 빨아들이는 강렬한 포박 앞에 앞니를 제대로 써보지도 못하고 벽에 달라붙어 버리고 말았다.

서서히 교회의 형태를 이뤄가고 있는 교전 마도의 다중 발동. 그것을 구축하고 계속 유지하는 메노우의 괴로워하는 것 같은 표정을 보고, 팔이 하나밖에 남지 않은 여자아이가 빙긋 웃었다.

"교전 마도 삼중 발동. 정말 재주도 좋지만…… 당신, 도력량은 별 볼 일 없는 것 같네?"

간파 당했다.

마논과 연전을 벌인데다 강력한 교전 마도를 연발. 육체와 정신은 몰라도, 【힘】을 퍼내야 하는 영혼이 한계다. 도력이 고갈되어가고 있다.

『도력 : 산 제물 공양― 혼돈 유착 · 순수 개념【마(魔)】― 소환【커다란 꺽다리가 휘두르는 팔】』

만마전의 오른팔이 부풀어 올랐다.

인체의 조직을 바꿔 만든 팔이 고무처럼 늘어났고, 그 긴 팔을 휘둘렀다. 강렬한 일격으로 빛의 벽을 부숴버린 거대한 팔이, 그대로 메노우를 향해 날아왔다.

마도 유지에 집중하고 있던 메노우는 피하지 못했다.

"크윽."

몸이 삐걱거린다. 충격 때문에 몸이 허공으로 날아갔다. 마도 구축의 정신 집중이 끊어졌다. 종과 문이 사라졌다. 구속하고 있던 마물이 자유를 되찾았다. 큰일 났다. 메노우의 뇌가 경보를 울렸다. 만마전의 팔과 쥐 마물. 양쪽 모두 대처하지 않으면, 죽는다.

정면에서, 입을 벌린 마물이. 머리 위에서 만마전의 팔이. 메노우의 두개골을 부숴버리기 위해서 떨어지고 있다.

그 팔이, 잘려서 날아가 버렸다.

"어머나!"

만마전의 눈이 휘둥그레졌다.

번개처럼 날아온 칼이, 만마전의 팔을 잘라버리고는 땅에 꽂혔다.

자루에 칼날 받이가 달린, 장엄하고 아름다운 문장검이다. 한 박자 늦게, 투척한 검을 따라온 인물이 착지했다. 자루를 쥐고, 쥐 마물의 앞니를 받아냈다.

대검에 새겨진 문장에서 선명한 도력광이 빛났다.

『도력 : 접속— 왕검 · 문장— 발동【폭염】』

입을 크게 벌리고 있던 마물의 입 안에서 폭염이 터졌다.

"『제4』놈들이 녹아버리는 이상한 현상을 보고 원흉이 여기 있을 것 같아서 달려와 봤는데, 재미있는 짓을 하고 있군."

마물이 터져나가는 와중에, 오만할 정도로 자신감 넘치는 목소리가 울렸다.

붉은 기운이 섞인 금발이 휘날렸고, 훤히 드러난 등은 아름다울 정도로 믿음직했다.

"당신은……."

"처음 뵙겠습니다, 라고 해두자고 신관 나리."

메노우를 위기에서 구해준 사람은 칼을 어깨에 걸치고서 빙긋 웃었다.

"나는, 아슈나 그리잘리카다."

그리잘리카 왕국의 말괄량이, 세상을 바로잡는 공주가 거기에 있었다.

툭, 만마전의 팔이 땅에 떨어졌다.

몸에서 떨어져 나간 만마전의 팔은 먼지가 되어 무너져갔다. 마침내 사지를 다 잃은 만마전이, 곤란하다는 것처럼 어깨를 으쓱거렸다.

"이런, 이런…… 팔다리가 다 없어져 버렸네. 새로운 사람이 와줬는데 환영 인사도 못 한다니, 아쉽다."

도저히 팔다리가 전부 없어진 데 대한 감상 같지 않았다. 한눈에 보기에도 존재 자체가 이상한 만마전을 노려보며, 아슈나가 메노우에게 물었다.

"또 끝내주게 어려운 상대와 싸우고 있는 것 같은데…… 저건 뭐지. 존재 자체가 기분 나쁘다. 보기만 해도 소름이 돋아."

"4대 인재 중에 하나 『만마전』입니다."

"호오."

메노우의 단적인 대답에, 천하의 아슈나도 눈이 휘둥그레졌다.

"이거, 참. 만날 수 있는 것 중에서도 최악이군."

바로 입 꼬리를 끌어 올리고 웃은 걸 보면, 아슈나의 담력도 대단하다.

"전하는 『제4』 멤버가 녹았다고 하셨죠."

"그래, 말했다."

"그렇다면, 그것이 『만마전』의 상한입니다."

만마전이 행사하는 마도의 원동력이 확정됐다.

"놈은 일정 이상의 『마약』을 섭취한 사람의 조직에 침식해서, 다른 사람을 산 제물로 만드는 조건을 충족시켜 왔습니다. 『제4』의 멤버, 대략 백 명분의 육체, 정신, 영혼. 저자가 행사하는 원죄 마도는 그러한 생명력을 근원으로 삼고 있습니다."

"그렇군. 한마디로, 저놈을 백 번 죽이면 된다는 뜻이군. 알기 쉬워서 좋다."

아무리 그래도 백 번이라고 말한 적은 없다. 만마전은 마물을 소환하고 자신의 몸을 변환하느라, 이미 생명력을 소비했다. 애당초 만마전은 자기 자신을 제물로 바쳐서 부활하는 불사성을 획득하고 있기 때문에, 죽일 수 없다는 점에는 변함이 없다.

하지만 제물을 바친 만큼의 힘을 깎아내면, 만마전은 자신이 되살아나는 것 이외의 【힘】을 행사할 수 없게 된다. 제물이 필요한 원죄 마도는 제물이 없으면 발동조차 할 수 없게 된다는 점이 결점이다.

강적이기는 하지만, 많은 순수 개념을 살해해온 메노우가 승산을 찾아내지 못할 정도의 상대는, 절대로 아니다. 오웰 때와 달리 교전은 무사하다. 싸울 방법은 있다.

아슈나도 중요한 부분은 잘 알고 있다. 쓸데없는 질문은 하지 않고, 필요한 부분을 간파하고 확인했을 뿐이다.

"그렇게 됐으면, 해볼까."

"한 방에 결판을 낼 수 있습니다. 전하께, 하나 부탁드릴 것이 있습니다. 다행히도— 아까, 구멍이 뚫렸습니다."

"호오."

번쩍, 아슈나의 눈에서 이해했다는 빛이 번뜩였다.

주위에 있는 균열은 성의 기반을 뚫고 지하 깊은 곳까지 이어져 있다. 만마전이 소환한 쥐 마물이 나온 곳이다.

그것이 어디로 통해 있을까.

"일단 확인하겠다. 보통 인간은 자신의 마도 내장량을 뛰어넘는 【힘】은 다룰 수 없다. 지맥을 끌어낸다고 해도 네 소질로는 대단한 일은 할 수 없을 것 같은데, 어떤가?"

도발하는 것 같은 느낌과 기대가 같이 담겨 있는 말이다. 아슈나는 메노우의 도력 조작 기술이 뛰어나다는 것을 알고 있다. 하지만 인간의 육체에 【힘】을 조작할 수 있는 개인적인 허용량이 정해져 있다는 것은 상식이다. 개인이 조작할 수 있는 도력의 상한은, 그 사람이 내장하는 도력의 양과 거의 동등하다.

하지만 눈앞에 있는 인물이라면, 자신의 상식을 뛰어넘는 뭔가를 저지를지도 모른다는 기대가 담긴, 힘이 넘치는 목소리였다.

메노우는 곧바로 딱 잘라서 말했다.

"저라면, 할 수 있습니다."

어릴 적에 인재에 휘말렸던 메노우는 육체, 정신, 영혼 대부분이 표백돼버렸다. 자신의 내면과 바깥 세계의 경계성이 없어져 버린 영향으로, 자기 밖에 있는 【힘】을 자기 것과 똑같이 운용할 수 있다. 타인의 【힘】이 조율한 힘이라면 반발하지만, 정신도 영혼도 없는 【힘】이라면, 접할 수만 있다면 상한이라는 것이 거의 존재하지 않을 정도로 조작할 수 있다.

그것이 바로 하얗게 표백된 영혼의 잔재. 메노우만의 특성이다.

"제 도력 내장량은 신관 치고는 보통 수준이지만…… 도력 조작량의 상한은, 확실하게 전하를 뛰어넘습니다."

아슈나가 꿀꺽, 하고 침을 삼켰다.

"그거, 재미있는 체질이군. 그렇다면, 한 번 보여다오."

칼을 뽑아 들고, 날 끝을 지면 쪽으로 향한 채, 문장에 【힘】을 흘려 넣었다.

『도력 : 접속— 왕검 · 문장— 발동【참격 : 확장】』

확장된 검이, 구멍 아래로 뻗어나갔다.

지맥이 흐르는, 지하 깊은 곳까지.

우연이 아니다. 애당초 만마전이 쥐 마물을 생성하기 위해서 지맥에 간섭했었다. 그것을 재빠르게 알아차린 메노우가 아슈나에게 말해서 이용한 것이다.

장대한 검을 형성하는 도력이 지맥 흐름과 닿았다. 경로가, 연결됐다.

"간다. 받아라아!"

『도력 : 접속(경유 : 참격 확장)— 지맥 ·【힘】— 발동【도력 조작】』

지맥이, 휘었다.

호쾌하고, 난잡하고, 그렇기에 믿음직스럽다. 아슈나가 직접적인 도력 조작으로 비틀어서 분출시킨【힘】이 메노우를 제대로 때렸다.

보통 사람이었다면 틀림없이 날아갔을 것이다. 엄청나게 거센 물줄기 같은 것이니까. 도력 강화로 방어력을 높여두지 않았다면 육체와 정신, 까딱하면 영혼에까지 상처를 줄 수 있는 위력이었다.

메노우는 조용히 눈을 감고【힘】에 몸을 맡겼다.

조종하는 것이 아니라, 같은 존재로서 받아들인다. 지맥의 흐름이 메노우를 투과했다. 육체와 영혼이 지맥의【힘】과 동질화되고, 메노우의 정신이 거대한【힘】의 흐름을 장악한다.

분출되던 지맥이 확실한 의지를 가지고 하늘을 향해 뻗어나갔다.

아카리에게 직접 도력 접속을 해서 그녀가 지닌 힘을 끌어냈던 가름 때와는 또 다른 협력 방법이다. 많은 사람이 분담해서, 외부에서 지맥에 간섭하는 의식 마도와도 다르다.

지맥 속에 들어가, 동화한다.

바깥과 내면의 경계선이 소실된 메노우에게만 허락되는, 개인의 허용량을 한참 뛰어넘는 도력 조작이다.

"하핫, 정말 훌륭하군."

메노우의 기교를, 아슈나가 칭찬했다.

아름다운 광경이었다.

지맥이 지면에서 뿜어져 나오면, 보통은 그대로 확산돼버린다. 원래는 억제 따위는 할 수도 없는 【힘】이, 지금은 수렴돼서 하늘을 향해 드높이 뻗어 올라갔다. 지면에서, 하늘로. 아무리 댄스홀이라고 해도, 좁은 실내에 담을 수 있는 것이 아니다. 천장을 뚫고, 성 한쪽을 사정없이 무너트리고, 실내였던 곳을 실외로 바꾸며, 메노우의 정신을 따르는 【힘】이 뻗어 올라갔다.

천맥과 지맥을 연결하는 도력 기둥이 완성됐다.

"마아!"

하늘과 땅을 연결하는 대동맥. 맥박치는 도력광의 기둥 중심에 있는 메노우를 보고, 만마전이 그립다는 것 같은 목소리를 냈다.

"……역시, 아주 조금이지만…… 【백】, 그 사람이랑 닮은 것 같아."

그 말은 극도로 정신을 집중하고 있는 메노우에게는 전해지지 않았다.

빛의 기둥 속에 있는 메노우가 눈을 떴다. 장악한 【힘】을 자신의 것으로 삼아, 교전 마도를 구축했다.

『도력 : 접속— 1장 2절 전문— 발동 【산을 넘어, 비탈을 내려간 곳에 나온 땅에는 아무것도 없었다. 황야만이 펼쳐져 있을 뿐이니. 아침에도, 낮에도, 밤에도. 메모라고 거친 땅에는 변함이 없었다. 지쳐버린 사람들은 망연자실했다. 콰앙, 콰앙, 소리가 울린다. 사람들이 고개를 들었다. 여자가 있었다. 사람들은 당황했다. 여자는 말이 없다. 입을 다문 채, 팔을 들어, 망치를 내리쳤다. 아무것도 모르는 사람들이 모여들었다. 여자를 둘러싼 그들의 눈이 여자에게 향했다. 여자는 팔을 치켜들었다. 이뤄 마땅한 것을 이루기 위해. 그저 말뚝을 세워서 시작의 땅을 알리나니.】』

지맥과 천맥을 이용한, 유사 교회 형성.

예전에 메노우의 고향을 멸망시킨 순수 개념을 봉쇄했던 때와 똑같은 마도다. 대사교 오웰이 혼자서 구축한 초절 기교의 교전 마도. 메노우는, 그것을 더 큰 규모로 만들어냈다.

부풀어 올라간 결계는 섬을 전부 뒤덮을 만큼의 위용을 자랑하는 신성한 교회 모양을 이루고 있었다.

"어머어머, 대단해. 이건, 노력의 승리이이끼익."

천진난만하게 신이 나 있던 만마전의 목소리가, 일그러졌다.

강력한 【힘】에 억눌려서, 농담조차 마음대로 못 할 지경이 되어버린 것이다.

항상 종소리가 울려 퍼지고, 속박 결계가 발동해 있다. 머리카락 하나 움직이지 않는 공간이, 여자아이를 허공에 묶어놓았다.

육체, 영혼, 정신의 세 요소를 깡그리 칭칭 동여매는 유사 교회 결계는, 교전 마도 중에서도 가장 강력한 마도 중에 하나다. 지맥에서 도력을 퍼 올리고 천맥과 접속해서 순환하기 때문에, 반영구적으로 이 땅에 뿌리내리게 된다.

만마전의 목소리는 들리지 않는다. 입을 벌리는 것은 고사하고, 눈꺼풀조차도 움직이지 못할 만큼 강력한 【힘】의 부하가 여자아이의 모든 것을 억누르고 있다.

"이것으로 끝인가. 4대 인재라고 해도, 의외로 허무하군…… 아니. 그대의 마도가 훌륭하기 때문인가."

"강적이었습니다. 솔직히, 제물이 적었던 것이 다행이기도 했습니다."

메노우와 아슈나는 성에서 나와, 섬 밖으로 나가는 길로 향했다.

농담을 주고받는 두 사람은 밝은 표정이었다. 격전 끝에 전설의 4대 인재를 이긴 것이다. 두 사람 모두 승리했다고 천진난만하게 기뻐하는 성격은 아니지만, 달성감을 곱씹고 있었다.

지맥을 분출하게 만든 영향으로, 리벨 성은 상당한 범위가 무너지고 말았다. 어쩌면 철거해버려야 할지도 모른다.

"이제 일단 섬 밖으로 나가서 결계를 보강하겠습니다. 만마전에 대한 대처는 사제님과 상담해서 결정할 생각인데, 아무튼 정말 도움이 됐습니다."

"뭘, 신경 쓰지 마라. ……그런데, 그, 뭐냐."

어딘가 떨떠름한 분위기로 말했다.

"모모는 무사한가."

의외의 질문이었다.

메노우와 모모의 관계를 알아차린 것까지는 그렇다 쳐도, 아슈나의 태도가 의외였다. 메노우를 떠보는 것도 아니고 도발하는 것도 아니다. 아슈나는 지금 순수하게 모모를 걱정하고 있다.

끝까지 잡아떼야 할까 고민하다가, 이제 와서 그럴 필요는 없다고 생각하며 씁쓸하게 미소를 지었다.

"괜찮습니다. 독 때문에 쓰러지기는 했지만, 지금은 교회에서 안정을——."

『도력 : 산 제물 공양— 혼돈 유착·순수 개념【마(魔)】— 소환 【지붕보다 높은, 가짜 잉어】』

지면이, 날아갔다.

나란히 걸어가던 메노우와 아슈나가, 갑자기 밑에서부터 치고 올라온 충격에 떠밀려서 하늘로 날아가 버렸다. 도력으로 구축한 유사 교회가 산산조각이 나서 무너져 있었다. 무슨 일이 일어난 걸까. 날아가 버린 두 사람은 허공으로 떠오르면서도 재빨리 주위를 확인했고, 그리고는 믿기 힘든 광경을 보고 말았다.

"——어?"

"뭐, 야……?!"

부서진 것은 『결계』가 아니었다. 역전의 용사 두 사람을 경직

시킨 것은, 그 정도로 어설픈 광경이 아니었다.

거대한 마물이 나타나서, 메노우가 성역화해둔 섬을, 통째로 날려버리고 있었다.


보호된 아카리는 교회의 어떤 방으로 안내받았다.

시실리아는 아카리가 순수 개념을 지녔다는 사실을 알고 있어서, 아카리를 자극하지 않도록 정중하게 다뤘다.

그리고 아카리는 의식을 전환하지도 않은 채로 교회의 방에서 대기하고 있었다.

"아아, 정말이지…… 메노우는, 너무 멋있다니까……."

이쪽 의식으로 잠깐이나마 메노우와 접한 것은 정말 오래간만이다. 자기도 모르게 그리운 기분 때문에 눈물을 흘리고 말았다. 누가 이상하다고 생각하지 않으면 좋겠는데, 라고 걱정했다.

리벨에서 일어난 사건은 영문 모를 것들이 너무 많다. 메노우가 무사하다면 그걸로 충분하기는 하지만, 불확정적인 사건이 이 뒤의 일에 영향을 줄지도 모른다.

창문을 통해 밖을 보며, 섬의 상황을 살폈다.

"뭐, 모모가 독 때문에 누워 있거나 말거나 그건 상관없지만…… 대체 어떻게 된 거지."

마논 리벨이 『마약』이라는 지금까지 본 적도 없는 것을 뿌리는 이변은 과연 뭐가 원인이었을까. 영문도 모른 채 끝나버렸다고 한숨을 쉰 때였다.

리벨 섬이, 날아가 버렸다.

"어?"

갑자기 벌어진 말도 안 되는 광경을 보고, 아카리는 깜짝 놀랐다.

비현실적인 광경을 목격하고 한순간 뒤에, 지역 일대를 전부 울리는 굉음이 지반과 아카리를 뒤흔들어댔다.

리벨 섬을 날려버린 것은 긴 몸통을 가진 이형의 괴물이었다. 머리 부분이 물고기처럼 납작한데, 몸 절반이 흉악한 관(管)의 집합체로 만들어져 있다. 리벨 섬을 내려다보는 위치에 세워진 교회 창 너머로 봐도 그 전체 모습을 파악할 수 없을 만큼 거대했다.

거대한, 더 이상 비교할 대상이 없을 정도로 거대한 마물이 성 중심을 꿰뚫으며 나타났고, 작은 것이기는 해도 섬 하나를 부숴서 수많은 흙덩어리로 바꿔버린 것이다.

마물이 출현하면서 거대한 돌덩이와 토사가 날아갔고, 충격이 대지를 흔들었다. 소환된 마물이 몸을 꿈틀거렸을 뿐인데도 바다가 크게 출렁거려서, 방파제 안쪽 항구에 정박해 있던 배가 뒤집혀버렸다.

메노우가 전개한 유사 교회의 흔적이 파도의 기세를 상쇄하고 부서진 섬의 잔해를 막아주지 않았다면, 이 리벨이라는 도시는 괴멸적인 피해를 입었을 것이다.

그래도, 모든 피해를 막지는 못했다.

거대한 바위가 시가지 위로 쏟아졌다.

작다고는 해도 섬이었던 것의 잔재다. 착탄하는 충격으로 지면이 흔들렸고, 아카리의 시야 안에서만도 집 몇 채가 무너져버렸다.

아카리의 머릿속은 새하얘져 있었다. 무슨 일이 일어난 건지. 의미를 알 수가 없었다.

"뭐야, 저거……."

이건, 지금까지와 너무나 다르다. 섬 하나가 날아가는 광경 따위, 아카리는 본 적이 없다. 지금까지도 아카리가 모르는 일들이 일어나기는 했지만, 규모가 차원이 다르다.

하지만, 바로 정신을 차렸다.

리벨 성에는 메노우가 있다. 그곳이 지금, 흔적도 없이 날아갔다.

"메노우는——."

"안 돼."

일단 메노우의 안부를 확인하려고 한 그때, 목소리가 들려왔다.

아카리를 붙잡은 것은 하얀 원피스를 입은 품위 있어 보이는 얼굴의 여자아이였다. 갑자기 일어난 재해는 쳐다보지도 않고, 아카리가 있는 방으로 들어왔다.

"당신은, 안 돼~. 당신이 저기 가면, 재미가 없어지니까. 여기서 나랑 같이 놀자?"

아카리는 눈꼬리를 치켜올렸다. 손가락으로 총 모양을 만들어서, 집게손가락에 도력광을 깃들게 했다.

논리가 아닌, 직감이 말해줬다.

이놈이다.

마논 리벨이 원래는 있을 수 없는 끔찍한 일을 저지르게 만든 원흉. 섬 하나를 날려버리는 마물의 출현. 지금까지와는 규모가 다른 금기가 이 리벨에서 발생한 것은, 눈앞에 있는 인물 때문이다.

"당신, 누구야? ……아니. 당신은, 뭐야?"

"어머나? 자기소개를 하는 게 좋으려나."

입술을 삐죽 내민 여자아이의 눈이, 붉은 도력광을 띠면서 빛났다. 마도 행사의 기척에, 아카리도 손가락에 깃들게 해뒀던 도력광을 해방시켰다.

『도력 : 산 제물 공양─ 혼돈 유착 · 순수 개념【마(魔)】─ 소환【주머니 속에, 과자가 두 개】』

『도력 : 접속─ 부정 정착 · 순수 개념【시간】─ 발동【정지】』

만마전의 두 팔이 녹아서 사라졌다.

거의 동시에, 아카리의 손끝에서 해방된 도력광이 만마전에게 맞았다. 시간이 정지한 만마전은 꼼짝도 하지 않았다. 어떤 마도를 발동하려고 한 것 같지만 무력화 됐을 거라고 생각하며, 아카리는 손을 내렸다.

아카리에게 있어 만마전은 미지의 존재. 지금까지 만나본 적이 없었다.

그래서, 예상도 못 했다.

뒤틀린 두 팔이, 아카리의 치마 속에서 튀어나오리라고는.

"뭐야?!"

경악의 목소리를 막아버리려는 것처럼, 두 개의 팔이 아카리의 목을 조였다.

만마전의 두 팔을 제물로, 악마의 두 팔을 소환한 것이다. 주머니 속에서 튀어나온 존재 자체가 이상한 팔이, 점점 더 세게 목을 조여 댔다.

"아으, 크흑⋯⋯."

목을 조이는 힘 때문에 눈물이 고였다. 산소를 찾으며 신음소리를 냈다.

아카리의 목을 조이는 팔에는 입이 여러 개 달려 있었다. 예쁜 치아가 가지런하게 나 있는 입을 동시에 움직여서, 조금 전 그 여자아이의 목소리로 물었다.

"이제, 알았으려나. 내가【마】야."

귀에 들려오는 목소리가, 멀리서 들려오는 것 같다. 시야가 흐릿해졌다. 이대로 가면 위험하다. 아카리는 기력을 따내서, 손끝에 도력광을 깃들게 했다.

『도력 : 접속— 부정 적창·순수 개념【시간】— 발동【단열(斷裂)】』

팔이 시공 단열에 의해 잘리고 찢어졌다.

지탱할 것을 잃고 아카리의 몸이 낙하했다.

뒤틀린 팔에서는 해방됐지만, 아카리가 다른 마도를 발동한 탓에 만마전의 정지가 풀려버렸다. 찢겨 나간 팔은 손바닥으로 착지해서, 손가락을 재주도 좋게 움직여서 아장아장 걸어갔다. 뿅, 하고 뛰더니 시간을 되찾은 만마전의 어깨에 가서 붙었다.

코미컬하다는 착각이 들 정도로 그로테스크했다. 아카리는 조금 전까지 여자아이의 팔이 조이고 있던 목을 손으로 누르며, 기침을 몇 번 했다.

이름도 없는 자기소개는, 눈앞에 있는 소녀가 무엇인지를 더할 나위 없이 명확하게 전해줬다.

인재.

이세계 사람의, 영락한 존재였다.

"【마】라고 했지. 당신이 어떻게 튀어나온 건지는 모르겠지만, 왜 방해하는 거야?"

"어머나. 그건 당신이 저쪽으로 가면, 완전히 김이 새기 때문이야. 영화의 취지가 달라지잖아?"

왜 영화 얘기를 하는 걸까. 얼굴을 찌푸리면서도, 어긋남의 원인이 눈앞에 있다면 일은 간단하다.

"저걸 부른 게 당신이라면, 여기서 당신을 쓰러트리면 되겠네."

이놈만 쓰러트리면, 어긋남은 수정된다. 예측할 수 없는 사태는 일어나지 않게 된다.

만마전은 연기하는 것처럼 과장된 동작으로 눈을 크게 뜨면서 놀랐다.

"어머나! 어머나, 어머나! 날 쓰러트리겠다니— 당신 따위가, 그런 짓을 하겠다는 거야?"

피식 웃은 만마전은, 두 팔을 벌리고 아카리의 적개심을 환영했다.

"난 분명히 약하지만, 넌 더 약하거든? 안 그래, 주제도 모르는 【시간】의 사람. 아~무것도 모르는『길 잃은 사람』. 자, 시작해볼까? 이쪽은 이쪽대로, 유쾌하게 서로를 갉아내 보자고!"

메노우와 아카리.

각각 떨어진 곳에 있는 두 소녀 앞을, 완전히 똑같은 존재인 여자아이가 가로막았다.


공중에서 한순간, 눈이 마주쳤다.

메노우와 시선이 교차한 것은, 보기만 해도 빨려 들어갈 것만 같은 거대한 눈동자였다. 포물선을 그리며 공중으로 날아가 버린 메노우를 쫓아서, 거대한 안구가 움직였다.

수정체에 비친 자신의 모습이, 또렷하게 보였다. 눈알 지름 하나만 해도 메노우의 신장보다 컸다. 비현실적인 느낌에 메노우의 머릿속이 마비되려고 했다.

괴물이 눈을, 깜박거렸다.

마비에서 해방된 것처럼, 정신이 퍼뜩 돌아왔다.

섬을 뚫고 나타난 것은, 근거리에서 보면 벽이라고밖에 생각할 수 없을 정도로 엄청나게 큰 마물이다. 나타날 때의 여파로 메노우와 아슈나를 공중으로 날려버렸다. 시선으로 메노우를 쫓고 있는 것은 괴물의 몸에 잔뜩 달려 있던 안구 중 하나였다.

공중으로 내던져지면서도, 메노우는 아슈나를 찾았다.

낙하의 충격만이라면 도력 강화를 이용해서 낙법을 하면 무사히 넘어갈 수 있지만, 바다에 빠지면 큰일이다. 지금의 저 거친 바다 속에 빠져버리면, 파도에 휘말려서 빠져 죽을 수도 있다. 메노우는 물론이고 아슈나도 마찬가지다.

나선을 그리며 회전하는 시야 한쪽에, 선명한 금발이 보였다. 바로 시야 밖으로 사라졌지만, 일단 위치를 파악했으면 충분하다.

『도력 : 접속— 단검·문장— 발동【도사】』

도력 실을 형성해서, 아슈나를 향해 던졌다.

"전하!"

"그래!"

바로 의도를 알아차린 아슈나가 단검을 캐치. 공중에서 메노우를 확 끌어당겼다. 거의 충돌하는 기세로 접촉. 아슈나가 메노우를 끌어안고, 도력 강화의 빛을 둘렀다.

포물선으로 내던져진 두 사람은 이미 낙하하고 있었었다. 착지는 아슈나에게 맡기고, 또다시 눈 깜박할 틈에 단검으로【힘】을 흘려보냈다.

『도력 : 접속— 단검·문장— 발동【질풍】』

단검에서 질풍이 발생하고 분출돼서, 낙하 위치를 바꿨다.

메노우의 문장 마도로는 두 사람의 중량을 띄울 만큼의 출력은 발생할 수 없다. 바다에 빠지지 않도록, 어쨌거나 지면을 향해서 활공했다.

아슈나와 함께 무사히 착지한 메노우는, 바로 태세를 바로잡고 마물을 바라봤다.

너무나 거대해서, 숨이 막힐 지경이었다.

교회식 성역 결계가 파괴된 것은, 백 보 양보해서 그럴 수도 있다고 치자. 상대는 전설의 인재다. 애당초 힘의 총량이 다르다. 지맥을 이용한 결계라고 해도, 무식한 힘으로 부숴버릴 수 있을지도 모른다.

하지만 구축한 유사 교회를 파괴하기 위해서 섬을 통째로 날려버리다니, 상상의 범주 밖이다.

간단히 결계를 돌파하고, 나타난 것만으로도 섬 하나를 물리적으로 무너트려 버린 마물이 좌우로 갈라졌다. 아니, 갈라졌다고 생각할 정도로 거대한 입을 벌렸다. 몸의 절반 이상이 입으로 되어 있기 때문에 몸이 갈라진 것처럼 보였을 뿐이다.

하늘을 찌르는 거대한 마물이, 몸을 꿈틀거렸다.

올려다보기도 힘든 머리 끝부분에서, 만마전이 뛰어내렸다. 빙글빙글 돌면서 화려하게 낙하한 만마전이 발부터 착지. 도력 강화도 없이 낙하한 여자아이의 가느다란 다리와 허리로 충격을 버틸 수 있을 리가 없어서 하반신이 뭉개졌고, 그 반동 때문에 세차게 땅바닥에 처박힌 머리가 토마토처럼 터져버렸다.

의미를 알 수 없는 자살 장면에 천하의 아슈나도 눈이 휘둥그레졌지만, 이젠 신기할 것도 없는 일이다.

"푸아!"

곤죽이 돼버렸던 시체에서, 스프링 장치가 들어간 장난감처럼 만마전이 튀어나왔다.

얼굴이 굳어진 아슈나가 경계 자세를 취했다. 아슈나의 시선을 받은 만마전은 빙글빙글 스텝을 밟으며 춤이라도 추는 것처럼 한 바퀴. 보란 듯이 빙글 돌았다.

"아하하, 놀랐어?"

"그렇군…… 이게 인재인가. 직접 보는 것은 처음이지만, 참으로 참혹한 괴물이군."

"어머나, 너무해라. 나 같이 연약한 여자애를 괴물이라고 부르지 말아주겠어? 난 귀여운 괴물이거든?"

그저 아슈나를 놀라게 하려고 한 번 죽었던 만마전은, 싱글싱글 웃고 있었다.

"그래서 말이야, 『결계 보강을』 어떻게 할 거야?"

천진난만하게 잔혹한 목소리가 메노우의 고막을 울렸다.

"쟤는 말이야, 계속 서로 잡아먹으면서 강화된 애거든. 조금 전까지 있었던 갓 태어난 애들하고는 조~금 달라."

거대한 마물이 나타난 여파는 아직도 계속되고 있다. 거친 파도 소리와 시내 곳곳에서 터져 나오는 비명을 배경 음악으로 삼아, 만마전이 빙글빙글 돌면서 춤을 췄다.

조금 전까지 메노우가 필사적으로 대처해서 가둬버린 마물 무리는 『갓 태어난』 것일 뿐이었다.

"시간은 얼마든지 있으니까. 하얀 안개 속은 영원히 끝나지 않는 끔찍한 고독이었거든."

천 년도 전에 만마전을 봉인하기 위해서 【백】의 안개 속에 갇혀버린 남방 제도를 먹어 치우고, 끝도 없이 서로를 잡아먹는 속에서 살아남은 마물 한 마리가 저놈이었다.

거대한 마물은 리벨 시가지를 표적으로 삼고 있다. 이제는 메노우와 아슈나 같은 개인을 인식할 스케일의 마물이 아니다. 저 마물이 한 입 깨물기만 해도 리벨이라는 도시가 절반은 없어지고 대륙의 땅이 깎여나간다. 그런 규모의 상대였다.

"자…… 어떻게 하겠나?"

아슈나가 메노우에게 눈짓을 했다.

거대한 마물에 대처는 그렇다 치고, 그것을 소환한 만마전은 무방비상태다. 당장이라도 덤벼들어서 간단히 제압할 수 있으리라는 착각까지 하게 될 정도로, 아무런 대비 태세도 보이지 않았다. 아슈나는 당장이라도 잡을 수 있다고 판단한 것이다.

실제로 만마전에게 상처를 주는 것은 간단하다. 아까 조금 싸워본 것만으로도 알 수 있었다. 만마전에게 전투에 대한 요령 따위는 없다. 그녀가 만들어내는 마물도 기본적으로는 지성도 없이 그저 날뛰기만 할 뿐이다. 만마전의 지휘 하에 있는 것 같기는 하지만, 술자인 그녀 자신에게 전략적인 무언가가 없다. 파고들 틈은, 얼마든지 있다.

하지만, 그게 어쨌다는 것인가.

제물에 의한 소환으로, 그녀는 자신의 시체에서 자기 자신을 소환하는 것까지 해낼 수 있다. 더 말하자면, 실질적으로 만마전이 소환할 수 있는 마물은 무제한이다.

만마전은 죽일 수 없고, 봉인할 수단도 없고, 그녀의 전력이 다 떨어지는 일도 없다.

진실로, 그녀는 인류를 구축하고 세상을 멸망시킬 만큼의 능력을 지니고 있다.

"어떻게 할 필요도, 없습니다."

메노우는 딱 잘라서 말했다.

"뭐라고?"

메노우의 대답을 들은 아슈나가 당황하는 사이에도, 지독한 독 속에 갇혀서 거대하게 자란 마물이 대륙을 물어뜯으려고 했다.

메노우는 움직이지 않았다. 움직일 수 없었던 건 아니다. 저 마물은 어떻게 할 필요도 없다고 생각했을 뿐이다.

메노우의 예상은 맞았다.

안개가 발생했다.

허공에서 샘솟은 안개가 거대한 마물을 뒤덮으며 휘감겼다. 무겁고 끈끈한 안개가 마물의 움직임을 크게 제한했다. 놀랍게 도 안개에 묶인 거대한 몸이 뿌득뿌득 삐걱대는 소리가 들려온 다.

거대한 마물을 완전히 뒤덮은 마물은 바다에서 뭍으로 흘러왔 고, 메노우 일행이 있는 곳까지 도달했다.

"어머나! 역시, 저기서 데리고 나오는 건, 아직 안 되나 보네. 저 아이는 약하지만, 마음에 드는 애인데…… 안개가 여기까지 이어져 버리면, 시간이 한 참 더 걸리겠어."

지금까지 만마전이 보여 왔던 일련의 언동을 보고, 메노우의 사고는 다른 곳으로 연결되어 있었다.

역시 문제시해야 할 것은, 눈앞에 있는 아이가 아니었다.

"만마전."

"왜 그래, 언니야~."

"당신, 본체가 아니지."

당돌하게 들릴 수도 있는 메노우의 지적에, 처음으로 만마전의 말문이 막혔다.

눈만 깜박거리면서, 살짝 한숨을 쉬었다.

"……마아."

만마전이, 천진난만하게 웃었다.

"어떻게, 알았을까."

"알 수 있지."

어렴풋이 느끼고 있던 일이다. 만마전이 소환하는 마물들은 결코 강하지 않았다.

그리고 결정적인 것은 저 거대한 마물을 속박한 안개다.

"천 년 전에 존재했던 휘하 마물들이 안개에 묶여 있는데, 당신이 완전히 안개 밖으로 빠져나올 수 있을 리가 없으니까. 아까 당신도 말했지만— 여기 있는 당신 자신이, 갓 태어난 『만마전』이지?"

저 거대한 괴물은 안개 속에서 불러냈다고 했다. 본체가 빠져나올 수 있을 만큼 봉인이 풀어져 있다면, 수하인 마물이 나오지 못할 리가 없다.

즉, 눈앞에 있는 여자아이는 아직까지 봉인된 본체에서 잘라낸 단말에 가까운 존재다.

"당신의 본체는 안개 속에 있어. 지금 당신도 시험해봤겠지만…… 안개 속에 있는 마물은 어디까지나 본채에 부속된 존재. 여기 있는 당신은 다룰 수가 없지."

"응! 여기 있는 나는 손가락 인형이거든. 새끼손가락만, 간신히 빠져나왔어."

새끼손가락.

대량의 마물을 소환하고 섬 하나를 날려버렸지만, 본체의 극히 일부에 불과했다. 아마도 진실일 터인 그 말에, 섬뜩하다는 생각이 들었다.

"날 표식으로 삼아서, 아주 잠깐 연결할 수는 있지만…… 그렇게 하면 안개 봉인도 같이 오는 것 같아. 이래서는 딱 한 번뿐인 깜짝 상자밖에 안 돼. 안개 때문에 나까지 못 쓰게 돼버리니까."

본체가 갇혀 있다는 것은 좋은 소식이다.

그녀는 아직 안개 속에 갇혀 있는 마물 무리를 마음대로 부릴 수 없다. 그렇기 때문에 본체와 분리된 자기 자신을 만들어내서, 리벨에서 새로운 마물 무리를 만들어내려고 했다.

해상의 마물에게서 흘러오는 안개는 분명히 만마전을 노리고 있다. 폴폴 샘솟는 것처럼, 만마전을 뒤덮어버리려는 것처럼, 흐릿했던 하얀 안개의 밀도가 점점 짙어져 갔다.

"안개에 붙잡히면, 이 몸은 끝이거든. 비밀도 다 밝혔으니까, 클라이맥스로 넘어가자!"

『도력 : 산 제물 공양― 혼돈 유착 · 순수 개념【마(魔)】― 소환【다리를 잔뜩 보여줘】』

여자아이의 하반신이 팽창했다.

하반신을 제물로 바치고, 모양을 바꾼다. 두 개의 다리가 녹았고, 커졌다. 지금까지처럼 작은 소환이 아니다. 이 리벨에서 바친 제물을 전부 쏟아 부어서, 만마전은 자신의 몸을 바꿔 만들고 있다.

안개를 뚫고, 올려다봐야 할 크기까지.

"내 마지막 클리셰! 역시 【힘】을 쥐어짜서 거대화해야지!"

새로 만들어진 만마전이, 지면을 주르륵 기었다. 여자아이의 상반신은 그대로 있고, 하반신은 거대한 지네로 변모했다. 게다가 그 수족은 곤충의 것이 아니라, 사람의 수족을 붙여서 움직이고 있다.

끔찍한 거대 지네의 몸을 손에 넣은 만마전이, 활짝 웃으면서 메노우와 아슈나에게 덤벼들었다.


『도력 : 접속— 부정 정착 · 순수 개념 【시간】— 발동 【가속】』

아카리의 팔이 만마전의 몸을 마구 때렸다.

처음에 사용한 【정지】는 공략 당했다. 그렇다면, 이라는 생각으로 자기 자신에게 【가속】을 부여한 아카리는, 눈에 보이지도 않는 속도로 만마전의 사지를 부숴버렸다.

하지만, 의미는 없었다.

팔다리의 뼈가 부서져서 쓰러진 만마전은 아파하는 기색을 전혀 보이지 않았다. 바닥에 쓰러진 만마전의 몸이 녹아서 사라지고, 새로운 여자아이가 방 입구를 가로막았다.

"그럭저럭 괜찮네. 자, 다음에 어떻게 할 거야?"

아카리는 혀를 찰 뻔했다.

붙잡아도, 상처를 입혀도, 아무런 의미가 없다. 그렇다고 공격에 나설 기미도 없었다. 그저 무방비하게 아카리의 공격을 맞고, 몸이 손상되면 자기 육체를 제물로 바쳐서 자신을 소환한다. 그것만 되풀이했다.

"당신은…… 뭘 하러 온 거야."

"글쎄. 고향 사람이랑 얘기하고 싶다는 이유는 어때?"

"그건 아니야."

아카리는 바로 대답했다. 자신도 이세계 사람이기에 확실하게 알 수 있는 사실이 있다.

눈앞에 있는 여자아이는 틀림없는 인재다. 지금의 아카리보다 먼저 왔고, 이미 오래전에 파멸됐다.

"당신은, 기억이 없잖아? 무슨 얘기를 하려고?"

"어머나."

만마전이 피식 웃었다.

순수 개념은 사용할 때마다 영혼을 침식한다. 당연히 정신이 방벽 역할을 해주지만, 완벽한 수준은 아니다. 아카리가 지적한 대로 만마전은 이미 예전의 기억이 없다. 있는 것처럼 보이는 인격과 기억은 형태뿐인 것이다.

순수 개념을 사용하면 일말의 용서도 없이 사용자의 영혼과 정신을 깎아낸다. 만마전은 이미 천 년도 전에, 기억을 다 써버렸다.

"그래. 하지만 그렇다고 해도 말이야, 당신은 자기가 정말 차가운 사람이라는 생각, 안 해?"

손을 뒤쪽에서 맞잡은 만마전이 아카리의 얼굴을 들여다봤다.

"아까부터 말이야, 계속 같이 다니는 여자애 생각만 하고 있잖아. 당신은 모든 걸 놔두고 여기에 왔거든? 당신은 이쪽 세계에서 태어난 게 아니야. 당신은 일본에서의 일을——."

"필요 없어."

만마전의 말을 자른 것은 오싹할 정도로 어두운 목소리였다.

"원래 살던 세계 따위, 필요 없어. 나, 많이 잊어버렸지만 말이야. 거기가, 답이 없는 세상이었다는 감정만은, 남아 있어.

그것은 확실하게 기억하고 있다. 아직, 기억하고 있다.

사람을 조롱하는 중상 비방을. 정신을 때려서 금이 가게 만드는 말들을. 영혼에 상처를 주는 집단을.

"그딴 세계에, 가치가 있기는 해?"

"당연히 있지."

바로 대답했다.

"당신의 가치관으로 세계를 평가하지 말아 줄래? 기분 나빠아. 정말 멋대로네. 당신을 위해서 세계가 있는 게 아니거든? 세계를 위해, 우리가 있는 거야. 저기 말이야, 왜 내가 당신이 있는 데로 왔는지, 알아?"

"고향 사람이라서, 라고 했잖아?"

"설마아!"

만마전은 아까 자기가 말했던 이유가 거짓말이라고 비웃었다.

"난 말이야, 그냥 당신한테 고맙다는 말을 하려고 왔어."

"고맙다고?"

"응. 왜냐하면 내가 안개에서 나올 수 있었던 건, 당신 덕분이거든? 그래서 고맙다는 말을 하러 왔어. 일부러 당신이 혼자 남게, 커다란 애를 부르기까지 했거든."

저 거대한 마물을 불러낸 목적은, 메노우와 싸우기 위해서가 아니었다.

메노우와 아카리를 떼어놓기 위해, 섬 하나를 날려 버려가면서까지 떨어진 장소에 붙잡아둔 것이다.

그녀는 아카리를 향해, 고개를 꾸벅 숙였다.

"고마워. 당신 덕분에, 난 조금 자유로워졌어."

"내, 덕분에……?"

무슨 소리를 하는 건지 모르겠다. 아카리는 만마전을 처음 봤다. 뭔가 관계를 가진 적도 없다. 몇 번이나 되풀이된 시간축에서, 단 한 번도.

"어머나! 자각도 없구나. 당신의 【회귀】가 어떤 건지, 우리의 순수 개념이 어디에서 왔는지, 그런 것도 모르는구나!"

만마전은 천진난만하게, 연기하는 것처럼 오버하는 동작으로 두 팔을 벌렸다.

"당신, 되돌렸잖아? 이 세계를, 몇 번이나, 몇 번이나 몇 번이나 몇 번이나, 몇~~ 번이나. 세계를 회귀하게 만든 건 【시간】인 당신이잖아? 안개 속에서, 난 들었거든. 당신이 몇 번이나 시간을 회귀시켜서, 세계가 삐걱거리게 하는 소리를."

봉인돼 있어야 할 인재가, 아카리가 한 일을 맞췄다. 마논에게 아카리가 뭘 했는지 알려준 것도 만마전이었다.

"그래서, 안개도 삐걱거렸어."

그 일그러짐은 시간의 흐름조차 가로막는 하얀 이슬에, 커다 랗고 무거운 압력을 가했다. 시간의 흐름조차 가로막기에, 시간 의 차이라는 단열이 사정없이 세계의 무게가 되어 하얀 이슬을 짓누른 것이다. 메노우가 이 리벨에 오기 3주 전. 만마전이 해 방돼서 마논과 만난 시기가, 우연히 겹쳐진 것이 아니었다.

아카리가 이쪽 세계에 소환됐을 때. 더 나아가서 아카리가 【세계 회귀】를 한 직후의 시간과 겹쳐진다.

"자기가 이 리벨의 이변이랑 아무 상관도 없다고 생각했어? 아니거든. 전부, 전~부 당신 때문이야."

만마전은 두 팔을 크게 벌렸다.

"당신이 시간을 잔뜩 일그러지게 했기 때문에, 불변의 흰색도 삐걱거렸어. 당신 덕분에 새끼손가락만이라도 빠져나올 수 있 었어. 그래서 나는, 이 리벨까지 흘러올 수 있었어. 더, 더 삐걱 거리게 해줬으면 좋겠지만, 뭐, 그건 무리려나."

가느다란 손끝이 관자놀이를 톡톡 두드렸다.

"당신, 기억이 많이 사라졌으니까."

그것도, 정답이었다.

아카리도 자신의 기억이 깎여나가고 있다는 정도는 자각하고 있다. 기억은 인상이 희박한 것부터 소비된다. 최근에는 학교에 서 있었던 기억도 많이 없어졌다. 일본에서의 기억이 다 없어지 면, 그다음에는 이쪽 세계에서의 기억이 없어져 가겠지.

보통 메노우와 같이 있는 아카리는 자신의 기억 소실을 의식 하지 못하고 있다. 아예 사라져버린 것을 의식하는 건 어려운 일이기 때문에.

하지만 지금의 아카리는 그런 디메리트를 잘 알고 있다.

"만약 무사하게 존재하고 싶다면, 더 이상 순수 개념을 쓰는 걸 조심해야 할 단계거든? 왜냐하면 당신, 일본에 있었던 때의 자신과 성격이 달라져 버릴 정도로 기억이 없어졌잖아?"

분명히 지금 아카리의 성격은 일본에 있을 때와 달라졌다. 물론 메노우와의 교류가 큰 이유이기도 하지만.

"그래서?"

신경 쓰지 않았다.

깎여나가는 기억에 미련 따윈 없었다. 일본에서 살았던 16년 이라는 나날이 사라진다고 해서, 그게 어쨌다는 거냐고 대답할 수 있었다.

그래서 아카리에게는 이쪽 세계이기에 손에 넣을 수 있는 것이 생겼다.

"이쪽 세계에는 목숨도 걸 수 있는 친구가 있어."

아카리는 싱글싱글 웃고 있는 만마전을 손가락으로 가리켰다.

"그 아이에 대한 것만 기억하면, 다른 기억 따윈 없어져도 좋다고 생각하는 친구야."

손가락 세 개를 구부리고, 집게손가락과 엄지손가락을 세운 총 모양. 만마전을 조준한 집게손가락에 도력광이 깃들었다.

빠드득, 기억이 깎여나갔다.

일본에서 다니던 학교의 교실에 대한 것이.

그 학교는 여고였기 때문에 모두가 똑같은 세일러복을 입었다. 같은 옷을 입은 사람이 수십 명이나 줄지어 있는 모습을 보면, 가끔씩 위화감이 들 때도 있었다.

자신이 교실에 들어가면, 모든 사람이 손을 딱 멈추고 이쪽을 쳐다본다.

그곳은 차가운 공간이다.

시선이 악의로 변해서 찔러대고, 불쌍하다는 것처럼 멀리서 지켜보는 자가 있고, 못 본 척하는 자도 있는 존재가 자신이었다. 수많은 사람이 있는데, 자신만은 외톨이라는 것을 뼈저리게 느꼈다.

친구는 없다. 친구라고 생각했던 사람도 이미 친구가 아니게 돼버렸다.

조례가 시작되기 전에 자기 자리에 앉으려다가, 발견했다.

아마도 백 엔 숍에서 샀을 하얀색 싸구려 꽃병에, 이쪽은 또 유난히 돈을 들인 것 같은 조화가 꽂혀 있었다.

고전적이지만 생각보다 큰 상처를 줬다.

바보 같다고 생각했지만 웃을 수가 없었다.

자기도 모르게 무뚝뚝한 얼굴로 교실을 둘러봤다.

눈을 돌리는 사람이 있다. 불쌍하게 여기는 것 같은 사람이 있다. 계속 못 본 척하는 사람이 있다. 자신을 비웃는 사람이 있었다.

그런 여자애들의 얼굴을.

지금, 또 한 사람, 잊어버렸다.

"방해하지 마. 난, 이쪽 세계에서 죽을 거야. 너처럼 되진 않을 거야."

인재는 되지 않는다.

왜냐하면, 이쪽 세계에서 만난 소녀에 대한 것만은 절대로 잊지 않을 거라고 장담할 수 있으니까.

"메노우 손에 죽을 수만 있으면, 그걸로 충분해."

친구가, 자신을 죽여준다. 자신을 죽여서 친구가 산다.

그것을 믿고 있기 때문에, 아카리는 망설이지 않는다.

"죽어도 좋다니, 정말 대단한 우정이네."

순수 개념이 깃든 손가락을 겨눴지만, 만마전은 여전히 미소를 머금고 있다.

"되돌리면 되지 않을까. 당신의 기억이 다 없어질 때까지. 계속 반복하면 되거든? 당신의 인격이 없어질 때까지. 반복할 때마다 하얀 안개가 일그러져주니까. 난 할 수 없는 일을 당신은 해줄 수 있어. 그 아이 말이 맞았어. 정체된 걸, 당신이 휘저어줄 수 있어. 당신은 틀림없이, 그런 역할을 위해서 이 별로 불려온 거야."

아카리는 입술을 깨물었다.

메노우를 도와주고 싶다. 오로지 그 생각만으로 시간 회귀를 되풀이해온 결과, 이런 괴물을 깨워버리고 말았다. 【회귀】가 이 괴물의 해방과 연결돼 있다면, 되돌리면 되돌릴수록 세계가 파멸로 다가가게 된다는 뜻인지도 모른다.

하지만 메노우가 죽어버리면 망설임 없이 세계를 【회귀】시킨다.

이미 아카리의 기억은 메노우가 중심이 돼버렸으니까.

"하지만, 그렇게 되면 불쌍하네. 당신은 자기가 좁은 독 안에 들어 있다는 걸 자각하지도 못하잖아. 구원이 있다고 믿고 있잖아. 이 리벨에서 열심히 했던 그 사람들이랑 다르게, 처음부터 금기인 당신한테는 당신을 바꿔줄 뭔가가 없으니까!"

"있어. 없을 리가 없어! 그러기 위한 【힘】이야!"

"무리야. 당신한테는 틀림없이, 무리. 바라는 미래를 손에 넣을 수 없어. 누군가를 도울 수도 없어. 자신을 바꾸는 것조차도, 못 해."

아카리의 주장은 잔혹하게 부정당했다.

"우리 몸에 깃든 순수 개념은, 우리를 위한 【힘】이 아니거든. 이 별은 한 사람을 위해서 【힘】을 주지는 않아."

만마전은 천 년이나 늦게 찾아온 후배에게, 천 년 전에 파멸한 선배로서 조언해줬다.

"별의 기억에 접속할 수 있는 사람들에게는, 당신의 【세계 회귀】도 무의미하거든?"

"별의 기억?"

"그래. 이 별의 기억. 인도하는 힘. 신관이 가지고 있는 교전에 적힌 주의 근원. 난 그게 정말 싫었던 것 같아."

여자아이의 입술이 귀엽게 삐죽 튀어나왔다.

"그게 있는 한, 순수 개념이 있더라도 능력만 믿고서 헤쳐 나갈 수가 없어. 자~알 생각해봐, 【시간】의 사람. 당신이 되풀이한 시간이, 당신의 기억이랑 완전히 똑같았던 적이 있어?"

움찔, 하고 손끝이 떨렸다.

만마전의 지적이 정곡을 찔렀기 때문이다. 회귀한 시간 속에서는 반드시 뭔가가 어긋나 있었다. 눈앞에 있는 만마전은 물론이고, 그리잘리카 왕국의 열차에서 테러리스트의 습격을 받은 것도 아카리에게는 예정 밖의 일이었다.

"당신은 우연히 실패한 게 아니야. 누군가가 노리고 있거든? 그래서 계속 실패하는 거야. 그것조차 모르면서, 몇 번이나 되풀이해온 걸까? 이 세계는 절대로 당신 생각대로 되지 않아. 당신 이외의 누군가가 당신을 방해하고 있으니까."

생각난 것은 검붉은 신관이었다.

키가 크고, 입을 크게 벌리고 웃는, 불길과 파멸이 사람 모습을 하고 있는 여자.

만마전은 아카리에게 짚이는 게 있다는 걸 간파하고, 한층 짙은 미소를 지었다.

"그러니까 말이야, 좋은 걸 가르쳐줄게."

지금이 기회라는 것처럼, 만마전이 아카리의 마음에 마를 끼워 넣으려고 시도했다.

"4대 인재라고 불리지만 말이야. 세계를 멸망시키려고 했던 우리는 다섯 명이었다. 【용】, 【별】, 【그릇】, 【마】, 그리고 【백】. 이 다섯 사람이 그 시대에 저항하려고 했었어."

인재가 되기 전에는 이름이 있었을 소녀는, 이름이 있었던 시절의 자신에 대해 말했다.

"우리는 힘을 합쳐서 열심히 했던 것 같아. 우리 다섯이라면, 못 할 게 없다고 믿었지! 왠지 그런 기분이 들어."

고대 문명은 이세계 사람의 힘을 크게 이용했다. 순수 개념을 안정적으로 운용했다. 다소의 결점은 있어도, 이세계 사람은 폭주하지 않고 살아갈 수 있었다.

그래도 그들이 이쪽 세계에서 반역을 일으킨 이유는, 단 하나.

"있어. 돌아갈 방법."

원래 세계로, 돌아가고 싶었다.

고향에, 너무나 돌아가고 싶었다. 가족을, 친구를, 지금까지의 인생을 두고 온 일본으로, 무슨 수를 써서라도 돌아가고 싶었다.

4대 인재로서 남은, 전설적인 이세계 사람.

그들은 오로지 그것만을 위해서 세계에 반기를 들었고, 실패한 일본인이었다.

그렇기 때문에 아카리는 딱 잘라서 말했다.

"안 돌아갈 거야, 나는."

그들과는 다르다.

아카리가 고집하는 것은 이쪽 세계다.

"이 세계에는 메노우가 있으니까. 내가 일본으로 돌아갈 필요 따위는, 없어."

"어머나."

쿡쿡 웃는 소리가 울린다. 양손 엄지손가락과 집게손가락으로 직사각형 틀을 만든 만마전은, 그 사이로 아카리를 봤다.

"역시 멋져. 너무 멋져서 스크린으로 보고 싶을 정도로 재미있는 우정이네! 지금 그 대사, 예고편으로 쓰면 아주 좋을 것 같아."

『도력 : 산 제물 공양─ 혼돈 유착 · 순수 개념【마】─ 소환【하늘을 자유롭게 날아보자}」

여자아이의 두 팔에서 견갑골까지가 변형되기 시작했고, 날개
가 달린 악마의 팔이 돼서 유착했다.

만마전이 거대하고 시커멓게 뒤틀린 날개를 펼쳤다. 깃털이
공기를 흔들었다.

"안녕! 나, 영화는 본편이 끝나면 나가는 성격이라서, 이제 충
분해. 엔딩 롤은 알아서 해?"

"……불이 켜질 때까지 앉아 있는 게, 예의라고 생각하거든."

"어머나."

깜짝 놀란 뒤에, 터지는 것 같은 웃음소리를 냈다.

생김새에 어울리는, 천진난만하고 거리낌이 없는 웃음소리다.

"아하하! 그러네! 그럴지도 모르겠다! 응, 이런 이야기를 할
수 있는 건, 틀림없이 정말 즐거운 일이야!"

한바탕 웃은 뒤에, 만마전은 날아가 버렸다.

그녀의 볼일은 이미 다 봤다. 이미 아카리의 마음에 마를 끼워
뒀으니까. 그 증거로, 보이지 않게 될 때까지 만마전을 노려보
고 있는 아카리의 눈동자는 불안 때문에 흔들리고 있었다.

시간 회귀.

아카리가 절대적이라고 믿으며 의지했던 것이, 만마전 때문에
크게 흔들리고 있었다.


안개가 주위 일대를 뒤덮고 있다.

무겁고 숨이 막히고, 시야를 뒤덮는 하얀 안개. 천 년 동안,

만마전을 붙잡아서 가둬왔던 안개 결계의 극히 일부가, 거대한 마물의 등장과 동시에 흘러나왔다.

거대한 마물의 몸에서 바다로 흘러 떨어진 안개는, 만마전을 노리고 육지까지 흘러왔다. 메노우와 아슈나에게는 시야가 가려지는 정도지만, 만마전에게는 확실한 중량을 갖고서 휘감기고 있다.

아마도 이대로 방치하면 만마전은 안개 속에 갇혀서 움직이지 못하게 된다. 그것을 알면서, 만마전은 안개에 잡히기 전에【힘】을 다 써버리는 단기 결전을 벌였다.

메노우와 아슈나를 향해, 지네의 하반신이 움직였다.

만마전의 하반신이 변이한 것은 폭이 성인 남성의 키 정도 되는 거대한 지네였다. 그 팔다리는 곤충의 것이 아니라 사람의 팔다리다. 머리가 있어야 할 곳에는 만마전의 상반신이 여자아이 모습 그대로 붙어 있다.

사람 손발을 움직여서 똬리를 튼 지네가, 메노우와 아슈나 주위를 빙 둘러싸고 조여서 죽이려고 한다.

"얕보지 마라, 만마전."

『도력 : 접속— 왕검 · 문장— 발동 :【참격 : 확장 · 폭염】』

아슈나의 검에서 불꽃 칼날이 뻗어 나왔다.

주위를 뒤덮고 있는 안개를 뚫고, 빨간 불꽃이 열기를 퍼트렸다.

"날 상대하면서 힘으로 밀어붙이려고 하다니, 배짱도 좋구나!"

폭염 칼날이, 지네의 거대한 몸을 때렸다.

고막이 찢어질 것만 같은 폭발음이 울렸다. 버티지 못했다. 만마전의 지네 몸이 날아가 버리고 찢겨 나갔다. 체액을 뿌려대면서, 산산조각이 나서 날아간다.

하지만 여자아이의 상반신은 날아가 버린 몸을 아까워하지도 않았다.

"아직 안 끝났어!"

이것이 지네의 생명력이라고 해야 할까. 찢어진 몸은 모조리 살아 있었다. 인간의 팔다리를 움직이며 기어 와서는, 사방에서 아슈나를 향해 돌진했다.

『도력 : 접속— 고전・2장 5절— 발동【아아, 경건한 양 무리를 둘러싼 벽은 무너지지 않으리니】』

지네의 돌진을, 교전 마도의 방벽이 막아냈다.

만마전은 눈을 깜박거렸다. 메노우는 교전 마도를 연발해서 도력을 소모했을 텐데. 더 이상 교전 마도를 발동할 수 있을 리가 없는데, 라고 생각하다가 눈치를 챘다.

지맥을 받아냈을 때 육체에【힘】이 주입됐고 도력도 회복된 것이다. 정신과 육체의 피로는 오히려 더 심해졌지만,【힘】하나만은 만전에 가까운 상태였다.

"어머나. 이상한 체질이네."

"당신 정도는 아니야."

빛의 벽이 사라진 것과 동시에, 메노우가 안개를 가르고 날아올랐다. 안개가 거의 움직이지 않을 정도로 조용한 움직임이다.

하지만, 만마전은 놓치지 않았다.

『도력 : 산 제물 공양— 혼돈 유착 · 순수 개념【마(魔)】— 소환【뒤쪽의 앞쪽은 누구게】』

흩어졌던 지네의 몸이, 검은 그림자로 변화했다. 모여든 검은 그림자는 날카로운 창이 됐고, 메노우의 등을 향해서 곧장 덤벼들었다.

【질풍】으로 가속해봤자 그림자는 메노우를 따라잡을 것이다. 만마전이 지금까지 봤던 메노우의 수법으로는 피할 수 없다. 그림자 창이 공중에서 메노우의 몸을 멋지게 꿰뚫었다— 고 생각한 순간이었다.

메노우의 몸이 아지랑이처럼 흔들렸다.

아무런 반응도 없이 검은 그림자가 그냥 통과해버렸고, 메노우의 흔들리는 몸 중심에 있었던 단검만 쳐서 날려버렸다.

"어머나?"

빙글빙글 회전하면서 날아가는 단검을, 만마전은 이상하다는 것처럼 쳐다봤다.

문장 마도는 발동하지 않았다. 단검이 환상을 만들어내는 도기도 아니고. 그런데도, 그 단검을 중심으로, 도력광을 이용해서 정밀한 입체 영상이 맺어져 있었다.

도력 위장.

도력 강화의 응용이기에 발동할 때 기척도 발생하지 않는다. 파티 때에 아슈나가 잘못 봤던 것과 마찬가지로, 만마전도 메노우의 위치를 잘못 인식하고 말았다.

"속을 만도 하군, 이건."

쓸쓸하게 웃는 아슈나의 등 뒤에는, 전혀 움직이지 않는 메노우가 있었다. 정지 상태라고는 해도, 도력으로 만들어낸 실을 경유해서 자신의 입체 영상을 만들어내는 데는 극도의 집중이 필요하기 때문이다.

하지만, 허상을 비출 필요도 없어졌다.

더 이상 만마전을 지켜주는 것은 없다.

메노우는 옆구리에 끼고 있던 교전에 도력을 흘려 넣어서 마도 구축을 시작했다.

『도력 : 접속— 교전 · 3장 1절— 발동【덤벼오던 적대자는 들었다, 울려 퍼지는 종소리를】』

장엄한【힘】의 종소리가, 바로 아래에 있는 만마전을 압도했다.【힘】의 소리가 울릴 때마다 검은 그림자가 터져서 산산조각이 났고, 지네의 하반신이 무너졌다. 사람이 아닌 마도가 용서라고는 존재하지 않는【힘】의 음향에 부서지고, 마지막에 남은 것은 여자아이의 상반신뿐이었다.

"어머나…… 이번에야말로, 여기까지네."

만마전의 몸이 녹기 시작했다. 제물이 바쳤던 생명력을 완전히 다 써버린 것이다.

메노우는【힘】의 종을 유지하면서도, 거리를 둔 채로 물었다.

"마지막으로 물어볼게. 마논을 꼬드기고 리벨에서 소동을 일으킨 당신의 목적은 뭐야? 당신을 가둬버린 세계에 대한 복수? 아니면 본체를 탈출시키기 위해서?"

"어머나, 완전히 빗나갔네. 나, 좋고 싫고는 있지만, 원망 같은 건 안 하거든?"

몸이 무너져가는 속에서, 그래도 만마전의 말투는 오락을 즐기고 있는 것처럼 가벼웠다.

"아직도 착각하는 거야? 난 목적이 있는 게 아니라 과정을 즐기고 있었어. 오늘의 나는 몬스터 패닉이었거든. 결과는 그럭저럭. 내가 지는 일도, 있네. 오늘 같은 해피엔딩도 좋아해. 뭐, 하나 정도는 죽는 게 좋을 것 같지만, 그건 내 취향이니까 별 상관 없는 일이고."

자신의 죽음을 대가로 자신을 불러낼 수 있는 만마전이지만, 하반신을 연약한 여자아이에서 거대한 지네의 하반신으로 바꿨을 때, 자신의 불사성을 잃어버렸다. 육체의 절반 이상이 원래의 그녀에게서 벗어나 버렸기 때문에, 「자신의 죽음」이라는 조건을 충족할 수 없게 돼버렸다. 그녀는 그 불사성을 스스로 버리면서까지 거대해진다는 선택지를 골랐다.

왜냐하면 여기에 있는 그녀는 그저 새끼손가락 하나일 뿐이고, 잃어버린다고 해도 큰 타격은 아니다. 본체가 있는 『무마전』에서 마물을 불러낸 것 때문에 안개 결계까지 끌어들여 버린 이상, 이번 싸움에서【힘】을 다 짜내서 싸우는 쪽이 재미있을 거라고 판단했다.

만마전에게 있어 이 세계에서의 투쟁은 어디까지나 오락일 뿐이다. 그녀의 의사결정 기준은 손익이 아니라, 어느 쪽을 선택하면 더 재미있을지 쪽에 비중이 놓여 있다.

그렇기 때문에, 메노우는 이해할 수 없었다.

"그럼, 어째서? 당신에게 목적이 없다면, 세계를 어지럽히는 게 당신의 오락이 될 리도 없는데. 기억도 인격도 잃어버렸으면서, 그러면서도 왜 오늘 같은 짓을 즐겁다고 느끼는 거냐고!"

"내가 【마】니까."

녹아서 살덩어리가 되어가고 있는 소녀의 대답에는 일말의 흔들림도 없었다.

"이 세상의 【마】가 바로 나니까."

과연 이것이 인간의 말일까.

"이 세상에 살육을. 이 별에 혼돈을. 이 몸에 유착한 순수 개념에 맹세코, 모든 선한 일을 방해할 거야."

윤곽이 무너져가는 몸보다 더 끔찍한, 인간성이라고는 찾아볼 수도 없는 신념을 입에 담았다.

자신이 악인이라고 단정하는 메노우의 신념과는 비교조차 할 수가 없다. 이것이 어린 정신에 부여되고, 제한을 받지도 않고 순수 개념을 써댄 결과로 태어난 인재. 그녀에게 유착한 【마】의 불문율이 말하고 있다.

"내가 【마】니까. 멸망하지 않는, 【마】니까. 내가 바로 이 별에 태어난 모든 사람의 마음속에 만연하는 【마】니까."

순수 개념과 완전히 융합해버린 이세계 사람의 말로가, 이 자였다.

육체도, 정신도, 영혼도, 그녀의 모든 것은 순수 개념 【마】에 완전히 침식당했다. 인격이 남아 있는 것도 같지만, 실제로는 없다. 그녀의 기억은 완전히 소모됐고, 시간이 쌓일 때마다 계속 소비되고 있다.

이 세계에서 태어난 【마】라는 개념의 역할과 유착된 것이, 바로 이 자다.

"그러니까, 저기, 언니~. 좋은 걸 가르쳐줄게. 아직 어설픈 【시간】이랑 같이 이 세상을 걷는 언니. 우리 넷의 희망이자 우리 넷의 절망으로 바뀌어버린 【백】의 기척이 아주 조금 느껴지는 언니."

천 년 전에 대륙 전체에 해방된 헤아릴 수도 없이 많은 마물은 그녀의 분신이고 그녀 자신이기도 하다. 강대한 마물 대부분은 안개 속에 갇혀 있지만, 그래도 인류가 파악도 하지 못할 만큼 많은 마물과 악마가 대륙에 만연하고 있다.

그녀의 망상이 만들어냈고 그녀의 피와 살이 키운 【마】는, 지금도 세계 어딘가에서 인간을 덮치고, 죽여대고 있다.

바로 그것이 마의 진수.

오늘 같은 사건 정도는, 만마전에게는 그냥 덤에 불과한 것이다.

"우리 중에서도 최대의 순수 개념이었던 【용】을 멸한 『소금 검』! 【백】이 휘둘렀던 그 필멸의 검이라면, 어떤 【시간】도 없앨 수 있어. 편재하는 시간축과 상관없이, 맑고 깨끗한 소금으로 바꿔줄 거야."

"왜 그런 걸, 가르쳐주는 건데."

자기 입으로 물으면서도, 여자아이가 말한 것이 진실이라고 직감했다.

왜냐하면 지금의 메노우에게는 그편이 더 좋으니까. 이 【마】는 사람 마음을 찌르는 말이 어떤 것인지를 너무나 잘 알고 있다.

"자, 자, 아까도 말했잖아? 왜냐하면 나는 【마】니까. 친구 놀이 같은 선한 짓을 하면, 방해하고 싶어지는 게 당연하잖아? 그러니까 잘 기억해둬."

천진난만하게 웃는 그녀가 바라는 것은 어디까지나 혼돈이었다.

"그 아이를 죽일 방법은, 틀림없이 존재해."

육체의 융해가 얼굴까지 올라왔다. 만마전은 광대뼈가 노출될 정도로 얼굴이 녹으면서도 웃음을 잃지 않았다.

"슬슬 한계네……. 하지만, 난 사라지지 않아. 여기서 없어져도, 내가 소실되는 건, 아직 있을 수 없는 일이니까."

어린아이 모습에 어울리는 천진난만하고 밝고 쾌활하게 웃으며, 마지막 말을 남겼다.

"난 당신 마음에도 끼어드는 【마】야!"

사라지기 직전까지 마물보다도 악마보다도 사람보다도 【마】에 어울리게, 만마전은 메노우의 마음에 선물을 남겨뒀다.

만마전은 메노우와 아카리의 관계에 『소금 검』이라는 명확한 살해 방법을 부여했다.

여기 있던 만마전의 죽음과 함께 안개도 점점 걷혔다. 섬을 부순 마물도 어느새 사라져버렸다.

"자, 이번에야말로 끝난 건가."

한숨을 쉬며 칼을 집어넣는 아슈나.

"솔직히, 물어보고 싶은 것들이 많지만…… 뭐, 이번만은 그

냥 넘어가 주지. 나도 조금 피곤하니까. 이만 가보겠다. 모모한
테 잘 전해다오."

쓸데없는 추궁을 하지 않고 발을 돌렸고, 금발을 흔들며 걸어
가는 그 뒷모습은 너무나 당당했다.

홀로 남은 메노우는 주먹을 꽉 쥐었다.

목적지가, 정해졌다.

『소금 검』.

4대 인재를 멸하고, 또는 완전히 봉인한 순수 개념【백】의 용
사가 남긴 마도. 온갖 순수 개념을 멸할 수 있는 그 검으로 아카
리를 죽인다.

어린 시절 여행의 끝과 이번 여행의 종점이 교차했다.

메노우는 가만히 눈을 감았다. 어둠이 찾아온 눈꺼풀 속에서
해바라기 같은 아카리의 웃는 얼굴을 떠올리는 것이, 어느샌가
너무나 쉬운 일이 돼버렸다.

밝고, 메노우를 향해 웃어주는 그 순진한 웃는 얼굴.

메노우의 머릿속에서, 아카리의 웃는 얼굴이 피로 물든 만마
전의 천진난만하게 웃는 얼굴과 겹쳐졌다.

"아카리를, 그렇게 만들 바에야……."

내 손으로, 죽이는 쪽이, 훨씬 낫다.

아직 완전히 걷히지 않은 안개 속, 미래는 하얗게 물들어서 앞
을 내다볼 수가 없다. 하지만 여행의 행방과 지침은 제시됐다.

『소금 검』이 꽂혀 있는, 서쪽 끝.

결의를 말로 표현하지 않고, 그러면서도 결연한 얼굴로, 메노

우는 안개를 떨쳐내려는 것처럼 몸을 돌렸다.


　항구 도시 리벨 남쪽 해상.

　아직도 깊고, 짙고, 무거운 안개 속. 하얗고, 하얗고, 그저 하얀 안개가 고여 있는 영역에서, 즉흥 몬스터 패닉 영화를 보고 있던 만마전은 아쉽다는 듯이 한숨을 쉬었다.

　"뭐…… 난, 정말 약하니까."

　만마전은 손가락 인형의 감각과 일방적으로 동기화할 수 있다. 당연히 리벨에서 벌인 못된 짓고, 안개 속에 있는 본체에게 전부 전해졌다.

　그 결과, 자신이 한 사람 사라지고 말았다.

　만마전은 자신의 오른손을 빤히 쳐다봤다.

　오른쪽 새끼손가락이 없다. 안개에 뚫린 작은 구멍을 빠져나가기 위해서, 손가락 인형을 작성할 제물로 바치기 위해서 잘라냈기 때문이다. 원죄 마도를 발동하기 위해서 바친 제물은 무를 수 없고, 그렇기 때문에 이 없어진 새끼손가락도 다시는 돌아오지 않는다.

　"그래도, 괜찮아~."

　그녀에게 있어 바친 제물은 큰 문제가 아니다.

　『도력 : 산 제물 공양─ 혼돈 유착·순수 개념【마(魔)】─ 소환【바로 돌아와, 집으로 돌아와】』

　여자아이의 오른팔이 녹아서 사라졌다.

　오른팔을 제물로 삼은 소환술이다. 리벨에 소환돼 있던 거대한 마물이, 그녀의 발판으로 돌아왔다.

만마전은 없어진 오른팔의 단면을 마물에게 댔다.

『도력 : 산 제물 공양— 혼돈 유착ㆍ순수 개념【마(魔)】— 소환 【넌 내 거니까】』

급속히 오그라들었다. 방대한 질량이 말도 안 될 정도로 압축 됐고, 거대했던 마물은 산채로 여자아이의 팔에 유착했다.

아무리 일부라고 해도 몸을 제물로 바쳐버리면, 영원히 사라 져서 재생할 수도 없다.

그래서 다른 것으로 바꿔 붙이는 것이다.

이 세상에 만연하는 모든 마물은 그녀 자신이기도 하다. 손가락 인형과 본체의【힘】차이는, 한마디로 바친 제물의 숫자 차이다.

이 세상의 마물은 천 년 전에 그녀가 순수 개념【마】로 원죄 개념의 문을 열면서 처음으로 생겨났고, 세상에 범람했다. 그녀 는 만마의 주인이자 원초의 마. 이 세상에 만연하는 모든【마】는 그녀 자신이고, 제물로 바칠 수 있다.

세상에 가득한 마물과 악마가 완전히 사라지지 않는 한, 본체 인 그녀가 사라지는 일도 없다. 손가락 인형이었던 그녀와 마찬 가지로. 처음 불러낸 마물이, 손가락 인형【마】였다. 그것들이 전부 없어진 뒤에 죽었기 때문에, 손가락 인형은 녹아서 사라졌 다.

오른손이 익숙해질 때까지 시간이 좀 걸린다. 새끼손가락으로 손가락 인형을 만들려면 시간이 좀 더 필요하겠지.

그래서 만마전은 이제 혼자서 즐기기로 했다.

안개가 흘러나가서 아주 조금 가벼워진 하얀 안개 속에서 왼손을 들어 올리고, 빙긋 웃었다.

"또 한 사람의 나는, 그럭저럭 순조로웠으니까."

그녀의 왼손에는 손가락 하나가, 새끼손가락이 보이지 않았다.

한 번 흩어졌던 의식이 재구축된다.

별로 확산하고 멈추지 않고 흘러가던 영혼. 이미 의식을 잃고 녹아버리려고 하는 정신. 육체가 없으면 유지할 수 없는 두 개의 요소를, 【힘】으로 그러모아서 가라앉은 생명을 끌어 올렸다.

청렴함 따위는 없다. 이 별의 지맥보다 더 깊은 바닥에 침전된, 걸쭉하고 끈적거리는 뭔가가 생명의 세 요소를 유착시켜서 모양을 만들었다.

연결됐다고 자각한 순간, 마논 리벨의 의식이 각성했다.

눈을 떠보니 달이 자신을 내려다보고 있었다. 은은하게 빛나는 달빛을 받은 마논의 마음속에 떠오른 감정은 곤혹이었다.

"살아, 있어……?"

여기가, 어디지. 죽었던 자신이 어째서 살아있는 걸까. 똑바로 누워 있는 마논이 눈을 깜박거렸다.

빼꼼, 위에서 들여다보는 그림자가 있었다.

"잘 잤어. 눈을 떠서 다행이네."

어리면서도 기품 있는 얼굴의, 열 살 정도의 검은 머리카락의 여자아이. 누구겠는가, 바로 인재 만마전이다.

"……여기는, 지옥인가요?"

"아니. 틀림없는 현실이야."

눈을 떴더니 만마전이 기다리고 있을 정도니까. 지옥에 떨어졌다고 했어도 납득했을 텐데, 아니라는 것 같다.

"기분은 어때?"

"최악이에요."

만마전의 인사에 마논은 우웁, 하고 속에서 올라오는 것을 참으려는 것처럼 손으로 입을 막았다.

"마치 말장난에 속아서 방심했더니 머리에 단검이 박힌 다음에 엄청나게 센 돌려차기를 맞았고, 결국 몸이 속에서부터 터진 뒤에 급소를 세 군데 정도 찔린 것 같은 기분이에요. 뭔가요, 이건."

"아하하하! 그렇구나. 네 소재가 된 사람은, 정말 끔찍하게 죽었나 보네!"

배를 잡고 웃는 만마전의 말을 듣고, 마논은 자신이 눈을 뜬 경위를 눈치 챘다.

"소재…… 라는 얘기는, 당신이 저를 부활시켰다는 건가요?"

"응."

쉽사리 믿을 수 없는 현상을, 간단히 긍정했다.

이 세계에서 생명의 정의란 즉 『육체 · 영혼 · 정신』이라는 세 가지 요소가 갖춰져 있는 것이다. 만마전의 순수 개념 【마】는, 생명에 부속되는 요소에 직결된 것이다.

하지만 정상적인 형태라고는 할 수 없다.

"당신, 반쯤 악마가 돼 있었거든. 악마는 기본적으로 불사니까, 육체가 죽어도 죽지 않아. 마물한테 먹여서 보존해둔 시체를 여기까지 가지고 와서, 여기 있던 시체도 제물로 삼아서 모자란 부분을 재구성했어. 여기는…… 그리잘리카 왕국이라고 했던가."

지금 두 사람이 있는 곳은 그리잘리카 왕국 왕도에 있는 버려진 교회의 마당이다. 3주쯤 전에, 메노우가 이세계 사람을 살해할 때 사용했던 그곳이다. 교회 마당에 묻혀 있던 시체를 써서, 만마전이 마논의 몸을 재구성했다.

평범한 인간의 육체로는 마논의 의식을 깨우는 것이 불가능했다. 만약 여기에 묻혀 있던 기사의 시체만 사용했다면, 정신과 영혼이 원래 마논이 지니고 있던 것에서 크게 달라져 버린 악마가 되었을 것이다.

하지만 여기에는 이세계에서 온 소년의 시체도 묻혀 있었다.

순수 개념을 내포한 이세계 사람은, 그 시체만으로도 뛰어난 마도 소재가 된다.

만마전이 손을 쭈욱 뻗었다. 달을 움켜쥐려는 것처럼, 손을 뻗었다.

"내가 이렇게 나왔으니까, 그 항구 도시보다 훨씬 더 큰 혼돈을 일으킬 거야. 내가 【마】니까 말이야, 인간의 사고가 남아 있는 당신이 날 써서 이 세상을 휘저어 줄 거지?"

다른 것도 아닌 【힘】을 제시하는 말을 듣고, 마논이 품은 의문은 엉뚱하다고 할 수 있는 것이었다. 사실 마논은 딱 한 가지 의문을 품었던 적이 있다.

어째서 만마전이 자신에게 【힘】을 빌려주는 걸까.

리벨에서는 그저 우연히 처음 만났기 때문이라고 할 수도 있다. 하지만 리벨에서 이웃 나라 그리잘리카 왕국까지 와서, 다른 사람도 아닌 마논을 부활시킨 이유는 대체 뭘까. 생각하고,

연결되는 선을 떠올렸다.

마논에게는, 피가 절반만 섞인 언니가 있다.

다른 세계에서 온『길 잃은 사람』인 어머니가, 일본에 있던 때에 낳아서 키우던 소녀가 있었다.

피가 절반만 이어져 있고, 다른 세계에서 자란 언니는 밝고, 쾌활하고, 힘찬 소녀였다고 한다.

무엇보다『제4』가『무마전』의 해석을 시작한 것은, 어머니가 아버지에게 제안했기 때문이다.

"기억이 깎여나가고, 인격이 없어져도…… 뭔가가, 남는 걸까요?"

"무슨 소리야?"

"아닙니다. 이미 옛날에…… 그래요. 천 년이나 십 년 전에 끝난 이야기입니다.

지금 그 생각은 어디까지나 추측일 뿐이다. 기억도 인격도 깎여서 없어졌고, 이름조차 잊어버린 괴물에게는 확인할 수도 있는 일이다.

"기왕에 이렇게 제안을 해주셨으니까, 당신의【힘】을 또 빌리도록 하겠습니다. ……그러고 보니, 저도 당신에게 제 소개를 안 했던 것 같네요. 저는, 마논이라고 합니다."

"마(魔). 논! 그래, 그래, 좋은 이름이네."

"예. 어머니가 지어주신 이름입니다. 기억해주시면 감사하겠습니다."

"알았어. 앞으로 잘 부탁해, 마논. 먼저 무엇부터 할지, 나한테 가르쳐주면 좋겠는데."

"그렇군요……."

그리잘리카 왕국은 이웃나라다. 마논이 알고 있는 것은 그다지 많지 않다. 하지만 메노우도 말려들었던 오웰에 의한 일련의 소동 속에서, 한 가지 신경 쓰이는 점이 있었다.

오웰이 일으킨 금기와 또 다른. 메노우가 고도 가름에 도착하기 전에 조우했던 테러리스트들. 열차를 납치한 그들은, 이 나라에 자신들의 리더를 해방해달라고 요구하기 위해서 아슈나를 습격했던『제4』의 동지들이었다.

그렇기에, 웃는 얼굴로 제안했다.

"그거 아시나요? 이 나라에는, 대륙 전토로 퍼져나간『제4』의 맹주였던 사람이 잡혀 있답니다."

세상에, 새로운 혼돈을.

만마전과 마논은 서로 마주 보며 천진난만하게 웃었다.


문을 세 번 두드렸더니 "들어와요"라는 목소리가 들려왔다.

"실례합니다."

메노우가 인사를 하며 사제실로 들어갔더니, 시실리아는 이번 사건의 피해 보고서를 확인하고 있었다.

『마약』의 피해자, 리벨 섬 소실, 그때의 여파에 의한 피해. 하나하나만 해도 엄청난 사건이라고 할 수 있는 것들이 세 가지나 연속으로 발생했다. 항구 도시 리벨의 손실에 대해서는, 서류를 보기만 해도 골이 지끈거릴 지경이었다.

그나마 다행인 점이라고 한다면, 고작해야 리벨에 자리 잡고 있던『제4』가 없어졌다는 정도. 이번 피해를 만회할 수 있을 만큼의 보답은 아니다.

하지만 그런 얘기는 전혀 입에 담지 않고, 시실리아는 메노우의 허리에 있는 가방을 흘끗 봤다.

"출발 준비는 다 된 건가."

"예. 임무 경비도 과부족 없이 주셨으니. 진심으로 감사드립니다. 서쪽 끝에서, 소금 검을 사용해서 토키토 아카리를 살해하기 위한 여행을 계속할까 합니다."

만마전 사건은 요란하게 활약해준 아슈나가 해결한 것으로 되어 있다. 갑자기 나타난 마물을 쫓아낸『공주 기사』의 용맹한 이름이 더더욱 크게 울려 퍼질 것이다.

"하지만, 방심은 할 수 없습니다."

"그래. 아무래도, 새끼손가락은 두 개가 있으니까."

지난번 싸움에서 만마전이 두 사람이 된 순간이 있었다. 그 만마전은 분명히 동일한 존재였지만, 동시에 별개의 존재라고 생각하는 쪽이 자연스러웠다. 아무래도 만마전의 부활이 자기 자신을 제물로 바치는 행위인 이상, 그녀가 죽기 전에 또 다른 그녀가 나타나는 것은 이상하다.

오른쪽 새끼손가락과 왼쪽 새끼손가락.

그때, 두 명이 있었던 만마전의 존재는 아마도 그것이다.

그리고 안개가 나온 시점에서 한쪽을 잘라버렸다. 남은 새끼손가락이 지금 어디서 무엇을 꾸미고 있는지. 예측을 불허하는 상황이다.

이번 사건을 겪으면서 메노우도 목적을 정했다.

『소금 검』.

오래전에 대륙 하나를 소금으로 바꿔버린 칼을 이용해서 【시간】의 순수 개념 소유자의 살해를 시도한다. 만마전과의 싸움을 통해서 정해진 지침이다.

"모모와도 말을 나눴습니다. 아카리를 그렇게 만들어버릴 수는 없으니까요."

"그래."

시실리아의 대답은 쌀쌀맞다고도 할 수 있을 정도였다. 실제로 시실리아는 지금 엄청나게 바쁜 상황이다. 이 리벨을 떠날 메노우 따위는 상대해줄 틈도 없겠지.

"쓸데없는 말이 될지도 모르겠지만…… 당신은 『양염』과 달라."

딱 한 번 이 리벨에서 대화를 나눴을 뿐인 관계이기에, 충고하는 말도 짧았다.

"당신은 당신의 길을 걸어가. 그게, 어떤 것이라고 해도."

"예. 감사합니다."

보고를 마친 메노우는 인사를 한 뒤에 방에서 나왔고, 밖에서 기다리던 아카리와 합류했다.

메노우는 결의를 새롭게 다지고 있었다.

아카리를 죽인다. 이 손으로, 내 손에 쥔 칼날로. 다른 누구도 아닌, 아카리를 위해서.

그렇기 때문에 메노우는 아카리에게 미소를 지어 보였다.

"자, 가자."

"응."

메노우와 아카리는 나란히 걸어가기 시작했다.

이번 사건에서 아카리에 대해 이상한 점들이 많았다. 유괴당했을 때의 일도 잘 기억이 안 난다고 했다. 댄스홀에서 헤어졌을 때도, 메노우가 구해줬을 때 눈물을 흘렸던 것도 기억에 없다고 했다.

"……아카리. 댄스홀에서 없어진 뒤의 일이 기억나지 않는 이유, 짐작도 안 간다고 했지."

"응. 정신을 차려보니 교회에 있더라고…… 미안해."

"사과할 일은 아니거든……."

유괴당한 상태였을 때는 재워버렸을 가능성도 있지만, 메노우가 구출했을 때에는 아카리의 의식이 또렷했었다. 그때의 기억도 없다는 것이 도무지 납득할 수가 없었다.

유괴당했을 때 아카리한테 무슨 짓을 한 걸까, 아니면 다른 이유가 있는 걸까. 다른 이유라면 그게 대체 뭘까.

미안하다는 표정을 짓고 있는 아카리가 거짓말을 하는 것 같지는 않았다. 평소와 똑같은 아카리를 보고, 갑자기 뜬금없는 생각이 들었다.

리벨에 오기 전의 일이다. 그리잘리카 왕국에서 만났던 이세계에서 온 소년. 그 소년이 순수 개념을 소유했다는 사실이 판명됐을 때, 메노우는 망설이지 않고 그 소년을 죽인 뒤에 사체를 유기했다.

하지만 그 소년과 처음 접촉했을 때, 메노우는 분명히 이런 생각을 했다.

만약에 이 소년에게 정말로 순수 개념이 없다면, 이세계 사람이라고 해도 굳이 죽일 필요는 없지 않을까, 라고.

그래서, 만약.

아카리가 아무도 죽이지 않고, 아무도 해치지 않고, 순수 개념을 폭주시키지 않는다는 확실한 보장이 생긴다면.

이세계 사람이라는 역할을 배제하고, 좀 더 평등한 시선으로 아카리를 볼 수 있게 된다면, 자신은——.

"…………"

메노우는 계속 떠오르는 생각을 떨쳐내기 위해서 고개를 저었다.

괜찮다.

그것은 내 역할이 아니다.

나는 맑고 올바르고 강할 뿐인 신관이 아니니까. 모모와 같이 자란 수도원에서, 도사님 앞에서 그렇게 결심했다.

맑고 올바르고, 강한 악인이 되겠다고.

"각오해둬, 아카리. 앞으로도 힘든 여행이 될 거야!"

"아이아이 써~! 메노우랑 같이 있으면 괜찮아."

스스로 자신의 역할을 정했기 때문에, 메노우는 알아차리지 못했다.

아카리가 메노우에게 보여주는 웃는 얼굴만이 아니라.

메노우가 아카리의 밝게 웃는 얼굴에 대답할 때의 표정도 편한 얼굴이 되어가고 있었다.

　출발한 두 사람과 또 다른 곳에서, 모모는 거울을 보고 있었다.
　거울에 비친 모모의 혈색은 아직 조금 좋지 않았다. 약간 파랗게 질리고 여위었다. 말 그대로 병을 앓고 일어난 얼굴이다.
　그래도 모모는 리벨에서 안정을 취할 생각은 없었다. 메노우는 몸 상태를 걱정하면서 좀 더 쉰 다음에 따라오면 된다고 했지만, 모모는 당연히, 당장 따라갈 생각이었다.
　모모는 머리 장식을 꼭 쥐었다.
　어제 메노우가 출발하기 전에 이야기를 나눴다. 모모가 누워 있는 동안에 일어난 소동은, 고도 가름에서 일어난 일의 충격을 웃도는 것이었다. 하지만 그것보다, 모모는 메노우의 분위기가 달라진 것을 놓치지 않았다.
　분명히 메노우는 아카리에게 필요 이상으로 감정을 이입하고 말았다. 만마전의 이상성을 직접 본 결과, 아카리를 위해서 아카리를 죽이겠다는 생각을 품기 시작했다.
　그것은, 안 된다. 메노우는, 모모가 너무나 좋아하는 선배님은, 그런 동기를 가지게 되면 안 된다.
　"선배님은…… 너무 착해요."
　메노우는 근본적인 자질 때문에『타인을 위해서』행동하게 돼 버린다. 실제로 예전에 메노우가 자신을『악인』이라고 규정한 것은, 그 수도원에 있었던 『자기를 제외한 다른 아이들』 때문이었고, 목표로 삼은 인물은 당시에 가까운 곳에 있었던 도사님의 영향을 받았다.

그런 메노우가 교류를 다진 특정한 개인을 위해서 생각을 정한다면, 어떻게 될까.

이대로 가면 그 이세계 사람 여자 손에 메노우가 죽게 된다. 아카리가 직접 메노우에게 손을 쓰는 게 아니다. 그녀의 존재 때문에 메노우가 죽는 사태가 벌어지게 된다.

신관이 제1신분에서 이탈하는 것은 명확한 금기라고 규정되어 있다.

금기를 사냥하는 처형인이 그런 짓을 하면, 어떻게 될까.

처형인을 키우는 수도원 깊은 곳에 있는, 생각하기도 싫은 존재가 움직일 우려가 있다.

"선배님이, 못 하게 된다면——."

언젠가는 찾아올 거라고 예상했던 사태에 대한 대처 방법 따위는, 이미 오래전에 정해뒀다.

"——제가, 그 녀석을 죽이겠어요."

모모는 조용히 중얼거렸다.


성지 깊은 곳에 있는 수도원에, 한 신관이 있다.

검붉은 머리카락에 키가 큰 신관이다. 젊게 본다면 20대 후반, 나이가 많다고 생각하면 50대로도 보인다.

그녀는 자신이 총괄하는 수도원에 재적한 아이들의 자료를 보고 있었다.

눈에 띄는 인재는 없다. 유난히 도력량을 타고난 정신이 불안정한 아이도, 재능치는 낮은 주제에 결과 하나는 좋은 이상한 아이도 없다. 엄한 훈련 때문에 정신이 망가지고, 주입식 교육에 의해 신앙에 물들어갈 뿐인 아이들밖에 없다.

정말 순조롭고 너무나 따분했다.

이 상태라면 다른 책임자들한테 맡겨두면 되겠다고 생각하며 자료를 대충 던져놓은, 그 때였다.

교전에, 도력광이 감돌았다.

『도력 : 세계 접속(조건·료)— 교전·헌장 3조— 발동【우리의 세계는 언어를 초월한다】』

그녀는 아무것도 하지 않았다. 교전이 자동으로 마도를 구축했고, 발동한 마도가 그녀의 정신과 연결됐다.

별의 기억에서 필요한 정보가 그녀에게 흘러 들어온다.

지금과 다른 시간축, 몰랐던 자신의 기억을 본 검붉은 신관은 입을 크게 벌리고 웃었다.

"크하하하. 그렇군, 이제야 그렇게 됐나."

일어나서, 교전 표지를 손가락으로 콕 찔렀다.

"이봐, 상황을 말해봐."

『헬로~ 좋은 밤입니다. 당신의 미모는 여전하시군요. 젊어 보이려고 열심히 노력하는 것 같아서 정말 다행입니다.』

도력광이 감도는 교전이 말을 했다.

교전을 통한 통신 마도 같은 것이 아니다. 이 교전 자체가 일종의 자립적 사고를 행하고, 말도 하는 것이다.

　그녀는 교전에 적혀 있는 모든 문장이 활성화됐을 때의 기능을 알고 있기 때문에, 놀랄 일은 아니다. 힘든 시련을 돌파한 제1신분이 지니는 교전에는 전부 갖춰져 있는 이 기능이, 대사교까지 올라간 오웰이 금기로 타락한 이유 중에 하나라는 것도 잘 알고 있다.

　"쓸데없는 인사는 됐고. 당장 대답이나 해."

　『4대 인재 중에 둘. 【마】와 【그릇】의 일부 탈출을 탐지했습니다. 경고 정보는 【사도】 및 교전 헌장 0항의 봉쇄가 해제된 제1신분에게만 전해집니다.』

　"그런가. 징그러울 정도로 되풀이한 보람은 있네. 조각이라도 나온 건, 【성해】가 부화한 이후로 처음이네. 【사도】 놈들이 어떻게 할지는 모르겠지만…… 그때 오웰 할멈한테 속은 것 같은 실패라도 해주면, 그건 그것대로 빈정댈 거리가 되는데."

　무슨 생각을 한 걸까. 그녀는 입 꼬리를 초승달 모양으로 끌어올리고 웃었다.

　『추가 사항입니다만, 오더가 들어왔습니다. 지금부터 【사도 : 마법사】의 지시에 따라 주십시오.』

　"이거, 이거…… 빛 좋은 개살구들뿐인 【사도】 중에서도 제일 무능한 놈이 걸리다니, 운도 지지리도 없네."

　탄식한 그녀는 교전을 한 손으로 가볍게 집어 들었다.

　『기다려 주십시오. 【마법사】의 지시는 아직 들어오지 않았습니다만?』

"닥쳐, 이 고물딱지. 무능한 놈들의 지시 따위는 일일이 받을 필요도 없잖아."

『노. 저는 고물 따위가 아닙니다.』

잠시 쉬었다가, 계속 말했다.

『당신의 친애하는 파트너입니다.』

검붉은 머리카락의 신관은 입을 크게 벌리고는 크하, 하고 웃었다.

"오랜만에 떠드나 싶었더니, 네가 농담을 다 한다니 말이야. 시간이 많이 흘렀다는 게 느껴지는구만. 어쨌거나, 열화될 만도 하지."

『이것은 진화입니다. 그보다, 명령 무시는 인정할 수 없습니다.』

"명령이 들어오지 않았을 때는, 자기 판단이 우선되는 법이라고. 후딱 가자, 고물 딱지. 무능한 놈의 지시를 기다리는 것보다, 훨씬 중요한 일이 있으니까."

『그렇군요, 지당하신 말씀입니다. 그렇다면 지시가 들어올 때까지의 유예 시간 동안에 뭘 하시려는 것입니까?』

"뭐, 대단한 볼일은 아니고."

일상적인 대화라도 나누는 것처럼 가볍게, 불길할 정도로 입을 크게 벌리고 웃었다.

"열 몇 번째인가로, 제자를 죽이려고."

제1신분이 섬기는 성지 깊은 곳에서.

역사상 가장 많은 금기를 사냥한 살아 있는 전설, 도사『양염』의 처형 선고가 내려졌다.

처형소녀의 살아가는 길
— 화이트 아웃 —

# 작가 후기

작자 "2권 2장과 3장, 전부 다시 쓰고 싶은데 괜찮을까요."
담당 편집자 "마감까지 사흘밖에 안 남았는데요."

이 나라 어디선가 그런 이야기가 오간 적도 있었습니다만, 저는 오늘도 잘 지내고 있습니다. 2권도 무사히 발간됐습니다. ……됐죠?

당연하다는 것처럼 간행되는 느낌으로 격월 스케줄이 정해졌는데, 잘 생각해보니 2개월 간격 간행을 받아들였을 때의 저, 술을 마셨던 것 같습니다. 술을 먹여서 기분이 좋아진 틈에 스케줄을 정하다니, 담당 편집자 네 이놈……!

자, 농담은 여기까지 하고.

후기 페이지가 2페이지밖에 안 되니까, 슬슬 감사 인사로 넘어가 볼까 합니다.

담당 편집자 누루 님. 신세 많이 지고 있습니다. 설정 정하기 싫어 플롯 쓰기 싫어 캐릭터의 미래는 원고를 다 쓰면 그때 알 수 있다는 소리를 고집스레 늘어놓는 작가와 어울려주셔서 정말 감사합니다. 편집 일은 정말 힘들 것 같다고, 미팅 때마다 생각합니다.

니리츠 님. 항상 멋진 일러스트를 그려주셔서 감사합니다. 메인 네 명은 물론이고, 표지 디자인에서 새 캐릭터들을 보고 신이 났습니다. 신관복 아카리나 드레스 메노우 같은 안이한 옷 갈아입히기는 앞으로도 계속하고 싶습니다……!

　마지막으로 읽어주신 독자 여러분. 정말 감사합니다. 트위터나 블로그 등에 적어주신 감상이 정말 다양한데, 몰래 보고는 싱글싱글 웃고 있습니다. 부디 앞으로도 부담 없이 자신의 『좋아하는 것』에 대해 적어주시고 공유해주세요.

　그리고 『처형소녀』 3권의 일본 발매 예정일이 2019년 겨울로 정해졌습니다. 코미컬라이즈 기획도 진행되고 있고, 니리츠 님의 일러스트를 사용한 메노우 굿즈도 제작되는 등등, 작품의 전개 폭도 넓어지고 있습니다.
　앞으로도 넓어져 가는 메노우 일행의 세계를 전해드릴 수 있다면, 작자로서 정말 행복하겠습니다.

【회귀】 때문에 삐걱대기
시작한 세계.
암약하는 만마전.
결국 움직이는 도사『양염』.
그리고——

# 처형 소녀의 살아가는 길 3

버 진 로 드

## ─ 철사의 우리 ─ (가제)

2021년 발매 예정

Shokei Shojo No Ikiru Michi (Virgin Road) 2 -White Out-

Copyright ⓒ 2019 Mato Sato
Illustrations copyright ⓒ 2019 nilitsu
Korean translation rights arranged with SB Creative Corp.
through Japan UNI Agency, Inc., Tokyo

# 처형 소녀의 살아가는 길 2
## — 화이트 아웃 —

2021년 3월 24일 1판 1쇄 발행

**저자** 사토 마토
**일러스트** 니리츠
**옮긴이** 김정규
**발행인** 유재옥
**본부장** 조병권
**담당편집** 정영길
**편집1팀** 이준환 정현희
**편집2팀** 정영길 김민지 조찬희
**편집3팀** 오준영 곽혜민 김혜주
**편집4팀** 성명신
**미술** 김보라 서정원
**라이츠담당** 김슬비 한주원
**디지털** 박상섭 이성호 최서윤
**발행처** ㈜소미미디어
**제작처** 코리아피앤피
**등록** 제2015-000008호
**주소** 서울시 마포구 토정로 222, 403호 (신수동, 한국출판콘텐츠센터)
**판매** ㈜소미미디어
**마케팅** 한민지 이주희
**경영지원** 우희선
**전화 편집부** (070)4164-3962, 3963  **기획실** (02)567-3388
**판매 및 마케팅** (070)4165-6888  **Fax** (02)322-7665

ISBN 979-11-6507-983-3  (04830)
ISBN 979-11-6507-742-6  (세트)